追梦之路
潮涌珠江向大海

生命至上

广州卫生健康事业纪实

王威廉 著

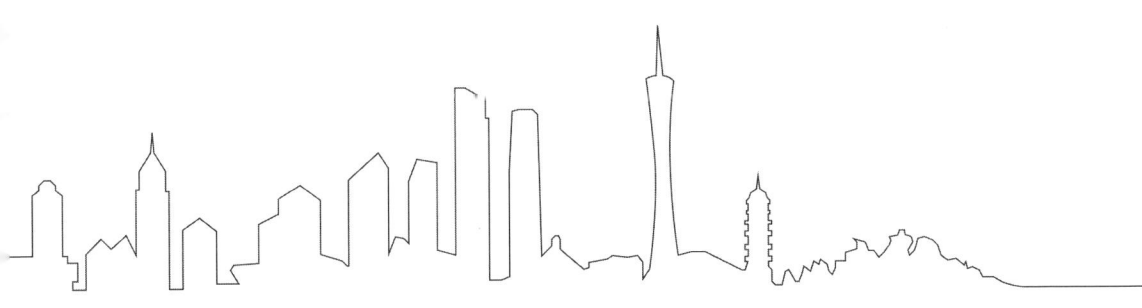

SPM 南方传媒　花城出版社
中国·广州

图书在版编目（CIP）数据

生命至上：广州卫生健康事业纪实 / 王威廉著. -- 广州：花城出版社，2021.11
（追梦之路：潮涌珠江向大海）
ISBN 978-7-5360-9478-9

Ⅰ.①生⋯ Ⅱ.①王⋯ Ⅲ.①报告文学－中国－当代 Ⅳ.①I25

中国版本图书馆CIP数据核字(2021)第181161号

出 版 人：肖延兵
策划编辑：张　懿　陈宾杰
项目统筹：陈诗泳
责任编辑：杜小烨
技术编辑：凌春梅
封面设计：荆棘设计

书　　名	生命至上：广州卫生健康事业纪实 SHENGMING ZHISHANG GUANGZHOU WEISHENG JIANKANG SHIYE JISHI
出版发行	花城出版社 （广州市环市东路水荫路11号）
经　　销	全国新华书店
印　　刷	深圳市福圣印刷有限公司 （深圳市龙华区龙华街道龙苑大道联华工业区）
开　　本	787毫米×1092毫米　16开
印　　张	17.25　2插页
字　　数	240,000字
版　　次	2021年11月第1版　2021年11月第1次印刷
定　　价	60.00元

如发现印装质量问题，请直接与印刷厂联系调换。
购书热线：020-37604658　37602954
花城出版社网站：http://www.fcph.com.cn

追梦之路
潮涌珠江向大海

本书编委会

编委会主任：徐咏虹
编委会副主任：胡训军
编委会成员：（按姓氏笔画排序）
　　　　　　　皮健　刘鉴　何龙　陈思

总序

在百姓生活中感受自信

中共中央总书记习近平在庆祝中国共产党成立100周年大会上庄严宣告:"经过全党全国各族人民持续奋斗,我们实现了第一个百年奋斗目标,在中华大地上全面建成了小康社会,历史性地解决了绝对贫困问题,正在意气风发向着全面建成社会主义现代化强国的第二个百年奋斗目标迈进。"

当今世界正处在百年未有之大变局。伫立云山珠水,面向浩瀚的海洋,在实现全面小康社会迈步向建设现代化国家征程的大道上,探寻其奋斗与梦想的实践逻辑和文学逻辑,是一件很有意义的事情。报告文学是一个很好的表达方式。

文学作品是一种价值创造。一个社会的发展，往往充满了曲折、坎坷、苦难，坚定就成为一种重要的力量。当面对黑暗，寻找那一缕星光，梦想就成为一种重要的力量。任何一种文明的发展，肯定会出现这样或那样的问题，任何问题都有其多面性，但向上的力量永远是其主要价值。这也是文学作品的一个价值取向和重要功能。一切的形式都要服务于作品的内容，好的形式深化了好的内容，这就是价值创造。有价值就有灵魂，有灵魂的东西能让人走远，能让人看到希望。

文学作品的含金量就是这个时代的含金量。当面对纷繁复杂的世界，聆听时代的声音，揭示社会本质，寻找发展规律，让人看到内心的光芒，让温暖成为一种强大的力量。文学是追寻大道的脚步，是人类文明的音符。

文学作品能看见未来。上接"天气"，下接"地气"，是人与自然的邀约。从出发的地方看初心，从改革开放的大潮中看远方，写的是现在，看到的是明天，走过一道道坎坷，遇见的是美好，成就的是未来。

文学有根才能见到魂。苦难从这里开始，辉煌从这里起步。在这里，感受广州，读懂中国。风云激荡后留下的满天霞光，都将成为人类所仰望的美景。

广州是中国民主革命的策源地，具有红色文化的独特气质。中国民主革命的思想建设、组织建设、人才建设、武装力量建设、农民运动、工人运动、青年运动、妇女运动、武装起义和发生在近代史上的一系列重大事件，很多是在广州发生发展的。广州，对中国革命产生了深远的影响。

广州是中国改革开放先行地，具有开放、创新的独特气质。"敢为天下先""杀出一条血路"的勇气与担当成为这座城市又一独特的精神标志。市场经济的发展，吸引成千上万的人南下务工。"东西南北中，发财到广东。"从产权确认、价格闯关、商品流通到全面开放，从个体到民营、合资、独资，各种不同类型的企业在这里创业、融合、激荡、成长。在短短四十年的时间里，广州就成为世界制造中心，走完资本主义国家几百年才能走完的路。从计划经济、商品经济、社会主义市场经济到十九大报告进一步明确，市场在资源配置中起决定性作用，广州更好地发挥了政府的作用，形成改革开放建立市场经济的基础理论架构，创建一种前所未有的、科学的经济结构和运行体制，运用中国理论、中国方案、中国实践解锁了一个时代的禁锢。广州，为中国特色社会主义制度的形成与成熟提供了生动的实践，为推动深化全国改革开放提供了重要经验，见证了国家整个工业化发展的进程，成为人类发展史上的奇迹，对中国和世界都产生了深远的影响，成为中国特色社会主义改革开放的重要窗口。

广州是粤港澳大湾区文化中心城市，具有多元文化的独特气质。"粤港澳大湾区"不仅是一个地理概念、经济概念，同时也是一个文化概念。香港、澳门与珠三角文化同源、人缘相亲、民俗相近。鸦片战争以来，大湾区人民一起历经苦难，一起斗争，一起流血，一起奋斗，共同成长，在国家民族争取独立解放的过程中，做出了不可磨灭的贡献。特别是改革开放以来，共同创造、共同发展、共同富裕，岭南文化在不断吸收国际文化元素中碰撞、融合、创新，焕发出新的无限的魅力。创造性转化、创新性发展，逐步形成了大湾区人民的国家认同、民族认同、文化认同等多元文化特质。

一个时代有一个时代的主题。建党百年全面建成小康社会，这是人类文明发展史上的大事件。十四亿人口摆脱绝对贫困，成为世界第二大经济体，完备的工业体系、强劲的科研态势，成为人类发展的奇迹。这次蔓延全球的新冠肺炎疫情给人类带来了灾难，也引发了思考。哪种制度机制更有效,哪里的人民生命财产更安全,哪里的幸福更多、更长久,在老百姓的生活里都能得到答案。没有对比的生活,很难让人找到坐标。眼前没有硝烟,觉得和平很平常;没有饥饿,感到温饱很平常;没有灾难,感到团聚很平常。几十年的和平、几十年的发展,让人们心里淡化了危机。小康社会是党的功劳,也是人民的功劳,在分享这份荣光的同时,人民感受到的是小康生活背后的制度优势。数字化、全球化、市场化是我们这个时代的必然生态,社会主义制度的体制机制是引领时代的内在逻辑和根本主题。

一个崛起有一个崛起的密码。追求梦想,实现全面小康,我们为什么能成功?是什么基因?有什么密码?奔跑的每一个人都清楚,从出发到现在的成就,都超出了自己的想象。从一个文盲大国到一个人才大国,从一个农业大国到一个制造大国,从一个贫穷大国到一个经济大国,从一个制造大国到一个科技大国,短短几十年,中国让世界震撼。在回顾历史,感受辉煌中,我们很容易找到"四个自信"的理由和逻辑。我们走过的路、做成的事,没有哪一件是容易的,但中国人做成了,广州人是先行者。中国的发展用西方理论解释不通,中国自己也没有教科书,是摸着石头过河蹚过来的。中国特色社会主义有两个让人们看得到的逻辑:一个现实逻辑就是每一次大的改革、大的阵痛之后,人们都能过上更好的日子;一个理论逻辑是只要以人民为中心,一切的矛盾都可以化解,一切的敌人都可以战胜。这是共产党人成功的密码。

一个生态有一个生态的滋养。全数字化时代,有什么样的需求就有什么样的传播,有什么样的传播就会形成什么样的舆论。生态的核心是受众。全数字化时代的全球化,人们的视野是世界的,但不一定看得清;人们的信息是海量的,但不一定都有用;人们的工作和生活离不开物质享受，但其品质需要精神追求。人们在浮躁后的冷静中，对精神文化产品的需求会有一个很大的提升。用读者喜欢的方式做传播，用读者成长所需的内容做连接，用读者正向需求做引导才会有一个好生态。生态的动脉是时代。社会转换中的矛盾点、人们精神需求的提升点、产品呈现方式的吸引点，就是时代的脚步声。生态的感动是故事。故事是焦点性、支点性的，具有创新性和深刻性。读者在故事中感动，在故事中思索，用一种舒服的方式聊天，和心中的迷惑和解，让内心光明，充满力量，在寻找故事的本真中发现更好的自己。

站在世界看广州，站在广州看未来。"追梦之路：潮涌珠江向大海"丛书，讲述的故事鲜活、深刻、有力量。我国全面建成小康社会，让我们有了足够的自信和底气，昂首阔步迈向社会主义现代化国家新征程。只有经历风雨，走过坎坷，才能遇见美好，看见未来。

目录

第一章　重新发现广州 001

　　一　古老的贡献 003
　　二　伟大的第一站 011
　　三　"医"无私覆 023

第二章　确实敢为人先 035

　　一　汹涌着追赶 037
　　二　硬壳式保护 050
　　三　我也能开医院 064
　　四　面对古老的突袭 074

第三章　将医改进行到底 089

　　一　进入深水区 091
　　二　老百姓有"御医"了 098
　　三　一元钱真的能看病 106
　　四　医养结合才是寿 113

第四章　医道存花城　121

　　一　"苁蓉当归"　123
　　二　新知必从医源出　132
　　三　上医治未病　141

第五章　教研大格局　149

　　一　华南航空母舰　151
　　二　舰载战斗机　157
　　三　揭秘最强武库　169
　　四　人才作为核动力　178

第六章　创造产生趋势　189

　　一　"互联网+"怎会少医疗　191
　　二　制药还制造其他　199
　　三　临床新形态　208
　　四　问诊AI　213
　　五　医药硅谷　222

第七章　是足迹拓宽了道路　229

　　一　到祖国边疆去　231
　　二　远一程，再远一程　242
　　三　路的真谛：你来我往　248

后　记　258

| 第一章 |

重新发现广州

从中华文明的早期起源来看，它无疑是一种大陆型文明。因此，在它的早期阶段，位于东南沿海的广州，便处在一个边缘性的位置。但是，随着人类航海技术的不断进步与发展，一方面，广州所具备的海上重要战略优势，便逐渐凸显了出来，极大地拓宽了中华文明的视野，促进了中华文明置身于世界多元文化当中的创造力。

另一方面，广州在五岭以南，古代交通不便，跟中原地带便有了一定的阻隔，反而让很多文化、民俗与语言等得到了更好的保存。比如传统中医学在岭南被精心保护，传承尤多。这便是孔子说的："礼失求诸野。"广州在古代无疑处于"野"的位置。"野"没有什么不好，纵观人类历史，都是中心与边缘的反复互动，驱动了文明的发展。

当我们站在今天，回溯广州这座城市的健康卫生事业之际，不可能不触碰这座城市的漫长历史，还有近代以来它所创造的奇迹。我们也必须再重温1949年以后，它给民众带来的真正关怀。

以"医"的目光重新打量广州，会发现一个新的广州。这个广州在医疗卫生方面为中华文明做出了太多不可磨灭的贡献。

一　古老的贡献

说到古代广东的医学，很多人第一时间会想到葛洪。确实，葛洪来到岭南，长居广州的经历有着相当的代表性。正是晋代的"八王之乱"诱发了"五胡乱华"，才让大量的中原人士争相逃难，翻越千山万水，来到岭南避难，与此同时，也将中原先进的文化和技术带到了岭南。

葛洪的好友嵇含即将上任广州刺史，他邀请葛洪出任参军，两人一同前往广州。可是，刚到广州不久的一个夜晚，嵇含被人杀害了，葛洪便滞留在了广州。他信仰道家，在广州的浮丘炼丹弘道，现在广州市中山七路与光复路交界处仍有"浮丘"的遗址。

咸和初年（326），葛洪回归乡里，出任司徒掾。咸和八年（333），他又再率领子侄、门生回到广州，被刺史邓岳留住。葛洪在广州生活了一段时间后，又转往罗浮山进行修道、炼丹，专心著书立说。葛洪的弟子黄初平后来随师修炼，得成正果羽化成仙，人们称他为地行仙，亦称为黄大仙。黄大仙对于广东道教的传播起到十分重大的作用。千年以后的今天，黄大仙成为广东以及港澳地区民众顶礼膜拜的一位地方神祇，影响极其深远。

不过，如果说在那时在广州影响最大的医者，恐怕葛洪的夫人才是当之无愧的。在葛洪第一次留在广州期间，也信仰道家的南海太守鲍靓，对葛洪十分器重。他亲自将石室《三皇文》典籍授予葛洪，并将其女儿鲍潜光许配给葛洪为妻。

嫁给葛洪后，鲍潜光成为葛洪的得力助手，与他共同钻研医药之术。其中她在灸法方面成就最为突出。她是中国第一个使用针灸疗法的女医生，被世人称为"鲍姑"。她自己没有留下冠名著作，但葛洪著作中的很多灸法急救术都和鲍姑的高明灸术有关。葛洪花了许多心血编著，力求使之成为古代医疗普及手册的《肘后急救方》中，就吸收了她的部分学术思想和实践所得。书中有针灸医方101条，其中灸方就占到92条，并且较为详细全面地论述了灸法的治疗效果、操作方法、注意事项。书中记载了用针灸治疗包括内、外、妇、儿、五官、神经、传染、精神科等共30余类61种病症，灸法则涉及救治尸厥、心痛、霍乱、癫狂、卒中、毒蛇咬伤等急症。

鲍姑尤以治赘瘤与赘疣见长。她因地制宜，就地取材，采用广州越秀山下漫山遍野生长的红脚艾，灸疗赘瘤、赘疣等疾病，治好无数患者。《羊城古抄》记载她"每赘疣，灸之一炷，当即愈，不独愈病，且兼获美艳"。唐传奇《崔炜传》中也记载：鲍姑"升仙"后，一日番禺人陈某设奇珍异宝于庙中，鲍姑化为一乞食老妪，不慎打破人家酒瓮，无钱赔偿，正受到殴打，崔炜怜悯之，脱衣抵偿。有一天，在路上又遇崔炜，鲍姑说为感谢他，将赘灸之法传授给他。崔炜用这个方法，为一位老僧人治好了耳朵上的赘疣，又经老僧介绍，为一位家财万贯的富翁治好了病，获诊金十万钱。这个故事说明，在当时鲍姑和其医术已经被神化了。

葛洪根据爱妻鲍姑的要求，在越秀山南麓建造越岗院，供她修道，并且作为给老百姓治病的地方。

鲍姑行医济世，加之医术精湛，时人称之为"鲍仙姑"。她去世后，人们特地在越秀山下的三元宫内，建造了鲍姑祠来纪念她。现在广州三元宫内仍保存有古石碑两块，其中一块是中医学教具，是鲍姑等的医术世代相传的实证，另一块是记述鲍姑医事活动和她用红脚艾解除民众疾苦的事迹。宫内的鲍姑宝殿前，还有一口虬龙井，也被称为鲍姑井，相传当年治病，即是从这口井中取水。据《广东省广州市越秀山三元宫历史大略记》碑文记载，

"南海越秀山右有鲍姑井,犹存,其井名虬龙井,有赘艾,藕井泉及红艾活人无算。"三元宫内还有题词:"就地取材红艾古井出奇方,妙手回春虬隐山房传医术。"便是赞颂鲍姑治病救人的卓越贡献。

如果说葛洪和鲍姑的故事意味着中原与岭南地区之间的医疗文化交流及创新,那么,接下来我们要展现的是广州在中国历史上的战略崛起,我们可以看到,它在医疗文化方面发挥了不可替代的作用。

唐代,一个壮丽的朝代。

也正是在那个时代,广州迎来了它作为一个滨海港口城市的荣光。此前,广州一直是对外交流的前沿,不过,大唐的繁荣盛极一时,文化上开放包容,自信满满,促使无数船只从广州出发,直抵红海、阿拉伯海的巴士拉港,航线总长达到1.4万公里,被称为"广州通海夷道"。中华文明的海外贸易得到了前所未有的扩展。中外药物、药学,乃至医学的许多领域,都实现了世界级的大交流。

唐穆宗时,波斯大商人李苏沙贩运到中国的海外珍贵药材沉香之多,可造一座亭子。李苏沙便定居在广州,他的子孙后代中出了一名叫李珣的人,学识渊博,兼通医学,看到太多经由广州港输入内陆的各种外来药物,李珣写下了一部书稿,叫《海药本草》。李珣还有一个身份,他的诗词写得非常好,是五代花间词派的著名词人。因此,他早已是一个地道的中国人。他的弟弟李玹,也是以香药为业,还花费大量时间炼丹。

李珣的《海药本草》堪称是一部巨著,收载了唐五代时期传入中国的131种药物,绝大多数来自海外,仅一小部分产于今天我国西北、西南地区,是我国第一部专门介绍和总结经海外贸易传入中国的外来药物的专属本草著作。当中大多记载了产地,以利查考。

全书共分玉石、草、木、兽、虫鱼和果六部。第一部玉石类载玉屑、波斯白矾、石硫黄、金屑、银屑、阳起石等药共11种;第二部草类载药达39

种，主要有人参、木香、通草、昆布、海藻、阿魏、延胡索、补骨脂、仙茅、白附子等；第三部木类载药49种，如丁香、沉香、乳香、降真香、槟榔、龙脑香、芜荑、没药、安息香、海桐皮、胡椒、椰子等；第四部兽类载象牙、象胆、犀角、腽肭脐4种；第五部虫鱼类载药15种，如牡蛎、秦龟、真珠、石决明、鲤鱼、青鱼、海蚕砂、蛤蚧、贝子、甲鱼等；第六部果类载豆蔻、荔枝子、橄榄等10种。有16种为首次在本草中正式记载：包括砗磲、金线矾、波斯白矾、瓶香、钗子股、宣南草、藤黄、返魂香、海红豆、落雁木、莎木、栅木皮、无名木皮、奴会子、郎君子、海蚕。美容常用的珍珠和芦荟，就是经由《海药本草》的介绍，才为国人所广泛采用的。

《海药本草》能够诞生，最根本的前提是从魏晋到隋唐以来海上贸易的迅速发展，尤其是以广州为主要港口的海上丝绸之路的畅通，所带来的中外药物交流的兴旺。《海药本草》不仅充分反映出古代海外药物传入中国的盛况，也表明国人对于这些海外药物早已有了相当深入的认识与研究。它是古代广州繁盛、宏大的药材贸易的直接反映，也是海上丝绸之路文化与科技交流的一个注脚。

宋代时，出生于广州府医学世家的陈昭遇，奉宋太宗赵光义之命编修医药方书。他与同事们收集、检验并分门别类整理医药验方，经过14年努力，于淳化三年（992）二月成书。宋太宗亲自写序，题名为《太平圣惠方》。全书共100卷，分1670门（类），载医药验方16834首。是年五月，朝廷将该书刻印出版，颁发全国，下诏各州设医博士掌管。该书首先阐明诊断脉法，其次叙述用药法则，然后按类分述各科病症的病因、病理、方药，是一部具有完整理论体系的医书。《太平圣惠方》不仅对中国医药的发展具有深远的影响，而且传至国外。宋真宗赵恒两次将《太平圣惠方》赠给高丽，促进朝鲜医药的发展。《太平圣惠方》后来传至日本，对日本医药的发展有深远的影响。日本梶原性全1303年所编的医学名著《顿医抄》50卷就是以《太平圣惠方》等中国医书为宗编撰的。陈昭遇是在京城"治疾无不效者"而被推荐到翰林医官院任职的，可见他的医学造诣之高。而来自他医学世家的熏陶教育，从侧面也说明了广州当时在医学上所具备的极高水平。

提起热播的电视剧《大宋提刑官》，很多人都不陌生，讲的是"提刑官"宋慈断案的故事。宋慈是世界上第一部法医学著作《洗冤集录》的作者，被西方誉为"世界法医学之父"。他和父亲宋巩，都在广州做过官。这部名著当中的不少案例和资料来源，就是得自他在广东任职期间的工作经历。因为是亲见亲闻，所以这部著作一直得到专业人士的认可，并被翻译为多国文字。

南宋嘉定元年（1208），正值南宋后期，朝廷腐败，释继洪在河南汝州的一个贫困家庭诞生了。父母无法养育他，年幼的他被送往寺庙为僧。释继洪是寺庙师父赐他的法名。他勤奋好学，天资聪慧，在25岁时，便将佛法与医理融会贯通，精通"五明"。继洪在岭南地区的活动时间大概是1233—1264年间。30年的生活使他对岭南非常熟悉。他还谈到竹叶"惟广州白云后洞及惠州罗浮有之"，说明他曾到白云山和罗浮山采药。他的大部分著作也是在岭南完成的，包括《卫生补遗回头瘴说》《指要方续论》《蛇虺螫匿诸方》《治瘴用药七说》《治瘴续说》等。

其中最重要的是《岭南卫生方》。

原书是元代海北廉坊刻本，今已失传。明代景泰年间（约1450—1456）广东省署进行了重新刊刻，但流传不广且缺乏妥善保存。直到明代正德八年（1513），广东布政司罗荣以所借抄本复刻传世。

《岭南卫生方》集宋元以前岭南地区多发病瘴疟研究之大成。继洪不仅医术高明，而且善于总结前人经验。他在上、中两卷中汇集了宋代医家李缪、张致远、王棐、江南容、章杰等人的治瘴专论，并将自己撰写的大量有关治瘴的理论与药方收录其中。此外，由于"五岭之南，不惟烟雾蒸湿，亦多毒蛇猛兽"，附有蛇虺螫蛊毒诸方。下卷则是明代以后的医人增附，收入娄安道的《八证标类》及《李杲药性赋》，并附日本人山田简志的《募原偶记》。

岭南四季湿热，蚊蝇病毒容易滋生和蔓延，多发流行病、传染病。《岭南卫生方》中有云："岭南既号炎方，而又濒海，地卑而土薄。炎方土薄，故阳燠之气常泄。濒海地卑，故阴湿之气常盛。而二者相薄，此寒热之疾所由以作也。"继洪在积累大量生活经验、临床经验和前人学说的基础上，编纂成了《岭南卫生方》。该书记载了90多种药方，详细描述了岭南的地理环境、气候特点、居民生活习惯等情况，从传染源、传播途径和感染者的角度说明了瘴疾与伤寒、温病的不同，并系统地总结了冷瘴、热瘴、痖瘴等不同类型瘴疾症状、发病原因及治疗方法。

继洪在《岭南卫生方》中专门提到治疗疟疾的方法："以青蒿水与服，应手而愈。"自葛洪提出青蒿治疗疟疾之后，该疗法鲜见提及和使用，继洪继承和发展了这个方法。如今医学界已经证实青蒿是目前治疗疟疾最好的药物之一，而青蒿素的提取者屠呦呦获得了中国第一个诺贝尔生理学或医学奖。

明清时期是岭南中医学大发展的年代。

明代的广州涌现了不少医家，尤其是在制药方面，影响至今尚在。陈体全和中医李升佐，于万历二十八年（1600），在广州双门底（今北京路现址）创办了"陈李济"。陈体全初为小商贩，李升佐为当地名医，开设医官并经营药肆。一次，两人同船前往广州，陈体全上岸时遗落货款，被李升佐捡获。李升佐不昧钱财，整日在码头守候失主。陈体全四处寻找到码头，李升佐亲手把失金交还给他。陈体全感激李升佐品德高尚，遂以一半失金赠予李升佐，后者再三推辞不要，于是，两人决定合营，取店名"陈李济"，表示同舟共济的决心。他们广收良方、精细加工、务求实效，把制售成药作为发展方向。到了清代，"陈李济"已经成为广州非常著名的药家，享誉全国。同治年间，清穆宗因病服用"陈李济"的药品获益，便赐予其"杏和堂"的封号。

清代，对全国有较大影响的广州医家是何梦瑶，他被誉为"南海明珠"。清乾隆十五年（1750），何梦瑶因故辞官返回广东，先后在广州粤秀书院、越华书院主持院务。何梦瑶对中医的五脏生克学说与阴阳、水火、虚实、气血等基本理论均匠心独运，而在医治岭南各种温热病状的医理研辨中更取得了重大突破。他提出基于岭南的地理气候具有亚热带特征，诊治各类温热类病的用药应与北方地区的常规用药有所不同的观点，认为当依据当地人的身体体质与气候环境，改以施用清温热类的药剂，应戒用温补类的药剂。何梦瑶为使其创立的医理造福于民，遂设帐广招习医的学生传授心得，亲自向病者赠方施药。他的岭南中医新理论与其疗效为社会所公认。何梦瑶撰写的《医碥》《伤寒论近言》《幼科良方》《妇科良方》《医方全书》等著作，均属依据岭南独特的地理气候环境下人体病变的特征，运用经络学说做出相应的医理论证。

巧合的是，另一位名医也姓何。

位于广州番禺区沙湾的留耕堂，是当地名族何氏的大祠堂。你若走进去，便能看到沙湾敬老中心的楹联，上面写的是："绿水青山苍松翠柏，青萝世泽源远流长"，礼赞的就是岭南名医何克谏，号青萝道人。

"青萝山中有茅屋，土墙蛎径幽人筑。春来屋内屋外花，客坐前山后山竹。盎头良酝开数升，架上素书闲一束。落落乾坤觉汝贤，箨冠萝服望如仙。正逢渭叟投竿日，应见希夷大笑年。"岭南三大诗人之一的陈恭尹，以诗歌的形式，在《何克谏八十》这首诗中描述了大医何克谏的隐士生活。

何克谏的《生草药性备要》是岭南第一部地方性民间草药专著。书中主要记载了岭南生草药的形态、功效和用法。热播剧《芈月传》中，芈月便是用一种神奇的草药"七叶一枝花"，治好了被杀人蜂害得生命垂危的小嬴荡。"七叶一枝花，紫背黄根人面花。问它生在何处是，日出昆仑是我家。大抵谁人寻得着，万两黄金不换它。"从这首药性歌中能得知它的珍贵，它是《生草药性备要》所载的首味草药，治内伤之圣药。第二味药是金银花，乃外科疮之圣药也，自古被誉为清热解毒的良药。我们常用的银翘解毒片、银黄片等药物中金银花都是主要制剂。何克谏以一内一外圣药统领全篇。

此外，他还同其侄何省轩一起，编有《增补食物本草备考》上下卷，书中总结了人们日常食物的药理功效、毒性与禁忌，是对岭南地区食疗经验的第一次总结，为居家饮食与调养提供了重要的参考。

土生土长的广州人几乎个个懂食补，人人擅煲汤。广府人传承数千年的食疗养生秘方，在《生草药性备要》中可谓是集大成。何克谏在书中总结了许多民间食疗经验，倡导药食同用。如万年青止热咳须"取叶同煲猪精肉食"，苦楝根"退热"宜"用二皮同片糖煲水"，钱贯草消热毒利小便要"煲粥食"，桑寄生、枇杷叶可以"作茶饮"……可以看到，煲汤、糖水、煲粥、茶饮，哪样广州乃至岭南的食俗都少不了生草药。

清末民初，广州的传统医学活动依然相当活跃。

1906年，即清光绪三十二年，广州成立了"医学求益社"，相当于今天的医学会。医学求益社每月一次以医会友，被评得第一名者，发表论文于报端。上月头名即为下一届论文的主审员，无形中开展学术之竞争。后来，又有广州医学卫生社。民国时期，广州的医学教育开始举办，著名的有广东中医药专门学校与广东光汉中医专门学校，均为广州中医学界培养了许多人才。

自古以来，广州便是岭南的首府。岭南地区的大部分医疗资源其实都离不开广州这座古城。但是，本书提到的广州，还是尽量以地理空间为限制，因为篇幅所限而不做进一步延伸。即便如此，也丝毫不影响这座城市的荣光。

从本节简单的历史回顾中可以看到，广州的卫生医疗事业始于晋代中原移民带来的先进医术与岭南地区医药的结合。而自唐宋以后，随着海外医学视野的开拓，以及长江流域医药学术的汇入，极大地促进了广州医药卫生的发展。以广州为中心的岭南中医药学，逐渐发展成不可替代的医药学派，救治着古老中国的无数生命。

二 伟大的第一站

挂号、候诊、检查、取药……全都是排着长队等候的人。位于珠江之畔的中山大学孙逸仙纪念医院，门诊大厅每天都是这样人流如潮的景象。

如果时间能够像电影那样回放，我们会看到，前一天，再前一天，甚至一百多年前，这里都是这样的景象。

直到那一天，1835年11月4日，这家医院的前身"眼科医局"开张的第一天，这种景观才发生了质的改变：能容纳200名患者的候诊大厅空无一人。

眼科医局是西方现代医疗体系在中国落脚的起点之一。第二天，1835年11月5日，一位患青光眼的妇女抱着"死马当活马医"的想法，一个人走进了医院，成为第一个接受西方现代医疗技术诊断眼疾的患者。

"中国近代史以鸦片战争为开端，中国医学近代史也相应以此为起点。当中国封闭的国门被打开，西医作为现代科学的前锋大规模传入中国之势骤起，引发中国医学数千年发展史上未有之剧变。"每周三上午，中山大学孙逸仙纪念医院院史馆面向公众开放，馆长杨宇平总会在这里向参观的群众讲解"西医东渐"的沧桑巨变。

1835年11月，由美国人伯驾在广州创办的眼科医局，是中国历史上第一次出现的完备的近现代医院架构，候诊室、诊室、配药室、留医室一应俱全，是中国近代第一间西式医院。此后百余年，大批的现代医学人才从这里走出，为广州乃至全国的医学事业做出了巨大的贡献。

眼科医局的诞生，对当时以"望闻问切"为医道正宗的中国社会产生了极大震撼。伯驾在第一份季度报告中这样阐述："在中国眼科疾病患者最为常见，而且中国的医生在眼科疾病方面也最为无能为力，因此我们的治疗范围以眼科疾病为主。"

实际上，眼科医局所治疗的不只是眼疾。眼科医局创下了中国近现代医学史上的多个纪录，如中国第一例膀胱取石术、首先引用乙醚麻醉和氯仿麻醉、中国近代第一例剖腹产手术等。老百姓逐渐接触现代医学，因而西方现代医学很快就在广州异军突起。伯驾在日记中写道："我看到其中有些人提着灯，在凌晨二三点就从家里出来，以便及时到达。如果当天收住病人的数目有限，他们将在前一天晚上到来，整夜等候，以便在次日能得到一张挂号票。"

据杨宇平介绍："眼科医局的病例簿会给病患编号，据现有资料推测，广州眼科医局在1835年到1855年间，接诊了53049个不同的患者。"在这53000多个患者中，最有名的病例是第6565号林则徐——虎门销烟的民族英雄。他所患疾病是：疝气。

报告是伯驾亲自写的："这个病案没有值得可以引起兴趣的地方，事实上这位病人从来也没有见到过。……从所说的症状来看，他似乎还有气喘，我给他送去了一些药，他为了向我道谢，送来了水果等礼物。"

因此，可以看到，在当时从普通百姓到朝廷的官员，都在尝试西方现代医学的诊疗，因而西方现代医学从无到有、从有到兴，迅速而广泛地在中国发展起来，从而带动着整个现代科学和文化在中国的发展和创造。

1841年9月，在广州行医5年有余的伯驾医生致函苏格兰首席医生约翰·阿伯克龙，详细介绍入华医学传教业绩。在这份报告中，伯驾重点分析了为清朝培训西医人才，并将他们送达欧美医学院深造的计划。这份西洋留学提议，比中国最早的容闳出洋奏议，提前了25年。

又一个美国人嘉约翰，紧随着伯驾的脚步来到了广州。

他接替伯驾掌管眼科医局后，先后创办了博济医院、博济医学堂和惠爱精神病医院，医学堂后变成华南医学院，再后来，发展成为中山医科大学。他编译医学书籍34种，为中国培养了最早的一批西方现代医疗人才。这批人才不仅改变了中国的医学，也改变了中国的历史。

1886年，一个20岁出头的小伙子进入博济学医，他叫孙文，号逸仙，后来叫孙中山，世人现尊称他为"中华民国国父"。这个小伙子从博济毕业后，在广州、澳门等地行医，能独立操作胆囊取石手术，这在当时属于非常先进的医疗技术。

"博济医院附设的医学教育教授的是以量化分析、逻辑演绎、性质判断等科学方法分析问题、认识世界，给当时中国旧的思想观念带来非常大的冲击。"中山大学历史学博士朱素颖说，"传教士医生及他们所引入的医疗技术在传统社会中开辟了一个新的公共卫生空间，也成功展示了一个新的、能够吸引社会资源的医疗机构模式，西式医院渐渐在广东地区普及起来。"

因此，来自西方的医学已不仅仅是一门与中医学迥异的治疗手段，而是一套完整的现代医术研究体系和理论学说。这套体系也跟西方自身历史中的传统医学大不一样，它是建立在现代科学的理论体系与方法论基础上的。

正是从广州开始，西方现代医院向岭南以外地区辐射，遍布上海、北京、厦门、宁波、长沙等城市，逐渐成为中国人看病的主要途径。到1905年，全国教会医院已达166所，诊所达241处。

在此地开展47年的医学活动之后，嘉约翰寂然长眠于广州白云山麓。

2014年，广州惠爱医院不遗余力，终于找到了嘉约翰墓地，重修墓园，命名为"嘉园"，并立下规矩：每年9月，新员工入职都必须到嘉园，重温从医的初心。惠爱医院党委书记麦卫阳说："重修嘉约翰墓，我们希望不仅是物理层面的复原，更重要的是传承嘉约翰的医道精神。"

在外国办学者的刺激下，具有报国热情的国人也开始发力。1907年，梁培基、郑豪、陈衍芬等人建立了光华医学校。1909年，潘佩如、钟宰基等在西关创办了广东公医医学专门学校,后来因为学医的女生太多,在珠江南岸鳌洲专设女校。

在近代中国,广州的医疗卫生领域最早对女性开放。

广州市第二人民医院位于多宝路,现名广州医学院第三附属医院。它的前身是美国女医生富马利于1899年创办的广东女医学堂赠医所。富马利在广州传教行医多年,发现当时的女患者不大敢向男医生求医,便将博济医校的5名女生集中起来,创办了中国第一所培育现代女医师的学堂——广东女医学堂。

1899年12月12日,女医学堂的赠医所接诊了首例病人,此日亦被看作是医院的首创日。医院初名"道济",后更名为"柔济",再后来,又改名为夏葛医学院附属柔济医院。1912年5月15日,孙中山亲临夏葛医学院的学生毕业典礼,并视察柔济医院。柔济医院创院之初亦兼具慈善机构性质,主要服务贫穷的女病者,妇产科一直是其强项。1909年,该院就开展了钳助产术、毁胎术、臀位牵引助产术、子宫破裂修补术等。1914年,富马利、夏马大和中国女医生罗秀云一起,为一名患者切除了47公斤盆腔肿物,标本被送往南京展览,引起轰动。

柔济医院还有一段这样的往事:1925年初夏,广州市郊槎头村农民彭炳忠,带着怀孕的妻子严秀和,焦急地赶往柔济医院求医。在医院里,怀孕只有7个月的严秀和早产了,生下来的男婴仅重1.3公斤。大家都担心这个瘦小的早产儿能否抚养大,彭炳忠也不敢给孩子取名字,想过几个月如能够养活,再取名字不迟。正好柔济医院首次进口了一只温箱,这个早产儿便成了温箱里的第一位"住户"。这位"住户"后来成了大名鼎鼎的科学家彭加木。

1904年,广东女医学堂又设立了附属的护士学校,成为专门培养女性医护人员的学校,成为当时广州输出女医生、女护士人才的主要来源。当年,广州霍乱流行,九大善堂董事会会同官绅共商救济办法,特邀著名的张竹君参加；1907年，广州暴发流行病，善堂也请女医生助阵；1909年，广州水灾，伍汉持医师组织救护队，壶德女学校长刘守初在队中任护士。可见在当时，女医生不仅医术受到认可，而且她们身为女性的身份，在面对女性患者时的便利及细心、稳妥等优势，也得到越来越多的认可。

张竹君是这些女医者中的卓越代表，被称为"中国的南丁格尔"。

1876年，张竹君出生于广州番禺的一个官宦之家，父亲是三品官员，家境富裕。出身于这样一个旧式家庭的张竹君，没有成为深藏闺阁的千金小姐，反而离经叛道地学起了西医。张竹君就读的是博济医院附属南华医校，后转入夏葛女医学堂，1899年，她以优异的成绩毕业，成为中国历史上第一位女西医。

她在闺中密友徐佩萱（后改名徐宗汉）变卖首饰妆奁的资助下，于广州荔湾开办了禔福医院，自任院长，专为贫民治病。两年后，两人又开办了南福医院。张竹君开辟了女性办医院的先河。

她不仅建医院，还办学校。1901年，她在广州创办育贤女学；1902年又与马励芸、杜清持等女士一起创办私立公益女学，又成为广东开办女学校的先驱。因此，她被时人称为"女界之梁启超"，在海外华人中亦享有盛名。

张竹君医术精湛，爱护病人，且擅长演讲，因此极富号召力。每当她倡办医院和女子学校时，都得到富商太太的赞助。她创办的两所医院都为平民治病，并在医院内设立基督教福音堂及演说会，每逢星期六及星期日，她就召集亲友，在此宣传基督教福音，同时议论时政，倡导新学，提倡女权。南粤志士，如胡汉民、马君武等，都是她家常客。

马君武崇拜张竹君，曾追求她，到日本留学后撰写《张竹君传》刊登于《新民丛报》，有"女权波浪兼天涌，独立神州树一军"的赞语。胡汉民当时任《岭海报》主笔，经常在报上宣传张竹君的事迹。1903年《羊城报》记者莫任衡在报纸上发表《驳女权论》文章，胡汉民与亦拥护女权的《亚洲报》主笔谢英伯起来反驳，双方展开辩论。

张竹君曾著《妇女的十一危难事》一书，揭露清朝妇女在封建枷锁压迫下的卑贱地位，鼓动妇女起来求自身的解放。在她的带动下，广州有一些妇女走出家门，热情参加社会活动。

她的大姐徐慕兰，1911年12月任广东女子北伐队队长，小姑李佩书，女仆黄悲汉、邓慕芬，女友庄汉翘亦都参加辛亥革命工作。

除张竹君外，谢爱琼医生的影响力也是深远的。

如果你在广州生活，又有孩子的话，对位于人民中路的广州市妇女儿童医疗中心想必不会陌生。它由原广州市妇婴医院（广州市妇幼保健院）和原广州市儿童医院两部分组成。

据《广州市志》记载，妇孺医院创办地址是惠福路24号，分院在十六甫。惠福路24号是现在的哪里无法确定，但荔湾区十六甫大街的地址尚存。十六甫大街不仅藏有"赌王"傅老榕和音乐才子黄霑的豪宅，还藏有谢爱琼妇孺医院旧址。

在人类知道细菌以前，传统的接生都是剪刀、开水加接生婆的模式，孕产妇死亡率、婴儿死亡率一直非常高。

1907年，谢爱琼医生辞去博济医院职务，独资在十六甫大街70号创办妇孺医院，引入先进的妇产科技术和设备，还设产科讲习所，培养掌握现代接生技术的人才。1912年，谢爱琼扩大妇孺医院，在大市街（今惠福西路）建了高三层的新院。1932年，医院有医师4人，病床近90张，每月平均接生250多人。

1929年，美国人达保罗创办了一家儿童医院。他与谢爱琼医生同是博济医院的毕业生，关系不错，因此，他创办的儿童医院一开始就依附于妇孺医院。

达保罗曾在广东公医专门学校任校长兼教授，医术相当高明，享有"华佗再世"的美誉。在学校的附属医院停办后，达保罗开始自己挂牌行医，虽然诊金昂贵，还只收港币，但依然门庭若市。在当时的经济条件下，达保罗白天的出诊费已达50元，晚上要加倍，一个小手术则要上千元。

1941年，太平洋战争爆发，达保罗的妻子被作为交换日军军官的"战俘"回到美国，达保罗的儿童医院沦为"敌产"，被汪伪政权接收，更名省政府卫生处，一直到抗战结束。1951年，医院改为广州市立医院第二部，1953年改为广州市儿童医院，1968年与更名为妇幼保健院的妇孺医院合并。2006年定名广州市妇女儿童医疗中心。

近代广州，民间慈善力量兴起。

晚清时期，广州西关、新城一带，万商云集，蔚为壮观，形成行会集群"七十二行"。眼科医局便是在西关十三行内诞生的，后迁长堤，改名博济医院，对贫穷病人免收医药费。

1871年，广州商人钟觐平、陈次壬等，联合商界同人创办广州爱育善堂。这是广州第一个近代型的民间善堂。

1899年夏，广州瘟疫流行，死者无数。由于每天晚上广州城西门关闭，晚上死在街头的人无法及时送入城内的收殓机构。当时在广州有着较高声望的绅商陈惠普、陈香邻、陈卿云等人自发募捐，购买城西门外金子湾地段，开办城西方便所，专门收治在疫病流行中病倒街头的穷人和收殓倒毙街头的无主尸体。

城西方便所，是九大善堂之一。

在广州历史上规模最大、影响最远的慈善团体是"九大善堂"。"九大善堂"大约成立于20世纪初，在不同时期成员有所不同。一般来说，指的是城西方便所，以及润身善社、爱育善堂、崇正善堂、惠行善院、述善善堂、广济医院、广仁善堂、明善善堂。到1911年，广州各类慈善机构有50家以上。大体可分为3种类型：官绅倡办的传统慈善机构，如普济堂（男老人院）、普济堂（女老人院）、育婴堂等；宗教团体所创办的义务教育机构、慈善医疗机构、孤儿院等；商绅自主办理的民间慈善机构，"九大善堂"便属于这一类。

在广州白云区太和镇百足桥侧,有一方1920年立的"九善堂碑"。石碑所在的石湖村、南村,一直共用一道水源。有一年天时亢旱,两个村庄为用水问题发生争执,诱发械斗,累计死人千数、焚烧房屋百间。九大善堂急筹巨款,赈济抚恤,平息了冲突。九大善堂又请人建筑公共蓄水塘,分出两个出水口,一口通石湖,一口通南村,水量平均。事态终于平息,九大善堂特在现场立碑为证,希望两村"永敦睦谊,言归于好"。

九大善堂代表了近代广州慈善事业的发展,是珠三角地区经济发达的结果,也是地方商绅爱国爱乡、主动承担社会责任的表现。1906年,九大善堂成立,参与者是一批省港工商界与趋新志士。他们不仅各自从事救死扶伤、救济贫苦、收治废疾、义务教育等工作,还联合起来参与爱国运动,成功地为建设粤汉铁路筹集资金,并在地方自治方面进行了卓有成效的探索。

1901年,城西方便所与位于广州城北的城北方便所合并,更名为城西方便医院。方便医院创办之初,经费来源有限,主要依靠穗港绅商等各界捐款。华侨胡文虎捐巨款建高岗留医洋楼一座,荣德公司捐建守望室围墙,陈济棠夫人莫秀英每年捐助巨款支持医院运作,广州市警察局也将查获的贼赃私货送给医院。

该院不仅在门诊赠医施药,凡在本省范围内遇天灾人祸,如饥荒、沉船、火灾等,都立刻组织医护人员赶赴现场救助,对死难遗体如无人认领的,也由医院施棺掩埋。方便医院附近的象岗山(即现在的南越王墓地)便是当时的义冢。

方便医院"一闻灾即赴救,不避艰险,不计日夜,不论远近,不避时疫,亲理病人,亲济灾民"。方便医院的善举活动范围极为广泛,它的经费来源是靠社会各界人士捐助,特别是靠华侨、港澳同胞的捐助。

黄花岗起义失败后,潘达微在收集七十二烈士遗骸时,是方便医院的相助,才将烈士尸骸殓葬于黄花岗。1920年前后,医院扩展病房16间,收容100

多人，仅1934年，到院就诊服药者达15万人，赠棺殓葬逝者14700余人，收葬路毙者2275人，成为当时华南最大的慈善机构。城西方便医院还参与了十九路军抗日烈士遗体的殓葬。

正因为如此，方便医院被誉为广州九大善堂之首。

1948年，城西方便医院易名为广州方便医院。1952年，广州方便医院和广州市市立医院（前身是广东巡警医院）合并，当时称为广州市人民医院，1954年改名广州市第一人民医院。

广州很早就参加了国际红十字会。

红十字国际委员会是1863年2月9日由瑞士人亨利·杜南倡议成立。当时称为伤兵救护国际委员会，1880年改为现名。

1904年2月发生的日俄战争，不仅促成了中国红十字会的诞生，也触发了广东红十字运动的兴起。

1904年4月，张竹君离开广州前往上海准备参与上海万国红十字会战事救护。她所创办的南福医院由广州名医马达臣接办。随后，马达臣联手革命党人伍汉持等，创办"粤东赤十字社"，这是珠三角地区第一个红十字组织。

粤东赤十字社创建的目的正是为了救护东北难胞。但因路途遥远，马达臣组织救护队开赴东北的计划搁浅。不过，在马达臣看来，无论战时还是平时，建立正式的红十字组织不可或缺。1905年，他与朱伯良等人联名上书两广总督岑春煊，请旱清政府核准立案（登记注册）。岑春煊是清末政治舞台上的重量级人物，思想开通，精明强干，深为朝廷倚重。在他的大力支持下，"粤东赤十字社"定名"粤东红十字会"，并获准立案，成为得到官方正式认可的人道组织。创始人马达臣成为首任会长。

粤东红十字会获官方批准注册后，改称为红十字会番禺分会，会址设在广州市河南龙溪首约（一说是同福西6号），附设医院一所，这便是红会医院的前身。

1915年，红十字会番禺分会改名为中国红十字会广州分会，当时军队为筹措军饷，拟将医院产业变卖，亲临医院索要医院产业执照，当众撕毁，又派宪兵来医院催迁。半年之后，医院业务结束。1916年医院重建。

抗战期间，广州市区屡遭日机轰炸，当时医院组建了第一救护大队，配备了队旗、担架、急救箱、急救药品，每个队员都配发制服、头盔、袖章。遇有日机空袭，队员便做好出发准备，警报解除后立刻赶赴被炸现场救护伤员和运送医院治疗。1938年8月，孙中山夫人宋庆龄闻悉广州被日机轰炸，有大量伤员在红十字会医院救治，便亲自来广州，到院视察检阅救护队，慰问伤员。

广州沦陷前，市红十字会北撤，市红十字会附属医院委任德籍柯道医生为义务院长。柯道为保护医院，在医院门口右侧油漆了一个大红十字，左侧油漆有一面德国国旗，全院员工每人发一布制臂章，臂章上印有与医院门口完全相同的标志，因此，医院和医护人员未受到日军骚扰。

柯道医生早在20世纪20年代就在广州行医，擅长结核病专科，在华南医务界颇有名气。他来医院主持院务后，大量广州市民及四乡农民慕名而至。当时，医院门诊分为特诊与赠诊两部分，特诊按照一般价格收费。赠诊属救济性质，只收药费成本，贫者减免。

1951年该院改名广州市红十字会医院，1969年改名广州市第五人民医院，1978年恢复广州市红十字会医院名称。2000年正式挂牌为暨南大学医学院第四附属医院。

广州还在很早就建立了专门性的医院，比如广州市警察医院。该院筹建于1929年，成立于1934年。

当时，欧阳驹任广州市公安局局长，广州市开始大力改善警察的福利待遇，修建警察坟场、组织消费合作社。鉴于缺乏专门的警察医院，警察就医不便，于是将原来位于西瓜园的警察同乐会改为警察医院，并于1934年1月建成投入使用。警察医院开辟了4个病区，设有病床160张，还开办了一所附属的护士学校。

中华人民共和国成立后，警察医院搬迁到西关珠玑街16号，并改名广州市公安医院，1956年改名广州市第三人民医院。医院接收沙面、惠爱两诊所，合并了沙面红十字会第一分诊所，业务范围扩大。20世纪50年代实行公私合营，从事个体经营的中医师多数进入该院工作，使中医科成为医院最强项。1959年，该院收治因抢救国家财产严重烧伤的救火英雄向秀丽。1960年定名广州市中医医院。1969—1973年，医院复用市第三人民医院之名，1973年再次复名广州市中医医院。

中法韬美医院是一所近代广州的政要疗养院。法国人建成广州天主教堂后，余下的建材仍留在靖海路码头附近。法国领事便向清政府提出，法国出钱，中国出地，合办中法韬美医院。1903年，医院落成，也是中国最早的合办医院之一。

1922年3月21日，粤军参谋长兼第一师长邓铿（字仲元）乘车抵大沙头站，突遭刺客袭击，腹中3枪。邓受伤后仍奋力追赶凶徒，结果没能抓获。然后，邓铿被送入韬美医院救治。23日，邓铿伤重不治，年仅38岁。当局悬红2万元缉凶，却一直没能找到凶手。

1950年底，经时任广州市市长叶剑英批示，以中法韬美医院为基础改建成广州市工人医院，1969年更名为广州市第四人民医院，1983年改现名广州医学院第一附属医院。

这个医院的名字，相信很多人不会陌生，因为出了个当代名医钟南山。

2003年，在抗击"非典"中，广医一院的钟南山院士被广东省人民政府荣记特等功。2020年，在抗击新冠肺炎疫情斗争中，钟南山被授予共和国勋章。

近代以来的广州，因为处于中西文化交汇的最前沿地带，因而有了一系列的现代性变革，为中华文明的现代转型、变革与创新做出了前导性的探索，打下了牢固的科学与文化基础。这从广州近代的医疗卫生事业变迁与发展来看，是再清晰不过的了。而且，医学对于中国人的改变已经不限于身体的疾病层面，更是深入人心，成为重新打量和审视世界的极为重要的一环。

因此，广州作为中国"西医东渐"这个浩荡潮流中的第一站，称之为"伟大"是当之无愧的。

三 "医"无私覆

1949年10月14日,广州迎来了解放。

同年,方便医院新楼建成,全体董事和院长在医院正门照了一张相。就在广州解放前夕,国民党政府的欧阳驹及其亲信竟将方便医院的现金、存款全部掠走,造成医院全体医护人员及病人的伙食费都不能解决。这天,董事会召开紧急会议,希望每人暂时借出若干现金以解决全体人员的伙食问题。

忽然,门被推开了,3位解放军来到会议室,问董事们在开什么会,有没有什么困难,董事们如实报告。其中一位解放军介绍自己是朱光副市长,他又介绍另一位是市财政局局长庄力辛。朱副市长立刻嘱咐庄局长先拨交医院一笔现金解决伙食需要。

广州刚刚获得解放,很多重大问题亟待解决,但是他们主动关心旧医院的问题,是因为这关乎老百姓的生存疾苦。

尽管广州在近代以来,开风气之先,兴办了许多医院和医学院,但是医疗卫生水平受制于旧中国的社会大环境,依然十分落后。医疗卫生设施缺乏,防治手段落后,人民健康水平低下。据记载,1949年,广州市仅有公立、私立医院37间,医院病床4010张,卫生技术人员3908人;1948年,广州市区的人口死亡率和婴儿死亡率高达15.3‰和103.7‰,人均期望寿命只有35岁。

1949年10月,中国人民解放军广州军区接管了广州中央医院,1951年广州中央医院更名为广东省人民医院，1953年省医成立胸外科，1954年又成立骨科、神经外科、泌尿外科以及麻醉科，1954年就能开展心脏血管手术、肿瘤切除术、输尿管移植术、角膜移植术、内耳开窗术、外耳成形术等高难度手术，这些医疗成就在当时的华南地区都是可圈可点的。

1949年11月开始，广州市卫生局和市属各区县卫生局相继成立，城乡各级基层卫生组织逐步建立。1962年开始，以医院为中心，逐步形成市、区、街三级预防保健网。到1965年，建成纵有市、区医院、街道（公社）卫生院和工厂企业卫生所（站）；横有综合医院、教学医院、专科医院、企业职工医院和疗养院的医疗网，并实行了划区分级分工医疗。其间，为响应毛泽东同志"把医疗卫生工作的重点放到农村去"的号召，城市医务人员纷纷深入农村，到田间地头为农民提供防病治病服务，一定程度上加快了农村各级医疗卫生机构的建设。

计划经济背景下，1952年以后，广州市先后建立了公费医疗制度、劳保医疗制度，为城市人口提供医疗保障。1955年建立了农村合作医疗制度。到20世纪70年代末，广州市农村合作医疗覆盖率达到98%，高于全国覆盖率，为保护农村居民健康发挥了巨大作用。

新中国成立初期，作为中国传统医学，具有广泛群众基础的中医药治疗，结合现代医学的知识和方法，在防治传染病、内科、外科、妇儿治疗保健方面发挥独到且重要的作用。

1953年开始，广州市卫生部门吸收中医参加公立医院工作，一大批骨干专家积极探索中西医结合治疗技术，取得较好临床效果。

同时，广州各医院西医临床分科逐渐细分。心血管、泌尿等内科检查在国内、省内率先采用先进技术及设备，如西门子三导联心电图检查、ALWALL座式人工肾、腹膜透析、纤维支气管镜检查技术等，大大提高了诊断准确性和治疗效果。外科技术同样进展迅速，手术范围从腹部扩展至胸心血管、颅脑等"禁区",并开展了断肢(指、趾)再植、器官移植等手术;大面积烧伤的救治也取得显著效果。其他专业科室相继引入先进设备,开展技术革新,研究创新治疗方法,取得了良好效果。

伴随1952年公费(劳保)医疗在广州的推行,群众多到西医医疗机构就诊,中医诊治对象多为慢性病及一般常见病、多发病。

我们知道,岭南地区一直是中医药发达之地,特别是清朝年间,民间药店非常普遍,尤其以南方的商业中心、繁华之地广州为甚,这里盛产质量上乘的道地药材,素有"广药"之称。据历史记载,黄中璜药店创建于清代康熙元年(1662),保滋堂创建于清代康熙八年(1669),贵宁堂马百良药店始创于清代嘉庆二十五年(1820),还有广芝堂、集兰堂、梁财堂等老字号药店也都有二三百年的历史。

从1662年创立至今,广州白云山中一药业已走过350多个春秋,横跨5个世纪,其间曾合并46间药店(厂),包括以"保婴丹"驰名海内外的保滋堂、以"安宫牛黄丸"而盛名远播的橘花仙馆、以出产"三蛇胆川贝末"而闻名的集兰堂……这些药品畅销百年不衰,仍保存在老广州人的记忆深处。

这些药店多是以个人名字或别名命名,在当时都享有盛名,生产的中成药有膏、丹、丸、散、茶、油、酒等7大类,均以治疗药为主。当时这些药店均以前店后作坊的方式生产中成药,古老而简陋,从药材的拣选、切锉、研磨、拌和到最后制成药丸、丹、散等全过程,完全靠手工操作完成。但每个药店都有自己的畅销产品,如集兰堂的三蛇胆川贝末、犀黄丸、金锁固精丸、虎潜丸、人参再造丸,梁财信的熊胆跌打丸,卢畅修的安胎丸,黄中璜的调经丸、三达丸,橘花仙馆的清心牛黄丸、安宫牛黄丸、温热至宝丸等。有些不仅二三百年畅销不衰,而且在1956年还被广州市卫生局认定为固有成方生产。

1956年,在国家公私合营的倡导下,以保滋堂为首的8家私营厂合并成立公私合营的保滋堂联合制药厂;以迁善堂、橘花仙馆为主体的7家私营厂合并组成公私合营迁善堂联合制药厂；以马百良为首的10家药厂组成了公私合营马百良联合制药厂。后来这3家公私合营的联合制药厂陆续合并其他私营厂，扩大规模。在20世纪70年代，为适应当时形势需要，这些药厂再次进行整合，成为广州白云山中一药业改制前的广州中药一厂。

说到中医药，很多人脑海中会浮现出"经典古方"。在历史源远流长的白云山中一药业，许多产品都可以追根溯源。其中最著名的就是"安宫牛黄丸"。

温病（瘟疫）被古人认为是坟场。岭南地属亚热带地区，气候环境适合细菌的滋生与传播，南粤大地常有时疫流行。直至安宫牛黄丸问世，大大降低了温病（瘟疫）的危害。清文宗咸丰八年（1858），岭南名药坊橘花仙馆根据《温病条辨》研制成功安宫牛黄丸，擅长"救急症于即时，挽垂危于顷刻"。在清末民初的时候，留下了"安宫牛黄丸，南有橘花仙"的美誉。不过由于制备安宫牛黄丸所需的药材非常名贵，有牛黄、麝香、犀牛角、珍珠等，所以非寻常人家所能拥有。一旦拥有，也常常被当作"传家宝"珍藏，以备不时之需。

橘花仙馆的商标"仙橘牌"，自清朝一直沿用至解放后。1956年公私合营时橘花仙馆和马百良药店这两家均精研安宫牛黄丸的百年老药店合并，聚两者药方之优长，发展演变为今天广州白云山中一药业的"白云山中一牌"安宫牛黄丸。这几十年间，虽陆续改用了"马字牌""仙橘牌""广中牌"这些商标，但白云山中一药业安宫牛黄丸的生产始终没有停止，并频获认证。

广州许多老人对20世纪七八十年代的安宫牛黄丸印象深刻。在白云山中一药业的资料馆中还收藏有一位市民捐赠的一盒在1977年购买的安宫牛黄丸，上面的收据写着3.33元。捐赠者说，当时他的月收入才七八元，而且这盒药还是托了不少关系才买到的。由此可见，安宫牛黄丸在广州受欢迎的程度，而且它因疗效显著，声名远播。

1956年，北京、河北发生大规模乙型脑炎，毛泽东听取医生的建议，下令用安宫牛黄丸治疗，疫情得到有效控制，全国轰动。2003年，SARS重创中国，国家中医药管理局颁布的《传染性非典型肺炎（SARS）中医诊疗指南》推荐使用安宫牛黄丸。2009年甲型H1N1流感期间，卫生部推荐使用安宫牛黄丸治疗中医辨证为"毒壅气营"的H1N1流感。针对前不久的H7N9禽流感，安宫牛黄丸也是国家卫计委推荐用药。

以往的安宫牛黄丸售价昂贵，普通市民只能望药兴叹，医生也不敢随便给老百姓开此药。白云山中一药业将现代医理和科技结合，打造出质优价廉的"白云山中一牌"安宫牛黄丸，80元的售价让"旧时王谢堂前燕"终于"飞入寻常百姓家"。

白云山中一药业有过前店后作坊式经营，有过战火纷飞下的艰难生存甚至停产，有过特殊十年的困惑，也有改革开放后的突飞猛进。现在，它已经成为全国制药行业百强，以及全国最大的糖尿病中成药研究开发及产业化基地。它的发展史见证了岭南中药的现代转型与探索之路。

新中国成立之初，天花、鼠疫、霍乱、血吸虫、黑热病等传染病的肆虐，困扰着大多数地方。

1950年秋季，一场"种痘运动"在全国开展。医生在老百姓的手臂上涂牛痘苗，划个"井"字样划痕，后来划痕结痂脱落，结出蚕豆大的疤。正是由于种痘，使烈性传染病天花于1961年绝迹。

此后，随着国家免疫规划等一系列方针政策的陆续出台，越来越多的力量加入传染病防控中。1978年，全国开始普遍实行计划免疫，"预防接种"为百姓健康筑起一道免疫屏障。

广州卫生部门积极贯彻"预防为主"的方针，集中力量消灭和基本消灭了严重危害人民健康的烈性传染病，降低了各种传染病地方病的发病率。这一时期广州基本上未发生鼠疫、天花以及霍乱（1961年霍乱从国外传入，广州有间歇散发性病例发生）。

1952年7月，广州市成立爱国卫生运动委员会及其办公室，将卫生工作与群众运动相结合，开展以"除四害，讲卫生，消灭疾病，讲文明，养成良好卫生习惯"为内容的爱国卫生运动。1952年底，广州市金花街被评为全国乙等卫生模范单位。1957年广州市基本消灭恙虫病，控制了伤寒、痢疾、白喉、小儿脊髓灰质炎、乙型脑炎的发生和流行。1958年，广州市动员群众义务劳动，填泽平沟，将蚊蝇滋生地建成群众休憩游乐的公园。20世纪60年代前后，农村开展卫生村建设，31个大队接近或达到卫生村标准。

广州市第八人民医院在应对和救治大规模传染病上战功赫赫。

广州市立传染病医院成立于1921年，1936年改名市立隔离医院，1945年复名市立传染病医院。华英医院由中华基督教会和华南万国医药救济会于1947年1月联合创办，1950年由市政府接管。1951年，市立传染病医院（已并入方便医院之部分）与华英医院合并重组，新建广州市传染病医院。1969年更名广州市第八人民医院，1973年改名为广州市传染病医院，1994年又恢复为广州市第八人民医院。

1964年广州市流脑大暴发，当时传染病医院只有100多张病床，竟收治了4000多个病人。医院把职工宿舍、礼堂、冷藏库等都腾出来做病房，20多个医生每天从早上7时工作到晚上7时。由于疫情来得太猛，不少医护人员都染了病，可仍然坚持工作。白天他们是医生，晚上才是病人，最后竟奇迹般控制住了疫情。

从1921年到现在，虽然几度迁址、数次更名，但广州市第八人民医院始终以收治各类传染病为己任，先后经历了白喉、乙脑、霍乱、登革热、"非典"等重大传染病的考验，特别是在2003年抗击"非典"的战斗中，医院倾全院之力，收治了广州市近四分之一的病人。2020年，在全球性的新冠肺炎疫情中，该院几乎收治了广州市的全部感染者。

新中国成立之初，广州市妇幼保健机构尚未建立，广州市卫生局发动市内产科执业人员（或部门）协助政府推行妇幼卫生工作，抓紧普及新法接生工作。1950年9月，广州市订立妇幼卫生实施办法（包括免费接生）。1953年开始，在全市范围内逐步推行妇幼保健地段负责制，重点加强孕产妇和儿童预防接种等管理和指导工作。

建设时期，广州市大力开展儿童计划免疫工作，自20世纪60年代起，逐步开展儿童麻疹、白喉疫苗、（百日咳、白喉、破伤风）三联混合制剂、乙脑疫苗接种，流行病发病率显著下降。

1963年成立市妇幼保健院，至1974年，全市建起农村产院189间，市区保健站（包括卫生院）17间。自1955年至1979年，全市未发现因产褥热而死亡的产妇。

1956年，中共中央提出"在一些人口稠密的地方，宣传和推广节制生育，提倡有计划地生育子女"，广州市开始在各大医院设立避孕门诊，开展节育指导。1962年，广州市计划生育指导委员会成立，实行"宣传提倡，坚持自愿"的方针，有组织有领导地开展计划生育工作。1973年，广州市成立计划生育委员会办公室，与卫生局妇幼保健科合署办公，推行"晚、稀、少"的计划生育政策。

在开展卫生事业方面，当年的广州还面对着一个庞大而特殊的人群。

珠江区的水上居民，新中国成立前没有政治地位，生活极端贫困，长年累月居住在船艇，世代生活在水上。浮家泛宅，没有什么医疗设施，卫生条件极差。

在当时，各种垃圾都是倾倒在江中，水上居民日常饮用着肮脏的江水。由于生活困难，有病无钱医治，加上90%的妇女都是文盲，文化水平低，迷信思想浓厚，遇有疾病就只好求神拜佛，祈求庇佑，因而造成各种疾病流行，严重影响水上居民的健康。

1949年广州解放以后,人民政府极为关怀水上居民的健康,认真贯彻"面向工农兵,预防为主,团结中西医,卫生工作与群众运动相结合"的卫生工作方针,采取一系列措施,大力发展卫生事业,开展防病治病工作,保障水上居民的身体健康。

当时为了水上居民广州市专门成立了珠江区,区人民政府设立了卫生科,负责全区的卫生行政工作,并在各段配备卫生干事,以加强卫生工作的管理。与此同时,逐步建立了水上卫生防疫站、水上居民医疗门诊部、妇幼保健站、水上卫生清洁队等卫生机构。开展防病治病、妇幼保健和环境卫生工作,改善水上居民的卫生状况,提高健康水平。至1958年,珠江区有医疗门诊部1间,妇幼保健所1间,卫生防疫站1间,医疗巡回检查站2间,产前巡回检查站4间,中医联合诊所5间。这些医疗卫生机构的建立,为贯彻卫生工作方针,发展珠江区卫生事业,保障水上居民健康打下了坚实的基础。

为了预防和控制传染病和其他疾病的发生和流行,区各卫生部门积极开展防病工作。根据各个季节容易发生的传染病发生情况,给水上居民注射预防疫苗。根据广州解放初期4年来的统计,全区进行过6次季节性防疫注射工作,有45055人接受过各种疫苗注射,并在适龄儿童中进行卡介苗接种,预防结核病。有305人接受了卡介苗接种。

改善饮水卫生是做好防病工作的重要环节。新中国成立前,水上居民都是饮用珠江的自然水,上游船艇将生活污水、垃圾倾倒到江中,污染江水,下游的船艇照样汲取饮用。由于饮水不卫生,很容易发生传染病。卫生科成立以后,大力改善水上居民的饮用水条件,在珠江沿岸建起38个自来水站,以每担100元旧币(相当于1分钱)供应给水上居民,使他们能饮上清洁的自来水。

由于水上居民的船艇流动分散,有些未能用上自来水。为了使这些居民都能饮用经过消毒的清洁水,卫生部门在船艇中开展饮水消毒的宣传工作,卫生干事和防疫员分别划着小艇到各船艇上宣传饮水消毒的好处,并派发消毒粉，指导居民做好饮水消毒工作，预防传染病的发生。

各级中西医、妇幼保健等医疗机构逐渐建立起来，并根据水上居民流动性大的特点，采取用医疗船巡回为居民进行产前检查、巡回医疗等办法，为水上居民进行医疗保健。同时，区上还加强医疗机构的建设。如区政府设立的珠江区门诊部，设有中西医和妇产科，并设有产床；配备有中、西医各1人，医士3人，助产士1人，护士、药剂员、挂号员、勤杂员共15人，每天为水上居民开诊。产妇可以住院分娩，保证产妇的安全。珠江区第五中医联合诊所备有医疗船1艘，沿水域巡回医疗，使水上居民有病能得到及时医治。

此外，珠江区人民政府建立了一支水上环卫队，负责打捞珠江水面上的垃圾。这支队伍每天都划着小艇，来回于江面上，打捞垃圾，以保持珠江水面的清洁。

在医疗人才培育方面，建设时期的广州也取得了耀眼的成绩。

1949年，广州每千人口卫生人员仅为1.75人。之后，广州市卫生学校、广州中医学院、中山医学院相继成立，卫生医学人才培养走上正轨。同时，广州市人民政府动员各方面人才参加医疗卫生建设。一批在国外学习进修的医生相继回国，这些专家、学者和知名人士或参加各级医药卫生机构的指导、领导工作，或直接负责学科建设工作，为广州市医疗卫生事业的发展做出重要贡献。至1978年，全市卫生技术人员达31547人，其中医生12052人，护师（士）8110人。

为加强医学科研工作，1952年起，广州先后成立市恙虫脑炎病研究组、市中医中药研究所、市医学科学研究所，在此基础上成立广州市医药卫生研究所，作为开展医疗普及、科学研究工作的基地。科研工作有效促进了医疗技术的发展，1960年，广州市第一人民医院罗秉相研发的眼球异物定位器荣获卫生部金质奖章；1972年，中山医科大学附属第一医院开展广州首例肾移植成功。中医学、胃肠、眼科、断肢再植、心脏血管等方面疾病诊断治疗水平均达国内先进水平。

在这期间，广州涌现出了许多医学大家，在这里提及两位有代表性的人物。

一位是柯麟（1901—1991），原名柯辉萼，广东海丰人。1926年从广东公医大学毕业留任该校附属医院医生，在校期间于1924年加入中国共产主义青年团，1926年转为中共党员，并任该校首任团支部书记，参与领导收回"公医"归并"广东大学（即中山大学）"的学生运动。1927年，根据党组织安排，参加国民革命军第四军，先后任军医、医务主任、军部医院副院长等职，并于同年底参加广州起义。1928年，转入中共隐蔽战线，先后在上海党中央机关、香港、澳门等地工作达22年之久，为中国共产党建立地下工作网，开辟秘密交通线，掩护战友，收集情报，打击叛徒等做出了重大贡献。

1935—1951年，柯麟受命在澳门一面开展党的隐蔽工作，联络和照料叶挺将军，为叶挺将军从澳门奔赴抗日疆场出任新四军军长，做出了可贵的贡献；他一面在医疗事业上奋发进取，持续义务服务澳门镜湖慈善会长达55年，担任镜湖医院院长达38年，并因仁心仁术结识了当地各界知名人士，跻身上层社会，从而便于完成上级所交付的各方面任务。

新中国成立后，柯麟出任中山医学院（今中山大学中山医学院）院长兼党委书记。面对百废待兴的新中国教育事业形势，从1953年到1954年，在柯麟的组织和带领下，中山大学医学院与岭南大学医学院、光华医学院实现了三校合并，合称华南医学院。这次合并使原来3所医学院之间的隔阂逐渐消除，一批有学术造诣、教学经验、医疗专长的人才得到重视。"文革"后，他被任命为国家卫生部顾问。1980年5月，他重新被任命兼任中山医学院院长职务，被誉为中山医学院的"一代宗师"。

一位是梁伯强（1899—1968），他是医学教育家、病理学家，我国病理学奠基人之一，广东梅县人。1922年梁伯强毕业于上海同济大学医学院，随后赴德国留学，1925年获慕尼黑医科大学博士学位，回国后曾担任同济大学副教授，1932年在广州任国立中山大学医学院教授和病理研究所所长。解放后，梁伯强先后担任过华南医学院、中山医学院教授及副院长，卫生部科学委员会常委等职，与谢志光、陈心陶、陈耀真、秦光煜、林树模、周寿恺、钟世藩等同评为国家一级教授，被誉为中山医学院的"八大金刚"。1955年，梁伯强被选聘为中国科学院学部委员，当选第一、二、三届全国人民代表大会代表。1968年11月梁伯强病逝于广州。

梁伯强毕生从事医学教育和病理学研究。他治学严谨，学术造诣极深，培养了大批优秀的病理学人才。他对鼻咽癌开拓性的研究，蜚声国际，为发展我国病理学做出了重大贡献。中国《自然科学年鉴》曾特别表彰梁伯强在病理学研究上的业绩，而《德国医师杂志》则载文称他为"非常出色的中国病理学家"，苏联也将他的名字作为现代著名病理学家载入《百科全书》。

在百废待兴的建设时期，广州市卫生健康工作坚持预防为主、以农村为重点、中西医结合等一系列正确路线方针，初步建立起农村和城市医疗卫生服务网络。到20世纪70年代末，广州市区居民人均期望寿命从解放前的35岁提高到1978年的72.14岁，孕妇死亡率从1949年1500/10万降低到1979年的33.20/10万，婴儿死亡率大幅下降。

成果是巨大的，对民众的呵护也是广泛而实在的。正如孔子说："天无私覆，地无私载，日月无私照。"卫生健康事业格外需要这样恢宏而细腻的关怀精神。

当然，作为实行单一公有制的医疗卫生服务体系，在严格的计划管理和过度的行政干预下，造成医疗卫生事业发展活力不足、资源增长缓慢。而即将到来的改革开放浪潮将改变这个弊端，带来不竭的活力。

| 第二章 |

确实敢为人先

1978年12月，十一届三中全会召开，我国进入改革开放时期。

广州置身于改革开放的前沿阵地，在卫生健康事业方面也跟其他领域一样，不断解放思想，克服困难，尤其是发扬敢为人先的实干精神，取得了举世瞩目的成就。

至2012年，历经30多年的发展，广州全市共有各级各类卫生机构3511间，病床70649张，卫生技术人员106708人；孕产妇死亡率从1979年33.20/10万降低到15.17/10万，婴儿死亡率降低到3.46‰，人均期望寿命从1978年的72.41岁提高到79.41岁。

这3项综合反映健康水平的重要指标，开始接近世界前列。

这一时期，广州市依照"规划总量、调整存量、优化增量、提高质量"的原则，引导富余医疗资源向社区卫生服务和卫生资源薄弱地区转移；医疗卫生的服务和保障能力得到巨大提升；医疗卫生服务体系不断健全；卫生基础设施不断完善，综合服务能力明显增强；农村卫生和城市社区卫生快速发展；疾病预防控制成效显著，先后取得了抗击"非典"、防治人感染禽流感的重大胜利；中医事业稳步推进；卫生监管和宏观管理不断加强；人才队伍建设和医学科技水平显著提高；多层次医疗保障制度框架逐步形成；卫生资源总量持续增加，综合服务能力显著增强。

一　汹涌着追赶

广东在改革开放之初，全面引领着中国经济发展的潮流。

1979年，广东率先在清远县对国营工业企业试行"超计划利润提成"奖励政策。1980年，在总结清远经验的基础上，广东在省内179家国营工业企业中推行扩大企业自主权、超计划利润留成的办法，逐步推行承包经营责任制。

这些变革改变了政府的功能，解放了企业的活力，给社会的各行各业都带来了极大的冲击。

医疗卫生事业自然也是身处这样的浪潮之中，寻求着时代的变革。

从1949年到1979年，这30年来，单一公有制的医疗卫生服务体系，给中国的医疗技术及其广泛的覆盖面打下了牢靠的基础。在这个基础之上，解放思想、大胆探索的机遇出现后，医疗技术与卫生事业便犹如大江奔流一般，开始汹涌起来。

1979年，广州市卫生事业发展面临的问题与全国一样，主要有两个：一是"文革"后医疗卫生服务秩序混乱，卫生资源严重短缺，卫生服务供给不能满足人民群众日益增长的需求。二是由于当时经济发展水平低，财力极为有限，政府发展卫生事业的能力受到极大限制。

因此，这一时期卫生改革发展的重点是，抓住医疗服务供不应求的主要矛盾，增强医疗卫生机构活力，提高卫生服务供给能力，缓解供需矛盾；打破"平均主义"和"大锅饭"的分配方式，调动积极性，提高效率。

首先，便是要恢复卫生工作秩序。很快，广州市医疗卫生单位进行拨乱反正，改善医疗质量和服务态度，使医疗卫生工作逐步走上正轨。

其次，实行"多渠道办医"和"简政放权"政策。根据《国务院批转卫生部关于卫生工作改革若干政策问题的报告的通知》（1985年）和广东省政府《批转省卫生厅关于改革医疗卫生单位管理体制的通知》（1988年）精神，实行多渠道办医，增加服务供给。

与此同时，借鉴农村联产承包责任制和国有企业改革的做法，对卫生医疗机构实行放权、让利、搞活、鼓励创收和自我发展的政策。

1987年，广州市卫生局印发了《广州市属医院实行责、权、利相结合承包责任制合同方案》，提出实行院、所、站长负责制，鼓励医疗卫生机构扩大服务，规定医疗机构开展业务服务收入可用于改善办公条件和职工福利，收支结余部分可自主分配等。这些措施对于调动医疗机构和医务人员积极性，缓解群众"看病难、住院难、手术难"等突出矛盾起了重要作用。

这一时期，广州市农村卫生事业有较大发展。"八五"至"九五"期间，大力开展农村基层卫生机构"三项建设"（县防疫站、县妇幼保健院和卫生院建设）和"一无三配套"建设（无危房，人员、业务用房和设备三配套），农村医疗卫生机构业务用房和农村居民就医环境大为改善。

1991年，广州开展医院分级"达标上等"建设工作（医院分三级十等），对硬件、软件各方面提出较高规范性标准，进行建设和考评。

1993年，中共中央十四届三中全会后，广州积极响应"以农村为重点，预防为主，中西医并重，依靠科技与教育，动员全社会参与，为人民健康服务，为社会主义现代化建设服务"的新时期卫生工作方针，出台了一系列推进广州卫生事业改革发展的政策和方案。

这一系列政策的出台与落实，让这个时期成为一个汹涌的追赶时代。

尤其是随着改革开放的逐步深入，广州与国外医学界的交往逐步恢复和发展，相继引进和应用一些国外的先进临床检查、诊断的技术和设备，现代医学诊疗技术与国外的差距日益缩短，部分诊疗技术已达到或接近国外先进水平。

我们讲讲两个人的故事，可以从两个向度折射出这个时代的巨大转型与变迁。

先来说说李楚源的故事。

李楚源现任广药集团党委书记、董事长。他这个企业掌门人，是改革开放不折不扣的见证者、参与者，他带领着广州本土诞生的全国最大制药企业一路过关斩将，并重组和整体上市，开创了国内跨沪、深、港三地交易所进行资产重组的先河。

1965年10月，李楚源出生在广东汕头。1988年，他从中山大学本科毕业时，面临保送读研还是参加工作的选择，考虑到老父亲辛劳培育自己不易，再加上当时有了可以先工作两年再返校读书的政策，他选择进入社会先"试试水"，没想到这一试就是30年。"人生没有如果，我无法知道自己如果选另外一条成长之路会是怎样。"李楚源说起当年的选择丝毫不后悔。

凭借勤奋和努力，李楚源从技术员起步，科长、部长、总经理助理、副总一步一个台阶。1999年，年仅33岁的李楚源担任白云山中药厂（现白云山和记黄埔中药有限公司）厂长，当时的白云山中药厂连年亏损，濒临破产，李楚源走马上任的时候签下了"军令状"。

"领导说当年必须扭亏为盈，我硬着头皮答应了下来。领导话锋一转，说如果创收超500万元，作为厂长可以拿奖金提成！"李楚源笑着说，没想到最后真的拿到了奖金，这事还登上了报纸。

"当时的药厂基本都是'大锅饭'，干多干少一个样、干与不干一个样。"李楚源回忆说。他上任后第一件事就是进行创新改革——打破"大锅饭"，取而代之实行"车间计件工资制"。员工的积极性被调动起来了，大家都很拼。他说："为了让企业扭亏为盈，出差条件差，我和业务员一起打地铺；每天要带着销售员走药店、跑医院、拜访商业单位、联系药监部门；技术攻关时我干脆自己担纲项目组长……没时间吃饭是'家常便饭'。"功夫不负有心人，以基层一线作为改革与创新的基石，白云山中药厂在李楚源的带领下迎来了良好开局：当年厂子就扭亏为盈，利润创历史最高水平。

在李楚源看来，"这只是开始，要真正发展起来还需要更大的创新"。随后，白云山中药厂屡屡成为业内"第一个吃螃蟹的人"。2001年，它成为全国首批将指纹图谱技术应用到中药质检的企业；2002年，建成全国最大的板蓝根GAP（《中药材生产质量管理规范》）基地。

"我只是一个在广州这片创新热土成长起来的开拓者。"谈及数十年的奋斗，曾被评为广东十大创新人物的李楚源认为，他的成功离不开广州这座城市敢为人先的创新精神。

白云山制药厂在全国首创诸多业界"第一"。"比如第一个在全国自建销售网络。从1980年起，白云山制药厂先后派人到全国20多个省、市、自治区建立了800多个经销点，这些网点在调剂余缺、反馈信息等方面起了很大作用，随之白云山制药厂产值翻番。第一个在国内首创产品'五包'——包产品运输中损耗、包产品降价损失、包产品超过有效期的库存损失、包淘汰药品损失、包质量问题造成的退货损失。几乎零风险的销售模式及对产品质量负责到底的做法震惊业内，很快获得了经销商和消费者的认可。"李楚源回忆说。

1986年，白云山制药厂产值达1.2亿元，是1980年产值的10倍。李楚源认为，改革创新的精神是广药集团一路走来的根本动力。

企业不能只顾赚钱，建设中医药博物馆也是白云山制药厂的创举。

位于白云山麓的厂区后山有一块地。广州寸土寸金，一些人忙着建厂房，但李楚源却认为，只有文化才能流传久远。他说："营销是今天，科技是明天，人才是后天，文化才是未来。"

2006年，全国首家半开放式中医药博物馆——"神农草堂"亮相广州白云山麓，综合展示中华中医药文化、岭南医药、中药养生、药食同源文化及药用植物种植等方面内容，总占地面积为25300平方米。2017年成为全国首个通过国家4A级景区认证的中医药博物馆，并成为广州《财富》全球论坛指定接待点。

2012年5月，广药集团依法收回王老吉红罐、红瓶生产经营权并授权王老吉大健康公司生产经营。谈及王老吉从零起步的艰辛，李楚源至今仍历历在目："当时王老吉大健康面临着无生产线、无团队、无销售渠道的'三无'难题。"5月11日，刚收回红罐、红瓶王老吉的生产经营权，王老吉大健康马上向全国急招3000名快消品销售人员。"这3000人来自五湖四海，又分布在全国各地。作为一支崭新的团队，与具有十几年快消经验的竞争对手抢市场，王老吉面临着常人无法想象的困难。"李楚源说。

一边对上岗"新兵"进行业务培训，一边抓紧制定团队目标、章程、职能、考核等相关制度，搭建从区域销售到经销商、批发商、零售商的架构，以及对物流链、资金链进行完善。

王老吉从"三无"起步，创造了震惊业界的奇迹：用23天就成功实现了品牌承接、迅速推出了王老吉凉茶新装产品。现在，王老吉已经发展为拥有上万名员工、9大产业基地、6大子公司、超800万家终端网点、年销售额超过200亿元的企业。

国企改革一度被称为改革开放中"最难啃的骨头"。

"我们一直在思考如何更好地整合下属两家上市公司的医药资产，借力资本市场振兴广州的医药产业，"李楚源回忆说，"改革开放进入第4个十年时，我们迎来了一个重要契机。"

2011年底，广药集团启动整体上市。作为国内首家涉及沪、深、港三地交易所的上市公司资产重组，这次的工作具有监管部门多、利益博弈复杂、协调难度大等突出特点。李楚源回忆起还印象深刻："当时要取得20多个审批、核准，要协调内地和香港关于上市公司资产重组的法规差异，还要满足上交所、深交所和港交所各自不同的信息披露要求，过程中要协调12家中介机构。由于这次资产重组无先例，所以一切都是'摸着石头过河'。"

那段时间，广药集团项目组"5+2""白+黑"，没日没夜工作成为常态。一年多的努力后，2013年5月23日，广州药业因换股吸收合并白云山新增A股股份在上交所上市交易；当年7月5日，广州药业向广药集团发行股份购买资产新增A股股份完成登记。

广药集团整体上市开创了国内跨沪、深、港三地交易所进行资产重组的先河，也开创了国内上交所上市公司吸收合并深交所上市公司的先河，同时也激活了上市公司的再融资功能。

2015年，广药集团旗下的上市公司白云山启动了非公开发行股票计划，融资近80亿元人民币。这是广药白云山自1997年上市以来的首次再融资，规模为A股医药行业定向增发融资规模之首，且引入了马云旗下云锋基金等战略投资者，并启动员工持股计划。

谈及改革开放40年的成果，李楚源兴奋地亮出"成绩单"：集团销售收入从2008年的204亿元增长至2017年的超1000亿元；其中2013年至2017年的4年里实现了销售收入翻番。

对于未来，李楚源思路清晰："要打造独具产业特色、文化鲜明的世界一流企业。"他表示，未来将加强党的建设，加强创新驱动、全球布局、风险控制和资本运作。"要紧紧依靠全集团5万名员工，共同冲刺世界500强企业！"他说。

广药集团连续6年位居"中国制药工业百强榜"第一位，是全国最大的制药工业企业、全国最大的中成药生产基地，旗下拥有成员企业30多家，拥有中华老字号12家、百年企业10家、中国驰名商标10件、国家非物质中医药文化遗产6件、超亿元产品30个。

国企改革是贯穿中国改革开放的主线，也是中国经济体制改革的缩影。

40年间，广东国有企业敢为天下先，为国有企业改革发展打开新天地。2004年广东省国资委成立，广东国企改革更上新台阶，省属企业改革发展取得明显成效。

2005年广州市国资委成立，截至2017年末，广州市属国有企业资产总额2.97万亿元，国有净资产5403.6亿元，分别是2005年的6.44倍和4.87倍，年复合增长率分别为16.79%和14.11%，国有资产规模位居副省级城市第一位。

2017年，广州市属国有企业实现营业收入、利润总额分别为7007.2亿元和623亿元，分别是2005年的4倍和6.5倍，年复合增长率分别为12.34%和16.91%。2005年至2017年，平均国有资产保值增值率达114%以上。2005年至2017年，广州市属国企累计上缴国有资产收益和税费近5000亿元。

李楚源带领药企汹涌追赶世界500强的故事，正是在历史大背景下时代弄潮儿的激荡人生。透过他的故事，我们可以感受到那个时代的药企乃至整个医药卫生产业的转型、探索与重生。

我们再来讲一个医生的故事。

1999年，广州发生了一个中国医疗史必将铭记的突破：在何建行医生的主刀下，广州完成了亚洲第一例气管移植手术。

何建行出生于1963年，童年甚至中小学阶段都和所有同龄人相差不多，带有浓烈的时代印记。小学五年、初中三年、高中两年，加上颇有时代感的学工、学农，增加了那个年代学生的见闻。

"我得特别感谢改革开放，1977年恢复高考，1978年广州市内的华附、广雅、二中等学校的高中部恢复考试招生。"何建行说，"我在1978年通过考试，进入华附重点班。这在大学招收比例极低的年代，意味着提前迈进了重点高校的大门。全班50多名同学，除一人次年才考进本科外，其余全部是高考当年进本科就读。"

因为父亲是建筑规划工程师的缘故，当年何建行居住的街区，算是广州精英阶层聚集的区域——盘福新街。两栋楼住的是医学专家，一栋楼住的是艺术家，他所在的区域则是工程师楼。除了孩提时代的体弱多病、营养欠缺以外，何建行和医学并没有太多的交集。最多就是在当年那个物资匮乏，一切都要凭票证购买东西的年代，他很好奇、艳羡于住医生楼的医生，他们的孩子们总能喝上牛奶。

何建行开玩笑道："岭南俚语称司机、医生、猪肉佬为三大宝，还真不是假的。物资匮乏年代，牛奶需要凭医生证明来供应，大家都是营养不良，医生群体有了近水楼台的优势。"

因此，当何建行告诉父亲，他想学习国防科工专业，去研究导弹、核弹时，当建筑工程师的父亲却告诉他："和平年代了，还是应该多学些救人的本领。"他一想，当时的医学技术无疑是落后的，他记得有两个亲友，都是因为在现在看来并不致命的疾病走的。父亲建议他学医学，确实有前景。

于是，他考入了广州医科大学。

大学期间，他付出了巨大的努力。人体解剖课程被称为"临床医学生的噩梦"，何建行说："第一次上大体课，真的是战战兢兢。好在广州医科大学的教学非常不错，将骨骼、器官、组织进行过艺术化的处理。"为了克服对解剖课程的早期恐惧，他甚至尝试着晚上去标本室练胆。

解剖、免疫、生理、病理，一门门功课啃下来，当然也包括钟南山院士当老师的呼吸内科知识，何建行以全优通过。他还在实习期间学到了不少急救知识，熟稔了阑尾切除等手术方法。

毕业分配，何建行因为成绩优异，成为广州医科大学附属第一医院的一名胸外科医生。当时跟着带教老师的第一台开胸手术就让他震撼感动。彼时的胸外科手术，无论疾病种类、大小，都注定是大手术。患者需要被开胸、劈骨才能让手术医生有足够的视野。

开胸、劈开胸骨、切开肋骨，然后再手术，他觉得这么复杂的手术，肯定是学不会的，该怎么办呢？做胸外科医生的第一年，何建行做得最多的工作就是在手术台边拉扯拉钩，做一个"人肉扩张器"。手术中，只有将创口拉得足够大，才能让手术医生能看到患病处开展手术。他感叹道："手术医生特别辛苦，往往一台最简单的手术，都需要从上午做到下午。而患者也很辛苦，创伤大，恢复期长，并发症多。高龄一点的老人，根本无法耐受这么大创伤的手术。"

在那个时代，我们的医学和国外先进国家比起来明显落后，是有代际差的。也正是因为如此，改革开放的前十年里，医学从业人员赴海外学习、进修，然后留在海外的特别多。没几年工夫，何建行的师兄们走得差不多了，一直坚持下来的他终于开始迎来上台做开胸手术的机会。

1988年，当时还是住院医师的他，终于迎来了自己主刀的第一台手术。"刚一上手术，就把一些冗长的手术流程给简化了。在手术台边站久了，一些不科学、不合理的流程，立即就去除掉了。"

凭借着临床上的摸索和病例数的积累，何建行的胸外科手术越做越熟练，越做越快。到了1991年，他以主治医生的身份去参加省、市，乃至国家的胸外科年会演示时，当初那个怀疑自己做不了胸外科手术的年轻医生，已经成长为只用45分钟就能完成开胸、切肋骨、肺叶切除、淋巴结清扫等手术程序的主治医生。

对肺切除已经特别熟稔的何建行，发现切除已不是目标，还仅仅是主治医生的他，决定开始进行肺移植方面的尝试。

那时，他的国际同行已经能够通过肺移植手术来让终末期肺病的患者延续生命，这一胸外科领域最顶尖的技术让他艳羡不已。

也许是当时太年轻，这一计划在向大学申报时就没能通过。何建行只得将自己的技术突破方向转为微创、腔镜技术在胸科手术的应用。国外同行通过对腔镜技术的摸索，先是从腹部疾病开始，使用微创的腔镜，随后在胸科疾病治疗上加以尝试，早在20世纪90年代初期，就能进行腔镜下的肺大泡切除术。

国内医生也是循着这样一条路线在进行着外科技术上的追赶。1994年，广医一院进行了一次全国性的腔镜会议，腹部外科的医生们在推广使用腔镜技术来做简单腹部、泌尿系统疾病手术。同期他们也请来了香港的专家，演示用腔镜做胸科手术。他说："两个经过选择的肺大泡患者，香港专家简单操作了不长时间就解决了症结，这无疑是让人震撼的。"观看完香港专家手术演示的他，当天中午就开始到腔镜模拟室去开始学习、模拟操作，上了瘾般地把中午吃饭休息的时间都泡在了模拟室。

对于腔镜的操作臂操作越来越熟练的何建行，很快就碰到了验证技术的对象。一天，一名意外受伤后发生血气胸的患者被送入胸外科。如果仍按以往方案，那肯定就是又一轮的开胸、切骨，创伤极大。何建行把腔镜搬到了手术室，用极小的创口将腔镜深入到胸腔后，很快就找到了出血点。"大开放"手术一下变成了小切口手术。患者得到的是医学带来的便利和健康，而何建行则看到了医学的未来和希望。

从相对简单的肺大泡、血气胸开始应用微创，到后来提出了用微创技术来切除患者的肺叶、切除肺癌病灶。何建行乐此不疲地开始了微创胸外科的摸索，"前期在医院、学校动物实验室做了不下30例动物试验，验证了技术设想的可能性。"小切口做局部肺叶乃至半个肺的切除，这看似天方夜谭的想法，在广医一院逐一得到了实现。

来自业内的质疑声也很多，何建行至今还记得成长道路上的一位老专家的质疑和反对声。刚开始切肺叶时，老专家提出了类似的手术的各种危险性，提示年轻的他要慎重；到最后成功实施了，老专家又提出了价格方面的问题，当时类似的操作无疑是昂贵的，不适合中国国情。

"也就是在业内老行尊的质疑中，胸外科的微创应用不断进步，逐一解决掉他们提出的问题，胸外科的微创技术也就应用得越来越广泛。"他说。他在质疑声中不断前进。当时还不是正高职称的他，在胸外科领域不断进行着多种多样的尝试和挑战。

1999年，在何建行主刀下，广州完成了亚洲第一例气管移植手术。

何建行说："也就是在那个时期，我们中国的医学，开始从一名落后追赶者，慢慢地进步到了少数领域能够陪跑的地位。"进入21世纪，从医16年的何建行终于在2001年，提前一年破格提拔为正高职称，当上了医院胸外科的主任。直至此时，他依然没有忘记在胸外科领域最为顶尖的技术——肺移植术的摸索。

2003年，广医一院乃至整个广州市都成为抗击非典的一线阵地。而何建行则在钟南山院士的支持下，开始了肺移植的尝试。

抗击"非典"成功时，他也成功地完成了华南地区的两例肺移植手术。他印象最深的是第二例患者，一位华农的老教授，终末期肺病、肺气肿、肺糜烂，使得这位老专家的呼吸变成了非常沉重、痛苦的事情。但移植成功后，老人一直活了14年多，最终致命的疾病不是呼吸系统疾病，而是前列腺癌。

当初被看成是胸外科领域最高峰的肺移植术，目前已得到更为广泛的应用。甚至80岁以上的终末期肺病患者，都能凭借这一手术延续生命。

"到了今年，我们进行的肺移植和心肺联合移植手术超过80例，这么多的患者和家庭在这项技术中受益。"何建行表示，他所在的团队迄今仍保持着最高龄患者成功实施肺移植手术的纪录。

2007年，他开展全腔镜支气管、血管成形术，利用转移肌皮瓣修补巨大气管缺损以及治疗气管肿瘤，为国际上首次报道。2008年，他开展食管代气管术，利用食管代气管修补巨大气管——食管瘘，为国际上首次报道。2009年后，他又开展全胸腔镜和单孔下的气管、气管隆突切除重建术。

时间进入到21世纪的第二个10年，他更是一路狂奔，用流行语说："像是开了挂。"

2010年，他首先在亚太地区开展全胸腔镜下部分上腔静脉切除重建术。2011年，他开展自主呼吸麻醉下微创胸外科手术；首先在国内开展局麻不插管肺叶切除淋巴清扫术。2012年，他创办了广东省明医医疗慈善基金会，完成不使用肌松剂的重症肌无力胸腺切除术及极重度肺功能不全的肺减容术，为国际上首次报道。2014年，他实现了自主呼吸麻醉胸外科微创手术的全覆盖；同年，在他的带领下，广州医科大学附属第一医院胸外科微创培训中心成为国内首家被英国皇家外科学院（Royal College of Surgery）认证并获准使用其标记及颁发证书的专科培训中心。2015年，他发明了国际上首个裸眼3D腔镜显示系统并开展裸眼3D微创胸外科手术。同年，他总结形成了覆盖术前麻醉、术中切除、术后预后的全链条式的肺癌个体化微创诊疗综合策略并应用于临床及推广。此外，他还实现极致快速康复的无管胸外科手术，使部分胸外科手术革命性进化为24小时出入院的日间手术。

还是2015年，他及团队提出了"Tubeless VATS"的理念，并在同年12月带领团队成功举办第一届国际无管微创胸外科手术学习班，学习班"Simple to Simplest——大道至简今极致"的主题和理念，获得了国内外学界的认可与赞誉。

2016年，他完成肺癌切除国际标准与淋巴结清扫标准归纳，并在国际著名杂志JCO发表相关论文。

大型胸科手术前，为了保证患者的呼吸，一般都会给患者上一个气管插管下的呼吸机。这保证了患者的呼吸和氧气供给，但同时也带来了诸多并发症状，比如气管受损，延缓了患者的康复。

从2011年开始，通过前期的验证、摸索，何建行及广医一院胸外科团队，开始尝试改变麻醉方式，在气管不插管的前提下进行手术，这一实践，又将患者的康复周期大大提前。当创新性地在不插管技术下完成肺叶切除术后，欧美、日本等医学发达国家和地区的同行都非常震惊。也就是从2012年开始，广州医科大学第一附属医院开始举办一个面向欧美同行的学习班，向更广大的国家和地区加以推广。

随后，何建行团队在2015年，开始挑战微创手术的又一个高峰：手术过程中完全不使用导管的无管手术技术，手术都进行得非常成功，前来学习的外国同行又增加了不少。"医学不能敝帚自珍，新技术的推广应用得好，只会让更多的患者、病人受益。"何建行说,"改革开放40年后,中国医生在一些医学领域已经完成了追赶、陪跑,开始进入到引领者的阵营。"

行医30多年来,他摘下20余项全球/亚太/国内"第一";受理发明专利申请23项(包括3项国际专利),受理实用新型专利申请28项,获得发明专利授权8项,获得实用新型专利授权17项;至今在《柳叶刀》JCO等SCI杂志发表SCI文章总数218篇,影响因子1082.443;创办SCI杂志 Journal of Thoracic Disease。这些数据注定会被不断更新。

他现在已经成长为广州医科大学附属第一医院院长、胸外科主任,呼吸疾病国家临床医学研究中心肺癌组学术带头人,美国外科学会Fellow、AATS会员。

他所在的广州医疗领域,从一个世界潮流和先进医学技术的追赶者、学习者,慢慢地开始在绝大多数领域与世界潮流并驾齐驱、少数领域甚至世界领先。当一众来自欧美国家的外科医生,来广州学习无管胸外科技术时,何建行成了欧美同行眼中的老师。

何建行是一个土生土长的广州人,生于斯、长于斯,他的成长时期几乎对应于中国改革开放的每一个节点。在如此短的时期里,这种汹涌的追赶乃至局部超越的速度近乎奇迹。这充分彰显了广州乃至中国在医疗技术方面的突飞猛进。

他的人生故事让我们能够深深体会到,在这个汹涌着追赶的时代,医学技术是如何从一个医生的不懈追求与努力中,获得了跨越式的发展。

李楚源和何建行是两个极具代表性的人物,不过,他们自己也知道,他们只是这个时代的缩影,还有更多像他们这样的人在各自的岗位上奋进,创造着不逊色于他们的成就。广州正是因为有他们这样的人,才让"敢为人先的改革精神"不是一句口号,而是成为改变时代与历史的巨大能量。

将他们汹涌着追赶的人生汇聚在一起,便构成了这段波澜壮阔的历史。

二　硬壳式保护

今天，每一个参加工作的年轻人，都会觉得有医保是天经地义的事情。但是，如果时间仅仅是回到20年前，便会发现这件事不是那么简单的。

我们只是用极短的时间经历着极多的变革。

作家余华特别喜欢说一句话："中国用几十年的时间走了西方几百年的道路。"这种改变如同火箭的加速度，在前两级火箭脱落，第三级火箭点火的时候，才会达到最大速度。

中国从1949年以来就在加速，而进入新世纪以后，无疑这种速度在逼近一个峰值，我们生活的方方面面都能感受到这种速度带来的改变，并将这种改变视作现实的一部分。

但这种现实不是凭空而来的，而是制度创造出来的。

如果以医保为线索，重新审视新世纪第一个10年以来医疗、药品以及卫生制度的变革，我们就会看到，历史的转型期如何与我们的生命同步展开。在时代的浪潮之下，有无数的人作为个人置身其间，反而无法觉察。

直到若干年后，我们才会在回望时恍然大悟。

2000年开始，广州市在区域卫生规划、医疗机构分类管理、人事制度、激励机制等方面进行了一系列探索和改革，又创下许多个全国第一。

先是把城镇职工的医疗保险制度完善和建立起来了。

2001年，广州市卫生局配合劳动和社会保障等部门，做好城镇职工基本医疗保险制度有关配套政策文件的制定，并指导医疗机构做好衔接工作，保证基本医疗保险制度的顺利启动及稳定运行。

为了方便老百姓看病，优先将符合条件的社区卫生服务机构纳入社会医疗保险定点医疗机构范围。2007年，广州市统筹区内纳入范围的社区卫生服务机构由2004年的54%提高到95%，同时制定参保人到社区卫生服务机构门诊就医降低自付医疗费用比例优惠政策，引导参保人充分利用社区卫生服务。

到了2008年底，广州纳入医保定点单位的社区卫生服务中心和站点已经分别达到100%和83%。

广州市人社局制定《关于将指定慢性病门诊专科药费纳入基本医疗保险统筹金支付范围的通知》，规定参保人在广州市社会保险定点医疗机构门诊就医，属于指定慢性病相应门诊专科药品目录范围内的药费，由基本医疗保险统筹金按社区卫生服务机构80%，其他医疗机构60%的标准支付；调整广州市医疗保险住院起付标准，调低一级医院和社区卫生服务机构的起付标准，调高三级医院起付标准；市政府印发《广州市城镇居民基本医疗保险试行办法》，继续对参保人到社区卫生服务机构就医在起付标准、医疗费用支付比例等方面实施优惠政策，落实医保政策向社区卫生服务倾斜的措施。

经过10年改革和发展，广州医保的保障力度越来越大。

2011年，广州城镇居民医保政策范围内住院费用支付比例达到70%以上，城镇职工、城镇居民年度累计最高支付限额不低于城镇居民上年度人均可支配收入的6倍；职工医保和城镇居民医保参保率稳定在95%以上；各级财政对城镇居民医保的补助标准提高到每人每年200元，总体筹资标准达到每人每年300元以上。2012年，医保参保人数达736.59万人，城镇职工、城镇居民参保人住院报销比例分别达到83.5%和70%以上。

2013年，广州市职工医保统筹基金年度最高支付限额由344838元提高至

382512元，加上重大疾病医疗补助金，社保年度职工医保累计最高能报销53.25万元。此外，广州市退休人员医保个人医疗账户月注资金额由196.37元提高至217.83元。

广州的医保做得越来越细，尤其考虑到弱势群体，让政策更具人文关怀。

2011年9月起，中小学生由原来自行到各街道办理参保登记改为由学校统一办理，至2012年底，近200万学生纳入广州市居民医保，并将在校学生全部纳入城镇居民基本医疗保险参保范围。2012年市人社局、市教育局联合下发《关于在校学生参加2013年度城镇居民基本医疗保险有关问题的通知》，明确全市在校学生统一由学校整体办理居民基本医疗保险参保登记，困难学生无须缴纳医保费用，资金由广州社会医疗救助金缴纳，参保标准为80元/人/年。

这让孩子们安心读书，不用惧怕生病。

不可否认，城镇居民优先享受到了医保的好处，但很快，新型农村合作医疗制度也被大力提上了日程。

这个制度一般被简称为耳熟能详的"新农合"。

接下来会有一系列数据，数据是枯燥的，可每一次数据的提高，都意味着更多的鲜活生命有了更多的保障与依靠。

2004年，广州市卫生局等9部门联合印发《关于建立新型农村合作医疗制度的意见》，全面启动建立新型农村合作医疗制度。市财政每年安排专项资金，补助欠发达地区新型农村合作医疗。市、区（县级市）卫生局相继成立农村合作医疗管理办公室，初步建立起农村合作医疗管理队伍和工作网络。

2005年，新型农村合作医疗覆盖广州市所有镇，参合率为69.62%，大部分农民有了初步的医疗保障。2007年，参合率达到94.7%，位居全省前列，有14.2万人次得到2.3亿元合作医疗报销补偿，住院补偿金额占住院总费用的

34.2%，每人次平均报销1726元，筹资水平和保障水平均有所提高。

2008年，参合率首次突破99%，筹资水平实现以区（县级市）为单位全部达到每个参合农民100元以上的目标，番禺区、南沙区分别达到160元和150元，提前实现市委、市政府"66条惠民措施"提出的目标。2009年，参合率达到99.7%，人均筹资额212元（其中番禺区225元，花都区212元，南沙区209元，萝岗区、白云区、增城市205元），实现广州市委、市政府"66条惠民措施"和"补充17条"提出人均筹资200元以上的目标。

2009年，农村合作医疗资金共筹资42359.50万元（其中农村合作医疗基金41682.18万元，农村医疗救助基金筹资677.32万元），比上年增加12705.61万元，增幅42.85%。有213193人次享受住院、门诊、正常分娩等补偿，比上年增加45785人次，增长27.4%。总体受益面为10.9%，比上年提高2.5个百分点，增长30.1%。

2010年，广州新农合筹资标准提高到260元以上，人均实际筹资额312元；平均补偿封顶线提高到8.33万元，超过农民人均年纯收入的6倍，位居全省前列；农村参合人数198.1万人（不含从化市），参合率达99.8%；五保、低保、特困户、孤儿和残疾人免费参合，参合率100%。实现农村居民人人享有新型农村合作医疗保障的目标。

2011年，全市农民参合率达到100%，新农合参合率连续4年达到99%以上，并连续3年巩固在100%，实现医改提出的"参合率继续稳定在98%以上"的目标，做到应保尽保。

2012年，新农合人均筹资达320元以上，实际人均筹资额达390元，住院补偿平均封顶线达15万元以上，超过农民人均年收入的10倍。新农合在镇、区（县级市）和区（县级市）外的住院报销比例分别不低于85%、75%、50%。

新农合还实行了许多减免政策。

2008年，广州市卫生局印发《广州市参加新型农村合作医疗农民在村卫生站看病减免收费实施方案（试行）》，参合农民到村卫生站看病免收挂号费、诊查费、出诊费和肌肉注射费，药品费减免5%。2009年，市财政安排村卫生站看病减免收费补助经费530万余元。2010年9月1日起，花都区率先在全市实行村卫生站为参合村民免费治病。

新农合在保大病、保住院、保特病的基础上，实行普通门诊统筹补偿制度，使参合农民大病住院有住院统筹补偿，小病有门诊统筹补偿。2009年，萝岗区在全市率先实行门诊统筹，公共卫生服务项目纳入新型农村合作医疗补偿范围，农村孕产妇住院分娩纳入住院报销范围，报销额度不低于400元/人，人用狂犬病疫苗接种每人补偿100元。白云、花都、萝岗、增城4个区（县级市）对部分重大疾病实行门诊费用定额补偿。2010年，番禺区试行将农村儿童先天性心脏病和白血病纳入新农合报销范围。

2011年，市卫生局、市财政局联合开展新型农村合作医疗专项督导检查，落实国家和省有关新农合的政策措施。检查结果显示，广州市已基本落实国务院和省提出的医改新农合制度建设各项要求，同时完成新农合信息系统改造任务。

2012年，新农合保障模式从保大病、保住院为主，发展到住院统筹加普通门诊和特殊病种门诊统筹；对大额费用病人和困难群众实行医疗救助，在村卫生站看病减免收费；将重大公共卫生服务项目、农村妇女住院分娩和人用狂犬病疫苗注射纳入补偿范围；实施农村居民恶性肿瘤、重性精神病等重大疾病救治保障；衔接城乡居民医疗救助、实施农村残疾人康复保障，形成完善的农村居民医疗卫生保障体系。

广州番禺区推行的"政府主导、部门监督、保险公司承办业务、信息化便利操作"基金管理模式，在探索"新农合"管理模式方面，得到卫生部和广东省的肯定，被评为全国新型农村合作医疗先进试点区。

此外，广州市还向社会专业机构购买服务、委托商业保险机构承办新农合业务的做法，得到卫生部的充分肯定，被确定为"国家级重点联系地区"。2011年3月,市领导代表市政府在全国基层卫生和新农合工作会议上介绍经验。8月,根据市政府办公厅《转发市人力资源和社会保障局关于广州市城乡医疗保障制度改革工作方案的通知》,完成新农合统筹管理职能移交人力资源与社会保障部门的工作。

2015年,广州已经完成了城乡居民医保制度整合,基本医保参保率达100%。

城乡居民医保参保人数445万人,人均筹资标准532元,其中政府补助380元;城乡居民医保门诊统筹补偿比例39.63%,住院费用实际报销比例46.38%,政策范围内住院费用报销比例61.72%;职工医保参保人数607万人,住院费用实际报销比例76.56%,政策范围内住院费用报销比例85.31%。

实施城乡居民大病医疗保险及医疗救助制度。全面推行大病保险制度,城乡居民大病保险实际报销比例50.43%。大病保险筹资总额1.28亿元,赔付金额1.05亿元,补助人数7.1万人;建立健全疾病应急救助制度,2015年,疾病应急救助资金967.7万元,实际支付金额967.7万元,实际救助人数2682人次;开展按病种、按人头等支付方式改革,78家二级以上公立医院,开展按病种付费20家,占25.68%。

2017年,推动医保政策向基层医疗卫生机构倾斜,医保基金共同分担家庭医生签约服务包费用,基层定点医疗机构普通门诊医疗费用基础结算标准由400元/人/年提高到600元/人/年。

深化医保支付方式改革,市人社局制定实施广州市职工社会医疗保险指定手术单病种医疗费用结算办法,将按病种付费的病种数量扩大至149种,开展按疾病诊断相关组(DRGs)付费方式研究及准备工作,着力提高医保基金使用效益。发挥"结余留用、合理超支分担"的激励约束机制,控制医疗费用不合理增长,减轻参保人员医药费用负担。

广州还领先全国建成异地就医管理模式，实现全国医疗保险关系的无障碍转移。

2011年，广州已经与泛珠三角区域的湖南省、云南省，南宁市、南昌市等3省5市签订了社会医疗保险异地就医合作框架协议。

医保卡功能更强，用起来更方便。广州医保已于当年协同广州市各家医保协议银行及医保信息系统开发公司，共同启动了医保（社保）卡自助缴费就医服务项目，参保人可凭医保卡在自助服务终端机上自助挂号，排队时间大大减少，在广州市妇女儿童医疗中心、广州军区总医院已经优先启用。

据广州市医保局负责人介绍，仅2010年，广州市医保先后出台的7项医保新政，惠及参保人数650万人以上，直接受益参保病人达300万人以上，减轻参保人个人医疗费用总体负担8%以上。2011年，广州市医保覆盖人群已经从广州市内普通市民扩展到省内、外参保人，从城镇职工扩展至城乡居民及外来从业人员，待遇从住院发展到包括门诊特定项目、指定门诊慢性病、普通门诊的大小病兼保，保障层次也从基本医疗保险发展为包括重大疾病、补充保险的多层次保障体系，服务人数也从过去的41万增加到当年的1668万。

广州率先启动了困难企业职工参保办法，率先启动了居民医保和职工医保门诊统筹，在省会城市中率先建立起垂直管理的二级经办管理组织体系；抗击"非典"期间，医保部门还建立了特事特办，快速绿色的报销渠道。"非典"参保人属于基本医疗保险范围内的医疗费用医疗保险给予100%支付，属于基本医疗保险范围外的费用医疗保险给予50%的支付；特别设立的"非典报销专窗"，共为190人次报销医疗费356万元。

至2015年，广州已经全面实现职工医保、城镇居民医保省内异地就医即时结算，实现跨省异地安置退休人员住院医疗费用直接结算。

2009年，广州市全面铺开新医改工作。

如果说医保的受益对象是广大老百姓，那么医改则是要对医疗体系内部进行改变,全面提升医疗卫生的水平。

公立医院改革迈出"政事分开、管办分开、医药分开"第一步;基层医疗卫生机构综合改革启动,政府办基层医疗卫生机构按公益一类事业单位进行改革,初步建立公益性管理体制、竞争性用人机制、激励性分配机制、多渠道补偿机制等新的运行机制;开展居民电子健康档案和电子病历信息系统建设,数字化医院建设取得新成效,成为广东省卫生信息化示范城市试点。至2012年,新医改取得显著成效。政府办基层医疗卫生机构全部实施国家基本药物制度,村卫生站和社会办基层医疗卫生机构实施基本药物制度工作逐步推进,全市基层医疗卫生机构人均门诊药品费用同比下降8.9%,每床住院日均药品费用同比下降12.8%。

非常值得一提的是,完善的药物制度也建立起来了。

根据国务院《"十二五"期间深化医药卫生体制改革规划暨实施方案》关于"巩固完善基本药物制度和基层医疗卫生机构运行新机制"的战略部署,广州市积极推进实施国家基本药物制度。

根据卫生部等9部委《关于建立国家基本药物制度的实施意见》,广州市于2010年启动实施国家基本药物制度。是年,全市218个基层医疗卫生机构全部配备和使用基本药物,国家基本药物307种、省增补的244种和市增补的129种药物100%实行零差率销售(中药饮片除外),并纳入医保报销范围,报销比例明显高于非基本药物。使用基本药物品种超过药品总配备数的70%。

2011年,广州市实行国家基本药物制度的农村基层医疗机构全部落实一般诊疗费相关政策,一般诊疗费由新农合基金给予参合农民70%的补偿。

2012年,按照省卫生厅《关于做好全省政府办二级以上综合医院优先配备使用基本药物工作的通知》,市卫生局制定《关于对政府办二级以上综合医院优先配备使用基本药物情况进行检查的通知》,建立每月监测统计报告制度,开展检查督导,确保市、区属综合医院基本药物使用比例达到省的要求。推进市、区属二级及以上综合医院优先配备使用基本药物并达一定比例，加强基层医疗卫生机构与大医院用药的衔接。

2013年，市发改委等5部门联合印发《广州市村卫生站实施基本药物制度指导意见》，在政府办基层医疗卫生机构实施国家基本药物制度全覆盖的基础上，将村卫生站纳入实施基本药物制度范围，并按照不超过本机构基药目录总数40%的要求配备使用非基本药物，实行零差率销售。与改革前相比，基层医疗卫生机构人均门诊药品费用同比下降10.1%，每床住院日均药品费用同比下降12.6%。

其中，广州花都区坚持以"一元看病、药品免费"为抓手，以镇村卫生服务一体化推进基本药物制度，有效缓解群众看病贵、看病难问题，实现人人享有基本医疗卫生服务。

同时，广州市本级财政设立"以奖代补"专项资金，每年安排对基层机构实施专项补助1.25亿元，在资金上确保了全市基层机构基本药物实行零差率销售。印发《广州市关于社会力量举办社区卫生服务中心实施购买服务的指导意见》，通过购买服务的方式，鼓励社会力量举办的社区卫生服务机构实施基本药物制度。

2013年，卫生部发布《国家基本药物目录》（2012版），省卫生厅公布《广东省基本药物增补品种目录》（2013版），且与《广东省基本药物增补品种目录》（2010版）一并执行，基本药物目录品种合计967种。

2014年10月，省卫生计生委根据《国家卫生计生委关于进一步加强基层医疗卫生机构药品配备使用管理工作的意见》，在强化基本药物配备使用主导地位的同时，允许基层医疗卫生机构从《广东省基本医疗保险药品目录（2010年版）》中配备使用一定数量和比例的非基本药物。为配合新一轮医改分级诊疗双向转诊工作，2017年7月1日起，不再对配备使用基本药物的品规数量和金额做具体要求，各级医疗机构可根据诊疗需要从医保药品目录自行配备使用，从而保证基层医疗卫生机构基本用药能与上级医院相衔接。

2014年，省卫生计生委印发《关于进一步做好实施基本药物制度进展情况监测工作的通知》，广州市卫生计生委相应制订《广州市实施国家基本药物制度监测评价工作方案》，对实施基本药物制度的基层医疗卫生机构开展监测，有力推进基本药物制度的落实。

广州市卫生计生委还印发了《广州国家基本药物临床应用指南和处方集培训方案》，组织开展多期基本药物合理应用师资骨干培训，并制作培训教学视频在"村医之家"网站投放；制订《广州市实施国家基本药物制度宣传工作方案》，利用电子显示屏、墙报、告知栏、宣传单张等多种形式开展广泛的宣传教育，提高群众对国家基本药物制度政策的支持和知晓率。

通过请省、市专家现场授课、下发课件和视频学习等多种形式进行系统性临床合理用药培训，规范临床用药行为，提高合理用药水平，确保基本药物用药安全。加大对不合理用药行为处罚力度，切实降低患者药品费用负担。

2017年，广州市加强医疗机构药事管理，广州医科大学附属第一、第三医院作为广东省医院总药师制第一试点单位，开展医院总药师制试点探索。

至是年底，所有政府办基层医疗卫生机构、57个社会力量办基层医疗卫生机构和921个村卫生站实施基本药物制度，实现基本药物制度全覆盖，并全面实行零差率销售及一般诊疗费制度。

广州市为遏制药价做出了大量努力，尤其是"阳光用药"在线监察系统。

2001年，广州市要求医院药品实行集中招标采购，进一步完善药品收支两条线管理，继续对医药费用收入实行"总量控制、结构调整"，以遏制医疗费用不合理过快增长。

当年，广州医院药品招标品种累计达3143种，金额5.9亿元，占全年用药总额的36.7%，招标药品中标后零售价比政府限价平均降低18%。市级医院每门诊人次费用和每床日住院费用比上年下降3%，药品收入占业务收入比例下降3个百分点，大部分区、县级市医院的药品收入下降至46%以下。

2002年，参加药品联合招标的区、县级市以上非营利性医疗机构有67家，招标采购品种达10567种，采购金额约10亿元。2004年，镇卫生院以上的非营利性医疗机构全部参加集中招标采购。

2008年，广州建立阳光用药在线电子监察系统，旨在促进规范、合理用药，减轻患者负担，预防医药购销领域商业贿赂。

2009年，广州市纪委派驻市卫生局纪检组在市第一人民医院和市红十字会医院试点的基础上，逐步建立和推广阳光用药电子监察系统。3月10日，省卫生厅在市第一人民医院召开珠三角地区"阳光用药"推广演示会，"阳光用药"系统成为全省卫生系统纠风工作的亮点。4月23日，市卫生局组织省、市5位专家对"阳光用药"在线电子监察系统进行鉴定并通过验收。

2010年，广州市9家医疗单位以及番禺区卫生系统开通运行阳光用药电子监察系统，其他区（县级市）也加快系统的基础性建设和对接，基本实现局属单位全面覆盖，区（县级市）卫生系统逐步推进的预期目标。阳光用药系统受到中央、省、市的肯定和好评，先后在全国药品集中采购会议、省药政会议、全省纠风工作会议、省阳光用药工作汇报会上做经验介绍。

通过阳光用药电子监察系统，对用药情况进行在线监控，将医生开方用药推向"阳光""公开"，强化安全用药、合理用药动态监测和预警机制。

2011年11月对监察系统进行升级，纳入住院部分的数据。2012—2015年逐步推广至市属医院和各区卫生系统使用。

2016—2017年，根据省卫生厅《关于启用广东省公立医疗卫生机构阳光用药信息管理系统（2.0版）的通知》，组织各医疗机构重新核对填报相关资料，并由各医疗单位直接上报省公立医疗卫生机构阳光用药信息管理系统。确保阳光用药信息及时准确上报，加强阳光用药制度监管。

在这个时期，广州还有很多医改成就需要我们了解。

广州市院前急救服务能力迅速提高。

1989年12月,广州市急救医疗指挥中心成立,开通了120急救医疗救护电话。1993年,航空救护站、海上救护站成立。随着院前急救的需求量不断增大,120业务量快速上升,2012年救治患者20.77万人次。

1978年,广州建立义务献血制度。

1998年10月,我国实行无偿献血制度,同年,广州市无偿献血3.2万人次,无偿献血量占临床用血量15%;到2004年,无偿献血达21.89万人次,在全国率先实现了临床用血100%来自本市自愿无偿献血,2012年,全市无偿献血达35.9万人次。

为了方便老百姓在附近看小病,广州市在初级卫生保健工作方面用力很多。

1986年,广州市将农村和城市初级卫生保健工作纳入政府工作目标和社会经济发展规划。1991—1998年,广州市共筹集资金3.72亿元,用于农村基层卫生"三项建设"(县防疫站、县妇幼保健院和卫生院建设)和"一无三配套"工作(无危房,人员、业务用房、设备三配套),农村医疗卫生机构业务用房和农村居民就医环境大为改善。到1995年,全市各县提前5年实现"2000年人人享有初级卫生保健"目标。

广州社区卫生服务网络建设让居民就近就能看病,得到基本的医疗卫生服务,这可以极大优化珍贵的医疗资源。

从1997年社区建立卫生服务站开始,至2000年实现了"一街一站"的要求。至2012年,建立起766个网格化团队,设置社区卫生服务中心150所,服务站163个,覆盖99%的社区居民,促进了以社区卫生服务为基础的新型城市卫生服务体系的发展。2012年,基层医疗卫生机构诊疗人次占全市医疗机构总诊疗人次的29.17%,基本公共卫生服务投入逐步增长至40元/人,公共卫生服务项目进一步落实,免费项目增加到11项37小项,服务逐步提质扩面。

广州市妇幼保健网络也在不断完善。

2012年底,全市有15间妇幼保健机构,其中省级妇幼保健院2间,市级妇幼保健院1间，区（县级市）妇幼保健院（所）12间。1994年市政府颁发国内第一个有关妇幼卫生工作的政府规章《广州市妇幼卫生管理办法》。大力推进孕产期保健管理工作，到2012年底，全市户籍孕产妇管理率从1991年43.73%提高到2012年97.84%；户籍住院分娩率由1991年94.59%提高到2012年99.94%。推进妇幼重大公共卫生项目实施，2009年起实施农村妇女"两癌"检查项目、农村地区增补叶酸预防神经管畸形项目、农村孕产妇住院分娩项目；2011年起实施预防艾滋病、梅毒和乙肝母婴传播项目；加强出生缺陷综合防控体系建设，2007年起开展免费婚前医学检查；2012年起开展免费孕前优生健康检查和三大重点病种产前筛查。

计划生育管理服务网络在广州全面覆盖。

1979年后，计划生育政策是提倡晚婚、晚育、少生、优生，提倡一对夫妇只生一个孩子。1982年，中共广州市委决定："在普遍提倡一对夫妇只生育一个子女的同时，农村部分对象可安排生二胎。"1983年市计生委设计划生育宣传技术指导所（以下简称计生指导所），负责节育技术管理工作。随后，各区、县和镇、街道先后建立"四合一"（宣传教育、技术服务、干部培训、药具管理）的计划生育服务站（所），初步形成计生技术管理服务网络。1992年，开始实行计划生育"一票否决权"，夯实了计划生育工作在地区、部门、单位和个人的责任。相继出台《广州市实施〈广东省计划生育条例〉办法》《广州市基层计划生育管理规范》《广州市计划生育管理服务条例》，完善计划生育法制政策。2002年开始，实施"对办理退休的独生子女父母，退休时给予一次性奖励""城镇独生子女父母计划生育按月奖励""计划生育家庭特别扶助"等优待政策。

自20世纪70年代起，广州的卫生监督与管理工作便逐步规范并向专业化发展。

食品卫生监测拓展到整个食品生产、加工和销售领域，生活饮用水监测也纳入工作范围。2001年底，广州市卫生监督所成立，承担起医疗卫生、放射卫生、公共场所、饮用水卫生以及学校卫生监督等综合卫生监督执法任务。至2012年，广州市组织开展控烟执法行动、食品卫生整治等专项行动，整治和规范"五小"行业，大力查处违法添加非食用物质和滥用食品添加剂重大食品安全事件；取缔无证食品经营单位；加大对用人单位职业病防治监督执法力度，立足从源头控制职业病的发生；开展打击非法行医工作，2012年共开展整治执法行动1711次，检查各类医疗机构5684间次，取缔无证"黑诊所"1269间次，处理群众信访举报992宗。此外，在传染病预防与监测方面，广州市卫生监督所也发挥了应用的作用。尤为值得一提的是，2020年12月，广州市卫生监督所被授予"广州市抗击新冠肺炎疫情先进集体"称号。

经历了20世纪八九十年代的经济高速发展，在21世纪，国家终于有足够的财富来建构一个更好的社会保障制度，医保便是其中的关键一项。

广州在经济发展上的富庶与繁荣，使得它在医疗卫生方面的保障与提升力度是巨大的。不过，在这里需要提醒的是，广州与北京、上海这样的直辖市不同，也与深圳这样的单列市不同，它作为广东的省会，要向省里上缴更多的税，也要兼顾与扶助兄弟城市的发展，这种隐形的责任与重负往往被一般人所忽视。

也就是说，广州在医疗保障以及卫生体系方面的这些投入及其获得的成绩，是来之不易的。

三 我也能开医院

广州在近代史上，有很多人自己开医院。

在前文《伟大的第一站》里已经讲述过张竹君、谢海琼等人创办医院的故事。他们创办的医院至今影响仍在。

党的十一届三中全会召开后仅仅4个多月，1979年4月，卫生部、财政部、国家劳动总局便联合发出《关于加强医院经济管理试点工作的意见的通知》，拉开了我国改革开放后医改的帷幕。

它确立了医疗体制改革的基本思路，即允许多种所有制形式医疗机构并存。

1980年8月，国务院批转了卫生部《关于允许个体开业行医问题的请示报告》，民营医疗机构正式出现在了我国医疗行业中。

有了国家的政策，广州又迅速行动起来了。

从1983年开始，一项以向管理要效益为核心的改革在广州市各级卫生单位开始实施。改革领导体制，实行院长负责制；改革干部人事制度，实行聘任制和合同制；改革分配制，在奖金分配上打破平均主义……几年下来，不少医院提高了医疗质量，增加了合理收入，扩大了服务项目，改善了服务态度。《广州市医疗卫生单位实行全面承包责任制的实施方案》得到卫生部肯定，市红十字会医院更是作为典型，其改革经验多次在全国推广。

勇于打破常规，不走寻常路的改革精神保持延续了下来，继续引领各种创新，让广州迈出了全国医疗卫生领域的多个第一步。

广州改革开放的巨大成就，很大程度上取决于市场发挥了重要作用，同样，广州积极探索适应市场化的办医形式，也让广州医疗卫生面目一新。

1983年，投资来自香港和广州的、我国第一家民营医院"广州益寿医院"在广州诞生。国务院发展研究中心市场研究所于1984年为该院颁发了"中国第一间民办股份制综合医院"的牌子。

当年，这家医院是由热心于老年人保健和医疗事业的医务人员、待业青年集资及社会有关单位、人士捐助兴办的。

这种全新的形式让当时的医疗界为之一振。

为完善医疗机构布局规划，鼓励引导社会资本举办医疗机构，加快形成多元办医格局，国家和广东省、广州市出台多项鼓励政策，为推进民营医疗机构的健康发展提供良好的政策保障，民营医疗机构数量逐年增加。

用个耳熟能详的比喻，就是"如雨后春笋般涌现"。

1989年，一方面，针对当时经济发展和人民群众物质文化生活水平的提高，社会上对医疗卫生服务的需求不断增长，医疗卫生服务能力不能满足群众需要，供需矛盾十分突出。另一方面，当时还有相当一部分医疗卫生事业单位的技术、设备条件和服务能力没有得到充分发挥，医疗卫生服务还有很大潜力可挖。

为了深化医疗卫生改革，增强医疗卫生机构的生机和活力，充分发挥医疗卫生人员的积极性和技术、设备潜力，扩大医疗卫生服务，为社会多做贡献，国务院批转的卫生部、财政部《关于扩大医疗卫生服务有关问题的意见》中明确提出了意见，其中关键的几点如下：

积极推行各种形式的承包责任制。

开展有偿业余服务。

进一步调整医疗卫生服务收费标准。

卫生预防保健单位开展有偿服务。

卫生事业单位实行以副补主、以工助医，给予卫生产业企业3年免税政策，积极发展卫生产业。

文件还进一步明确医疗服务机构可以探索不同模式的改革措施，如医疗服务机构实行以承包为主的多种经营管理方式，鼓励工矿企业、事业单位等主办的医疗服务机构向社会开放，支持个体开业行医和开设私立诊所，以满足城乡居民的基本医疗服务需求。

可以看到，医疗卫生领域真正向市场开放了。

这些政策的出台，对社会资本进入医疗服务领域产生了激励作用，以至于个体医生及诊所大量涌现，医务人员积极性高涨，医疗服务机构绩效有所改善，尤其是病床使用率快速上升。就在这一时期，农村个体诊所达到了农村卫生服务机构的45.8%，个体诊所作为民营医疗机构的前身已经进入了实质探索阶段。

经过几十年发展，2001年，广州市卫生局对968间非营利性医疗机构进行审核，首批非营利性医疗机构有958家见报。

2007年4月有一次统计：我国民营医院数量已经达到1.68万家，超过了公立医院1.26万家的数量。

其时，广州市共有民营医疗机构1269间，卫生技术人员10610人。

尽管数字喜人，但是，民营医疗机构在整个医疗卫生行业占有份额依然很小，在充分发挥专科、服务优势等方面仍有较大的发展空间，专业技术队伍不稳定、技术创新能力弱、管理缺乏科学化制度化等弱势仍未得到根本扭转。

只因为医疗卫生事业是一个发展相当慢的产业，需要漫长的积淀。

各种政策出台，不断给予民办医疗更大的空间。

2007年，广东省卫生厅印发《关于进一步规范医疗机构设置审批管理的通知》，下放并规范设置审批管理权限。床位在100张以上的由市级卫生行政部门设置审批管理；不设床位或床位不满100张的，由各区（县级市）卫生行政部门设置审批管理。

根据卫生部、国家中医药管理局《关于落实〈内地与香港澳门关于建立更紧密经贸关系的安排〉补充协议四中有关医疗服务事项的通知》，2008年1月1日起，符合条件的香港、澳门永久性居民可以在内地开设个体诊所。

这是一个巨大的突破。

在此基础上，2008年广东省卫生厅下发《广东省卫生厅关于落实〈内地与香港澳门关于建立更紧密经贸关系的安排〉补充协议五中有关医疗服务事项的通知》，自2009年1月1日起，符合条件的香港澳门服务提供者可以在广东省设置门诊部，为推进医疗行业对港澳扩大开放提供政策支持。2009年，广东省政府下发《关于加快广东省民营医疗机构发展的意见》，民营医疗卫生机构在整个医疗卫生行业占有份额依然很小，但已逐渐向规范化、专科化、高端化发展。

2011年，广州市卫生局印发《关于做好医疗机构设置规划和扶持民营医疗机构发展的通知》，明确民营医疗机构在执业标准、诊疗科目设置、科研课题立项、人员职称评定、进修培训、评先表彰等方面，享有与公立医院同等的待遇。同时，按照"属地化管理"原则，将其中36家100床以下医疗机构移交给各区（县级市）卫生局管理。

2013年，广州市政府出台《关于进一步鼓励和引导社会资本举办医疗机构的实施办法》鼓励引导社会资本举办医疗机构，规范简化社会资本举办医疗机构的审批程序。将社会资本举办医疗机构纳入全市医疗机构总体设置规划。鼓励和支持社会办医疗机构实施品牌发展战略，不断做大做强，打造国际化、高端化、专业化、连锁化的大型医疗集团，培育国内和国际医疗服务品牌。

2014年，申请设置医疗机构的民营资本不断增多。是年共初审11家医疗机构，均为社会资本举办；批准设置民营医疗机构2家，其中由广州市宝能投资有限公司申请设置的广州宝仁医院，投资15亿元，床位1000张，达到三级医院设置标准；为7家民营医疗机构办理执业登记，其中2家为港资独资医疗机构，1家为急救转运站，3家为医学检验所（其中1家港资独资），1家综合医院。

民营医疗机构规模逐步扩大。广州友好医院增加床位至600张，广州新市医院新建住院大楼1栋。港澳台及国外资本陆续进入广州医疗服务领域，万治内科门诊部、雷良综合门诊部、银海口腔门诊部、香港百皋等4家港资独资医疗机构相继开业，美国瑞博奥、香港云利制造厂等外资公司拿到医疗机构设置批准书。

民营医疗机构服务能力不断提高。至2017年末，全市民营医疗机构共2103个，床位14481张，占全市医疗机构床位数的16.05%；民营医院诊疗人次524.32万人次，占全市医院诊疗人次的比重为5.55%，多元化办医格局逐步形成。

民营医疗机构人才队伍不断加强。至2017年底，民营医疗机构在岗职工数为31954人，其中卫生技术人员25120人，占比为78.61%，其中执业（助理）医师数10576人，注册护士数10633人，药师（士）1257人，检验技师（士）821人，影像技师（士）252人。在岗职工中研究生、本科、大专、中专及中技、技校、高中及以下人员占比依次为3.02%、21.13%、38.58%、30.40%、0.45%、6.41%，其中卫生技术人员中的执业助理医师和执业医师类的大专学历的占比最高。

支持鼓励境内外优质医疗资源进入广州医疗服务领域，鼓励社会资本举办中医、康复、护理、儿童等专科医疗机构，并在税费、投融资、用地保障等方面提供优惠政策。将各级各类医疗卫生机构（含社会办医）纳入广州市医疗卫生设施布局规划；社会办医疗机构承担政府赋予指令性任务或公共卫生服务的，政府以购买服务或享受与公立医院相同补助政策；公开举办医疗机构的审批程序、审批主体和审批时限，审批信息系统与市监察局监察系统对接；鼓励符合多点执业资格条件医师到基层医疗卫生机构、农村地区多点执业，至2015年，登记多点执业医师有968人。

2016年，市卫生计生委印发《广州市卫生计生委关于对国有和集体企事业单位举办的医院定级的通知》，并对市卫生计生委发证的17家医疗机构进行定级评审，定级结果为三级医院2家，二级医院（含综合、专科）12家，一级医院3家。同时各区卫生计生局也按要求对辖区发证国有和集体企事业单位举办的医院进行定级申报和评级。2017年1月，对市属（管）权限的7家医疗机构及其分院进行等级认定，完善相关医院等级情况。

与此同时，为进一步促进民营医疗机构健康发展，广州一直组织开展民营医疗机构诚信守法专项整治行动，严厉打击违法执业行为，强化对民营医疗机构的监管。

民营医院的发展不是顺风顺水的，因为早些年许多民营医院不合规范，存在"捞快钱"的恶劣现象，但这些手法不但没有让民营医院"健康成长"，反而导致其生存环境恶化。在经历创业、调整、提高的发展之路后，在国家鼓励民营医院发展的今天，民营医院逐渐突破瓶颈，实现良性发展。

民营医疗企业的社会责任感也在日益加强。

以广州仁爱医院为例，这家医院创办于1995年，发展15年后，于2010年荣获全国"百家2010改革创新医院"殊荣。这家医院的目标是要做"百年老店"，因而必须加大医院的品牌建设，它在承担社会医疗工作的同时，也延伸着其社会责任，多年来参与社会公益活动较多。2006年粤北地区遭受洪涝灾害，2008年汶川地震，该院都积极捐助医疗物资，还在不少地方进行过义诊。当然，这些民营医疗机构的慈善不乏商业考虑，数额也不能算巨大，但是这种方向与趋势是值得肯定的。

在高端市场方面，民营医疗的天地更加广阔。做好了高端市场，反而会更加有能力普及老百姓，做好医疗慈善。

"我的一个朋友是某外资公司高层，心脏不好有一段时间了，好不容易抽出时间去了一家大型三甲医院做检查，结果光排队挂号就花了快1个小时，挂号完后又等了好久才做上检查。检查一次，他抱怨连连。"上海国宾医疗控股有限公司总裁黄宁在一次采访中说，国内医疗体系中高端市场需求急增，很多高端服务没有跟上，高阶层收入人士对去医院有明显的"戒心"。

广州市三甲公立医院不下20家，虽一部分公立医院开设部分高档病房、提供上门服务等医疗服务项目，但是受体制和医疗资源的限制，仍难以满足现有的和日益增长的市场需求。

2019年10月12日，坐落于增城区挂绿湖畔的广州前海人寿医院正式开启试运营。

医院建设投资60亿元，占地面积50公顷，40余个临床科室、84间门诊诊室、18个住院病区，规划病床1800张，40余个临床科室共拥有学科带头人30人，其中博士生导师9人，硕士生导师6人。医生团队共155人，高级职称医生共51人，绝大多数有在三甲医院工作的经验。

较为创新的是，该医院打造六个特色医学中心，包括肿瘤医学中心、胃肠病医学中心、心血管医学中心、老年病康复医学中心、妇产医学中心和神经医学中心（帕金森治疗中心）以及特色睡眠医学中心，均为针对老年人常发疾病而设。

"医院不养，养老院不医"一直是老人治病和养老中突出的现象。如今，在风光秀丽的增城区挂绿湖畔，增城区甚至广州市的老人们能在一座占地面积达50公顷的新医院，实现"老有所医"和"老有所养"。

医院还引进了华南首台世界上最先进的脑磁波刀系统，通过此系统，老年患者治疗帕金森病不需要开刀手术。

数据显示，我国帕金森病例每年新发近10万例，成为继肿瘤、心脑血管病后的中老年人的"第三杀手"。该院神经外科副主任张小鹏介绍："脑磁波刀系统，无须开刀就能减轻帕金森患者的震颤症状。"

"据调查，绝大多数老人有睡眠障碍，严重的会导致心脑血管和内分泌疾病。"前海人寿医院耳鼻喉外科主任张湘民说，不同于传统医院采用导管插入治疗，睡眠医疗中心引进便携式睡眠监测设备，老人在家里就可以自助进行睡眠筛查。

"医院设有普惠门诊和高端门诊，普惠门诊是在增城区医保局指导下定价，与公立医院相似统一医保结算。而高端门诊则是医院自己定价，用现金结算，满足不同层次患者的需求。"

前海人寿医院荣誉院长汪建平说："我们欢迎所有普通老百姓前来看病，我们的普惠政策甚至能比一般的公立医院定价更低。"

汪建平曾经担任过中山大学常务副校长、美国外科学院院士、英格兰皇家外科学院院士。

"目前大多数公立医院仍然是成本核算，自负盈亏。但我们采取的是预算制，医护人员的薪酬不与科室收入的水平和个人业务量挂钩，而是以医院整体的进步与发展进行考核。"

汪建平说，前海人寿医院是广州首家预算制民营医院，每年制定预算金额并交由银保监会审核通过，相较于传统医院公益性更强。

医生张小鹏直言预算制下，过度医疗现象将被有效遏制。

2019年末医院开业之初，便逢新冠肺炎疫情席卷全国，前海人寿广州总医院主动向区政府申请，成为新冠肺炎隔离观察医院，医院全部床位、医护人员供政府调配，医院自行解决防疫物资，并承担全部抗疫费用。历经3个月，在疫情缓和后，该院2020年4月2日正式恢复开业，开业后，医院两栋住院楼设置普惠床位，全部按医保价格收费，在自主定价的基础上，收费低于同级别医院，把实惠和便利带给老百姓。

前海人寿广州总医院还创造了一个全国第一。

2020年10月12日，由中国器官移植发展基金会主办的"施予受"器官捐献志愿者登记网，与前海人寿广州总医院正式完成"施予受"平台对接。

前海人寿广州总医院"施予受"器官捐献志愿登记基地同步揭牌，成为广州市首个民营医疗机构器官捐献志愿登记基地。公民通过医院微信公众服务号，最快10秒就能完成登记，成为中国器官捐献志愿者，完成一次爱心善举。

当共享经济在各个领域创造奇迹的时候，广州又开始尝试"共享医疗"的头啖汤。

2010年1月1日起，广东率先在全国开展医师多点执业试点工作。2017年12月23日，乘着共享经济的东风，国内首个医师多点执业共享平台"大医汇·夜市"，在广州正式开门接收门诊患者。

多点执业平台的打造不仅为医生提供了实现自我价值的执业场所，也是解决群众日益增长的健康医疗服务需求与医师人力资源相对缺乏之间矛盾的有效途径之一。

这种共享被不断拓宽，国有医院与民营医院也开始了"共享"。

2014年6月3日，广州市政府常务会新闻发布会发布了《关于进一步加强和改进基层医疗卫生工作的意见》"1+3"政策文件，广州市卫生局副局长胡丙杰表示，将在7个区（县级市）试点区域医疗联合体，试点各区市的三甲医院、社区卫生服务中心等医疗机构组成纵向联合体，实现大、小医院资源共享。

广医三院与广州伊丽莎白妇产医院的"医联体"框架协议签订后，两家单位合作的医联体将正式落户广州伊丽莎白妇产医院，双方将建立转诊绿色通道，加强人才和技术交流合作。

"广州医科大学第三附属医院伊丽莎白医联体"是在荔湾区卫生局组织下正式签订成立的，是继之前三甲、二甲、社区医院联合建立的三大医疗子网络的基础上荔湾区医疗联合体的再一次新探索，也是荔湾区卫生局首次将私立医院纳入"医疗联合体"的建设框架中。

广州医科大学附属第三医院是目前荔湾区唯一一所三级甲等综合医院，

也是广东省级重症孕产妇救治中心所在地,该院的产科和新生儿科分别是全国和广东省临床重点专科。广州伊丽莎白妇产医院则是广州唯一一家高端定位的妇婴医疗机构,该院的优良环境、先进设备和与国际接轨的医疗理念吸引了众多本省和海外专家在该院科研执业。

广州伊丽莎白妇产医院总经理詹宇明介绍,本次"联姻"将实现公立医院基本医疗服务与私立医院个性化医疗服务的互补,双方建立人才技术交流、信息共享和双向转诊的绿色通道,并定期总结评估"医联体"的工作成效完善运营机制,谋求长期合作发展关系,满足市民不同层次的医疗需求。

协议签订后,广医三院产科、妇科、儿科及相关科室专家将分批进驻伊丽莎白医院,定期坐诊。进驻专家也将沿用"预约制",市民需要先预约后就诊。同时,在广医三院与伊丽莎白的相关科室之间将设立HIS系统服务(医院专用的信息管理系统)端口,通过信息共享了解患者情况,方便远程会诊的进行,并开辟双向就诊绿色通道,即危、急、重病人可通过绿色通道及时转诊到广医三院进行抢救,而对医疗环境和服务品质有更高需求的患者可以通过该通道转诊到伊丽莎白就诊、住院。

广州荔湾区卫生局局长顾湘在签约仪式上表示,"医联体"是荔湾区先试先行的医疗模式探索,把民营医疗机构纳入新型医疗改革中,公立医院和私立医院共同努力为确保人民群众的生命安全做出努力,使老百姓真正享受到安全、高效、便捷的医疗卫生服务。

鲁迅先生曾说,世上本没有路,走的人多了也就成了路。那些敢于披荆斩棘、开辟新路的人,也许未必能最快到达终点,但他们的奋斗让更多的可能性变成现实,从而造福更多的人。改革开放以来,广州在医疗卫生领域进行市场化的大力探索,激发社会的办医热情,唤醒民间的蓄积能量,正是这座城市开放创新精神的体现,彰显出这座古老城市在新时代的无限活力与勃勃生机。

四　面对古老的突袭

进入21世纪，严重威胁人类健康的许多重大传染病、地方病在中国得到了有效控制。

以广州为例，先后消灭了天花、血吸虫病、丝虫病等传染病，鼠疫、黑热病、回归热连续50年没有病例报告；小儿麻痹、百日咳、白喉连续15年没有病例报告；人间布鲁氏菌病达到国家稳定控制标准；基本消灭了麻风，消除了碘缺乏病；及时控制了手足口病、霍乱、登革热、流脑、流感等传染病疫情；实施预防与控制艾滋病中长期规划，落实艾滋病免费自愿咨询检测、免费抗病毒药物治疗和常见机会性感染治疗等"四免一关怀"政策；实施结核病控制项目，落实免费治疗政策，传染性肺结核患病率呈下降趋势。分子生物学检测技术获得广泛应用，基因测序技术为传染病现场判断和监测提供了翔实、准确的科学依据，达到了国家一流水平。2011年，广州市适龄儿童计划免疫疫苗达到了11种，预防12种疾病，接种覆盖率在95%以上，建立起儿童免疫屏障。

我们接下来主要说说"非典"那年的惨烈战事，也会涉及2020年肆虐的新冠肺炎疫情。

在抗击"非典"的战役中，广州是主战场。

在人类的生存史上，病毒总是对生命发动突袭，而生命免疫系统被迫与病毒进行斗争。

这场古老的斗争从未停歇过。

只是随着人类的科学技术进步，我们了解到了越来越多的病毒细节，很多病毒在疫苗和特效药等医疗方式的干预下，开始节节败退。人们便有些大意了，产生了某种错觉：尽管还有很多病毒传染病不能治愈，但至少是在关注的视野里了。进入21世纪以来，科技的自信越强，这种错觉越大，第一次击碎这种错觉的就是2002年底出现、2003年全面暴发的非典型性肺炎。

这是一种由冠状病毒引起的急性呼吸道传染病，世界卫生组织（WHO）将其命名为"重症急性呼吸综合征"，简称SARS。

当然，中国人还是习惯性地将之称为"非典"。

这个名字里边记录了那种猝不及防的惊颤——这病是"非典型的"，是一次意外，但最终，我们得拼尽全力和这种"意外"搏斗，接纳乃至击败这种"意外"，从而再一次在病毒的阴影下生存下去。对于2020年全球大暴发的新冠病毒来说，亦是如此。

"非典"期间，广州的各大医疗机构都付出了巨大的努力甚至生命的代价，为患者提供专业的救治。

尤其是钟南山院士，在"非典"期间发挥中流砥柱的作用，跟17年后他在新冠肺炎疫情中发挥的作用一样。

出身医学世家的钟南山，是广东省医疗卫生界首位中国工程院院士，在呼吸道疾病的诊治方面独树一帜。

突如其来的"非典"疫情，把钟南山推到了大战的最前沿。钟南山临危受命，被任命为广东省非典型肺炎医疗救护专家指导小组组长。

"把重症患者都送到我这里来！"

钟南山说出的这句话至今依然震撼人心。

除夕之夜，万家团聚，广医一院领导们却火速赶回医院连夜布置工作。医务科、护理部、呼研所、急诊科、药品供应部、后勤服务中心、设备科等紧急部署：腾出呼一病区做隔离病区；腾出（重症监护室）的单间病房，用于抢救危重非典型肺炎病人；紧急采购抢救药品与消毒药品；购置19台呼吸机及抢救设备……

在"非典"期间高强度的工作和高负荷的运转下，钟南山还是被病魔击倒了。2003年初，由于连续参加会诊、讲座以及各种指导活动，连续38个小时没合眼的钟南山病倒了，出现了高烧、咳嗽和肺炎的症状，只能停止工作，接受治疗。

尽管广州呼研所是呼吸疾病最权威的医院之一，但是出于稳定军心的考虑，钟南山选择远离与自己并肩战斗的"战友"，回到家中自我隔离治疗。所幸，他得的不是"非典"。病情刚刚好转，身体尚未恢复，钟南山便回到呼研所上班。

他的重新出现，给前线心怀忐忑的医务人员打了一剂"强心针"。从医生到患者，再到全国关注"非典"疫情的民众都说，看到钟南山，心里才踏实。

除了钟南山院士所在的广州呼吸研究所之外，南方医院感染内科先后收治了100多名"非典"病人，创造了广东省和全军综合医院单个科室收治"非典"患者最多、治愈率最高、死亡率和感染率最低的优异成绩。

在这里还需要说明一下，"非典"暴发的时候，南方医院原名叫"第一军医大学第一附属医院"，属于部队建制，因而这里的医生相对于普通的医生来说，是真正服从命令的战士，在战"疫"期间大规模冲锋在第一线。

因此，南方医院的故事也必须铭记。

南方医院呼吸科主任蔡绍曦教授对那场"战斗"记忆犹新，她回忆道："我们呼吸科可腾出6间隔离病房，作为收治非典型肺炎病人的病房。但这还不够，只能把传染楼的窗户全部拆掉，室内放大量电扇，增加通风。那时虽然是冬天，但有什么办法呢！此外，最关键的就是防护口罩的问题。那时根本没有现在这种防护性能很好的一次性医疗口罩，只能自己动手做。我们戴的口罩是护士们用18层纱布扎在一起制成的，戴上后，立刻就有一种轻微的缺氧感。防护服，还有帽子，都不是一次性的，都是自己动手制作，反复消毒清洗。我们就是在这样不利的情况下，直面SARS病毒的。当然，我们缺的只是装备，而不是知识，我们了解传染病的防护措施，传染楼下面有消毒间、洁净通道和半污染通道，我们都分得很清楚。"

蔡绍曦没有谈及当年的很多细节，我们可以从2003年的报纸报道中找到："今年大年初二晚上，第一军医大学南方医院呼吸科主任蔡绍曦亲自动手和医务人员一起给病人气管插管。病人剧烈咳嗽，大量带血的浓痰顺着插管呕吐出来，喷在了她和在场医务人员的身上，一些医护人员脸上流露出一丝慌张，蔡绍曦全然不顾，冒着被感染的危险，全神贯注抢救。其他同志见状，也都稳定了情绪，继续投入到工作之中，直到病人呼吸困难的症状得到缓解后，她才松了一口气。"在她口中轻描淡写的"插管"，就是这样可怕的情景。当年"非典"病毒导致大量医护人员感染，很多都是在插管的过程中被感染的。另外，就是对"非典"患者的诊断，当时没有核酸检测，就只能靠CT，但当年的CT笨重，分辨度也不高，不像如今就连快速建起的方舱医院都有小型的移动CT，因此，蔡绍曦反复感叹的一句话是："现在我们的医疗设备好太多了。"也许，这既是对我们国家医学硬件进步的感慨，也是对于当年艰难危险的医疗环境的一种喟叹。

跟蔡绍曦并肩作战的是感染内科侯金林主任。让我们把目光投向2020年2月10日20时的广州白云国际机场，距离广东首批支援荆州医疗队出发仅剩1小时，侯金林才从43号门走入T2航站楼，刚好碰上了南方医科大学的校领导。对方说："老侯，你怎么来了？""前方有事情等我去！"来不及寒暄几句，他就匆匆踏上了征程。

"非典"那年，侯金林刚过不惑之年，也正是医生的黄金年龄。他简直像是挥舞着青龙偃月刀的关云长，哪里有病毒，他就冲向哪里。当广州地区病人开始增多后,他主动请缨,要求把所有"非典"病人集中收治在感染内科,并担任医院"非典"防治小组的领导成员。妻子温淑娟回忆,有一次抢救生命垂危的"非典"患者,侯金林与同事穿着3层防护衣,戴着18层纱布制成的加厚口罩,抢救了一整夜。回家后,他做的第一件事,就是直奔窗户,开窗透气。女儿不理解,还笑着说爸爸太紧张了,但他只是太需要大口大口地畅快呼吸。

他作为科主任,既为危重病人的病情着急,又要防止医护人员被感染。他知道SARS病毒的凶残,他也知道那个时期防护手段的薄弱,他带头强迫自己多吃饭,增强免疫力。他说:"不能让一个医护人员倒下。"妻子温淑娟说,那段时间老侯每天晚餐吃得很足,还把她第二天的午餐都吃了。"吃多一点,体能和免疫力就强一点,被感染的危险就少一点。"他半开玩笑地说。可那毕竟是一场非常消耗体力的持久战,即便他拼命吃饭,即便他靠吃一些药物维持睡眠,但3个月下来,他的体重还是降了6公斤。

"非典"疫情在全国暴发后,侯金林在不到一个月的时间,先后12次往返于北京、长春、杭州、长沙、广东等地,会诊危重"非典"患者28例,为3000多名医务人员讲解"非典"防治知识。同时,他白天会诊,晚上加班加点,撰写了3篇临床研究论文,先后在《中华传染病》杂志发表,其防治经验得到了国家和广东省疾病预防控制中心、"非典"防治指导机构的肯定,并在广东省和全国广泛推广。

侯金林得知解放军302医院传染病学专家姜素椿教授因抢救病人感染了SARS,他既为这位德高望重的师长揪心,又想方设法进行救治,一天之内跑了广东省的3个市(县)联系采集"非典"康复病人的血液样本。每到一处,面对愈后身体虚弱的病人,侯金林怜惜不已,实不忍心,鼓足勇气之后才说出来意,病人们得知是为了救治医生,都毫不犹豫地挽袖子献血。侯金林筛选出4份带有"非典"抗体的血清,交给从北京专程来广州取血清的同志,为挽救姜教授的生命起到了关键性的作用。

在侯金林的带领下，感染内科的同人们上下一心，全力以赴。春节7天假，全科没有一人休假，全都投入到紧张的抢救中。1月30日收治首例"非典"患者，2月中旬连续几天每天都有三四名"非典"患者入院，到2月25日，共收治"非典"患者31人。这些患者中，有相当一部分是危重患者，最多的一天4台呼吸机要同时运转，护士值班室中的报警喇叭时时作响，医护人员忙得跟打仗一样。3月份，"非典"的猖狂势头得到了有效遏制，转入平缓期，感染内科收治的病人相继康复出院，侯金林和同事们在紧张的忙碌中刚刚喘了口气，一场更艰苦、更凶险的战斗又悄然而至。4月27日，科里一下子又收治了7名患者。"非典"开始嚣张地反弹，而此时感染内科医护人员的体力已经严重透支，有的护士脚肿了，上班时只好穿上大两码的鞋，有的累得坐在椅子上就睡着了。

感染内科在超负荷运转中迎来五一，广州的天气一天天热了起来，最高气温已升至30摄氏度左右，不能开空调的感染内科楼已拆掉门窗，戴着十几层纱布制成的口罩，穿着三层防护服的护士要不停地跑上跑下，工作量是平时的三四倍。感染科内科楼的二、四、五楼都是"非典"病区，病人和医护人员分开专用通道，于是所有医护人员都要不停地绕道从一楼到五楼来回跑。值班几个小时就像爬了几座山般缺氧，全身湿透。几天后所有护士脚肿得都穿不下原来的鞋，有的将男同事的鞋借来穿。护士们穿着防护服，长时间在重症室守护病人，都尿湿了裤子。于是，她们形成一条不成文规矩——上班前、上班时都不喝水。而下班后第一件事是找水喝，护士贾玲流着泪说："1000毫升的矿泉水，我们都能一次喝上两三瓶。"

除了常人无法忍受的艰辛，更可怕的是还时常面临着感染病毒的巨大风险。

护士长李海兰为一名患者采集标本时，患者突然出现强烈的呕吐反射，吐了李护士长一脸秽物，她清洗后，平复下心绪，又继续投入了工作。经过这次，李海兰也意识到了重要的一点：要防止飞沫经眼结膜传染。她立即与医疗器械科联系，购置了一批进口护目镜，从而确保了医护人员安全。

科里的工作,事无巨细都要找李海兰,因此每天她总是比别人晚下班一两个小时。护士们说:"最累的就是我们护士长了,3个月,连一餐热饭都没吃过。"

由于各科室医护人员不辞辛劳,不顾个人安危,排除万难,忘我工作,精心治疗护理,使不少危重病人转危为安。

一方面是医生与护士在前线的救治,另一方面,搞清楚这种新病毒的特征与身份越来越迫切。

只有知道病毒的身份特征,才能找到有效的阻隔乃至治疗方法。很快,南方医院被确定为死亡病例的定点尸检医院。

2003年2月11日,世界首例因感染"非典"而死亡的患者的尸体解剖,由南方医院的丁彦青教授主刀完成。

丁彦青,长期担任南方医科大学病理学教研室主任,是病理学学科的学术带头人。在他担任主任期间,学科建设快速发展,病理学被评为国家精品课程,科室被评为博士学位授权学科、全军基层建设先进单位、广东省A类重点学科、教育部及广东省共建重点实验室,获国家、军队、广东科技进步奖数十项,各类基金近百项。解剖首例"非典"尸体的任务由他来承担,便是基于对他专业知识的充分信赖。

"准备解剖前,都是只知道出现了一种不明原因的肺炎,有多大的传染性不知道,这确实有些不可思议。"他回忆起当时的情形,一双幽深的眼睛似乎看穿了时间。因此,他当时走上手术台的时候,基本上没有特别的防护,只戴了个普通的口罩。

他把病人胸腔切开后,看到了非常可怕的现象:病变的肺已经肿得很大,轻轻一碰,血就冒出来了。

当他知道SARS病毒传播的杀伤力后,却忙得根本没时间去后怕。在经历完那场生死考验的尸解后,丁彦青累得没有力气走回家睡觉,爬到5楼办公室就睡下了。

随后，他又带领全科人员参与解剖了3例"非典"患者的尸体。

2003年2月中旬，一些权威部门宣布，引起广东省部分地区"非典型肺炎"的病原体基本可确定为衣原体，建议采用针对性强的抗生素治疗。

奋战在一线的钟南山坐不住了。

广州呼研所的大量临床实践证明，只用抗生素的治疗方案是没有用的。

"我们通过实践，用了正规的治疗方法，但是没有效果。"钟南山说，"所以我不赞成衣原体的说法。"这跟新冠病毒刚刚暴发时，他率先提出存在人传人现象一样。

但是，还是需要病理解剖的一手证据。

3月17日，国家卫生部通知丁彦青到北京去汇报，当时他已经做了3例解剖，他总结了4个方面。

丁彦青安静地坐在沙发上，轻轻举起了4根手指："第一，就是肺部病变，严重的肺上皮细胞损伤，导致肺上皮脱落，肺内大量的免疫细胞疾病，以及炎症细胞疾病；第二，我看到整个淋巴造血系统，也就是人体的免疫器官损伤非常大，淋巴结大规模损伤，最明显的是脾脏，大块坏死，这在以前从来没见过；第三，是全身多器官的血管、小血管包括毛细血管都有炎症，内皮损伤都非常严重；第四，是全身中毒，各个器官都有不同程度的受损，从心脏、肾脏到肝脏，无一幸免。那几天非常紧张，要看太多的片子，找很多的资料，还要做电镜来研究。我将4个方面汇报给了卫生部。"

经过夜以继日的研究之后，丁彦青首次提出肺和免疫系统是SARS病毒攻击的主要靶器官；发现"非典"患者汗腺和肾远曲小管存在SARS病毒，提出汗腺和尿液可能传染的新观点；证实了"非典"患者体内存在病毒功能性受体，并提出"促炎症因子"过度表达与"非典"患者急性肺损伤及全身多器官的损害密切相关的新观点。国际上最完整的一篇SARS病理学的报告，就是丁彦青团队写的，这个报告有个引人注目的副标题——来自中国的报道。正是他以及像他这样的医学家的研究,破除了那些炭疽、鼠疫、衣原体有关的传言,提出病毒性肺炎的诊断,为"非典"的临床治疗指明了方向,这是巨大的贡献。

丁彦青对于病理图片的判断缜密而准确。最重要的是,他对于医学的未来发展有着高度敏感的把握。他一直在把病理学和人工智能技术相结合,让AI能够更好更快地服务人类。但是,很难想象,他是一个多种恶性疾病缠身的病人。糖尿病、胆结石、腰椎间盘突出、肾癌,他都经历了。他也是毕业于第一军医大学的高才生,从新兵蛋子到运筹帷幄的高级别病理学专家,他以军人的豪气面对疾病的"十面埋伏",依然谈笑风生,魅力照人。他曾亲自观测从自己身上切除下来的肾脏切片,体现了一种令人敬畏的科学精神。后来,丁彦青教授被评为"全国防治非典型肺炎优秀科技工作者"。

2003年4月5日,国家卫生部副部长马晓伟到南方医院视察,充分肯定了医院以及广州在防治"非典"工作中取得的成绩。仅仅9天后,4月14日,时任中共中央总书记胡锦涛同志视察广东,会见了包括南方医院院长宋于刚教授在内的许多医护人员,再次肯定了广州的"非典"防治工作。

当广东的非典疫情逐步好转,得到控制之际,意想不到的是,北京的疫情态势越来越严重。为紧急支援首都北京的"非典"防治工作,中央军委决定从全军各大单位火速抽调1200名医护人员支援北京。第一军医大学南方医院积极响应,迅速组成了一支62人的医疗队,涉及学校25个临床科室,平均年龄28.6岁,其中高级职称6人,男19人,女43人,医生20人,博、硕士学历15人,平均工龄11年。

"去小汤山的那段经历现在想起来还是会有一些激动。"护士长王晓艳坐在南方医院大楼的窗边,阳光照在她的脸上,她羞涩地笑了一下,"说一点也不怕那是假的。SARS病毒的致死率太高了,而且当时医护人员的感染率非常高,对医生护士来讲,压力的确是最大的。我接到周君兰主任电话的时候,她说有个任务要去北京,但她没有命令我,我们那时还是军人,她可以直接命令我。但她没有,让我回家跟家里人好好商量一下。我回家跟我先生说,我可能要去北京了,那会儿电视正好在播放《焦点访谈》,说的是小汤山的事情。我先生意识到了我去北京的目的,他说这是不是太危险了?但到了晚上,他还是支持我去。虽然他不是军人,是个自由职业者,但他是个有情怀的人。我很感激他的理解,实际上,当时他的父母,也就是我的公婆,身体并不好,一个患有比较严重的糖尿病,都有了眼底病变,一个有脑梗后遗症。而女儿……那会儿才4岁多。"

2020年1月23日,一封来自广州南方医院的"请战书"在网络流传,发起人是原第一军医大学南方医院赴小汤山医疗队。请战书并不长,全文照录:"我们是2003年奉命赴北京小汤山抗击'非典'的南方医院医疗队队员,当年为抗击'非典'做出应有的贡献,同时做到了医护人员'零感染'。17年后的今天,当全国人民正面对新型冠状病毒的肆虐,作为一支有丰富经验、战胜过'非典'的英雄集体,我们更是责无旁贷!我们特此向院党委请战,愿为战胜新SARS样疫情,随时听候调令,我们小汤山全体队员都义无反顾,奔赴一线做出我们应有的贡献。在此,我们积极请战;若有战,召必回,战必胜!原第一军医大学南方医院赴小汤山医疗队全体队员。"纸面上的空白处,密密麻麻印着24个签名和红手印。第二天,24日,正值除夕,南方医院医疗队24名队员从广州出发奔赴武汉。担任队长的是郭亚兵教授,他是南方医科大学南方医院肝脏肿瘤中心病区主任。

其实,很多人已经不清楚了,17年前,郭亚兵教授也是南方医院援助北京进驻小汤山的医疗队队长。

媒体问郭亚兵:"你们为什么会写下这封请战书?"

"很早之前,新型冠状病毒刚发现的时候,我们的队员王晓艳就提出来了写请愿书的建议。"郭亚兵的嗓音有些疲惫和沙哑,"因为我们发现,这次疫情与'非典'非常类似,和当年在广州、北京的情况差不多,我们小汤山队员有充分的防护经验，做到了医务人员零感染，可以介入，给大家提供帮助。经过小汤山锻炼的医生，更应该站出来，听调令。我们需要发声，表达我们的意愿。此举引发示范效应，南方医院请战氛围热烈，近千名医护人员放弃休假准备随时回到工作岗位，同时也引发广东多家医院医护人员效仿，放弃休假，坚守岗位。请战不是一定要上前线，还不一定轮得到我们，年纪比较大，不一定能上。我们更多的是想给大家信心，提高大家战胜疾病的信心。"

参加过小汤山战斗又最早提议写请愿书的王晓艳，因为种种原因没能奔赴武汉，她竟然为此而难过了许久，甚至一度产生了自我怀疑，都有些抑郁了。这样的心情一般人是难以理解的。但如果我们知道了接下来的事情，我们也许会有所理解：小汤山医疗队自2003年至今，每年都会相聚一到两次，并且在2013年，也就是"非典"十周年之后，他们还不远万里，集体重访小汤山，通过凭吊战场的遗迹，他们的内心再一次肯定着生命至上的价值与意义。

"当年的队员都成了医院各个科室的骨干，比如王晓艳，现在是脑外科的护士长。"郭亚兵作为小汤山医疗队的灵魂人物，他说起自己的队员如数家珍，"最小的那位队员，今年34岁，已经当妈妈了。我们现在有个群，每年还会聚两次，大家都是生死之交，感情是不一样的。"

南方医院在抗击"非典"的战斗中，无论是在广州还是北京小汤山，都没有一名医护人员感染。这在当时来说堪称是一个奇迹。

去小汤山之前，每个带队的队长都要签军令状，保证队员一个都不感染。小汤山的防护非常严格，有很强的组织性、纪律性，说一不二。按照郭亚兵的说法，这是一个团队、系统的问题，任何一个人掉链子都不行。在小汤山时，他们有很细致的防护指南，划分了干净区（指行政和后勤办公的区域）、半污染区（指医护人员的居住区）、污染区（指病区）3个不同的区域，大家分开活动。

郭亚兵总结出的"小汤山经验"是：心情要放松，但防护要到位。微生物感染跟个人的免疫力密切相关，如果休息不好、焦虑，免疫状态紊乱，自然就容易感染。"所以我们不提倡疲劳战术。医护人员要保持信心、乐观的状态，才能提高免疫力。当年在小汤山时，大家心情很放松，该吃饭就吃饭，该运动还是要去运动。医疗核心是医护人员，必须有战斗力。关键是斗志，很多人斗志一垮，就没有战斗力了。面对未知的疫情，刚入职的年轻医生产生恐慌，不知道如何防护，我们必须告诉他们怎么防，要教会他们招数，让医护人员增强信心，不能让他们还没上阵就泄气，信心是最重要的。"

"我们这个团队真的很年轻，很有朝气，很有活力。"王晓艳护士长露出了一个灿烂的笑容，说，"每次我们干活的时候，我们的各种防护都是要大家相互检查，做到位了才能进病房。除了做到位各种基础护理，我们还会跟病人交流。尤其是那些重症患者，我们的姑娘会给他们喂饭，乃至给男病人刮胡须，不断鼓励病人坚持下去。快20年了，那些病人写的表扬信我们一直都保存着。小汤山战斗10周年的时候，我们还跟一些患者聚会了。"

2003年6月30日，广州军民举行隆重仪式，欢迎广东赴小汤山医疗队最后一批40名抗击非典的勇士平安回到温馨的家园。这支被誉为"领头雁"的医疗队送走了小汤山医院最后18名非典患者。当各地医疗队返回后，他们又带着在广东和北京救治非典患者的经验投身到科研工作中，撰写了《SARS发病机制分类分型的研究》。就在此前不久，他们才协同院方把小汤山医院移交给地方。该医疗队荣获北京市"抗击非典先进集体"称号。南方医院派往北京小汤山执行防治"非典"任务的医疗队，其所负责的17病区荣获小汤山医院消毒隔离量化考评第一名，预防院内感染二等奖，为医院以及广州这座城市赢得了荣誉与尊重。

除了钟南山院士，南方医院的医生，还有广州市第八人民医院，也是不能被忘记的。

我们在第一章讲到过，广州市立传染病医院成立于1921年，那就是广州市第八人民医院的前身。迄今，这家医院与传染病作战已经有整整100年的历史了。

1990年，唐小平从中山医科大学传染病学院研究生毕业，进入广州市传染病医院即现在的广州市第八人民医院工作。12年后，也就是2002年下半年，他担任了市八医院的院长，成为当时广州地区最年轻的三级医院院长。

上任几个月，便迎来了"非典"疫情的挑战。

当时，全国各地的医院防护资源都不足，口罩是医院后勤人员日夜赶工用12层棉纱缝制的。病人来得多又急，10天之内全院住了140多个"非典"患者，最多同时有30多个人上呼吸机，在没有中央供氧的情况下，高峰期一个护士一晚要换几十瓶氧气。

随着"非典"疫情的发展，广州陆续出现一线医护人员感染。市八医院收治的都是传染性最强的一、二代病人，也有一批医护人员相继中招。

"我们苦思冥想，这个病通过呼吸道飞沫传播，那么多医务人员感染，和病房不通风的环境有密切关系。"他说。

可是，那时缺少用于隔离传染病人的负压病房。

怎么办？那就自己现造！

两天之内，市八医院收治"非典"患者的两层楼内，装了200台左右大马力风扇24小时不间断地开着，中间走廊两头窗户上各装6台风扇向内输送新风，每间病房分别在门口窗户上和出口窗户上各装3台风扇分别往内送风、往窗外排风，在密闭环境中形成"人工负压病房"。到2月20日后，市八医院在"非典"疫情中再也没有医护人员被传染。

时任世界卫生组织中国专家组主要成员、美国疾病预防控制中心著名流行病专家詹姆斯·马奎尔来到广州了解疫情时，在市八医院现场对这一举措大为赞赏，称这是解决问题的"创造性发明"。

广州市第八人民医院是广州地区最早收治"非典"患者的医院之一，也是全国收治病人最多、时间最长、病死率最低的医院之一。

"'非典'之前,市传染病医院改名'市八医院'没多久,有的的士司机都不知道'市八医院'在哪里。'非典'之后,'市八医院'声名大振。"唐小平回忆道。

"非典"疫情暴露出当时国内社会管理和公共卫生突发事件处理的"软肋"。

疫情过后,痛定思痛,这一战役促成了国内公共卫生应急系统的逐步建立。

抗击"非典"后,广州市委、市政府更加重视公共卫生体系建设。2003年,实施了《广州市加强疾病预防控制网络体系建设计划》。2005年1月,广州市卫生局设立突发公共卫生事件应急处理办公室,实施《广州市突发公共卫生事件应急预案》,突发公共卫生事件应急处置能力不断提高,有效应对2008年春运冰雪灾害、四川汶川特大地震、三聚氰胺奶粉事件、苏丹红和禽流感等特别重大公共卫生事件,打的都是"有准备之战"。

新冠肺炎疫情是又一次可怕的病毒突袭,但这次医疗系统的反应速度之快以及医护人员的感染率之低,比起17年前的"非典",确实已经不可同日而语。

2021年1月30日,广州市第八人民医院举行抗击新冠肺炎疫情表彰大会暨2021年工作会议,为获得国家级、省级、市级抗击新冠肺炎疫情先进个人代表献上鲜花,并对329名院级抗击新冠肺炎先进个人进行表彰。

2020年,市八医院全年累计收治新冠肺炎相关病例2467人,占广州市94%以上,占广东省70%以上,救治成功率达99.8%,属全国领先水平。

作为广东省、广州市收治新冠肺炎患者定点医院,市八医院在新冠肺炎疫情防控及医疗救治工作中,先后共开设隔离病区42个,参与新冠肺炎救治相关工作人员超过2000人,支援进驻17家单位234人,共收治了广州市94%以上的病例，是广东省收治新冠肺炎确诊患者最多、收治新冠肺炎相关病例种类最全的医院，也是全国收治外籍患者最多的医院，患者来自全球58个国家和地区。广州市首例新冠肺炎确诊患者、广东省首例外籍患者、广东省年龄最大患者、广州年龄最大危重症患者、广州市病情最曲折患者、广州市首例手术患者等均先后从市八医院治愈出院。

"救治成功率达99.8%，医护人员零感染，医院交出了一份合格答卷。"市八医院党委书记黄毅说。

广州市第八人民医院院长雷春亮在总结2020年工作时表示，从对病毒一无所知的阻击战到"开卷考试"，医院根据"国内阻击""外防输入、内防反弹"以及"常态化防控"等不同阶段疫情形势，实现医护人员零感染，并以超常效率科研攻关，探索救治新思路。为此，医院涌现出一批先进个人及集体，获得"全国先进基层党组织""全国抗击新冠肺炎疫情先进集体""全国先进工作者""抗击新冠肺炎疫情全国三八红旗手"等荣誉。

在"非典"的斗争中，广州的医疗卫生系统不负重托，不辱使命，捍卫了人民的健康，增强了应对突发公共卫生事件的综合能力，更是在医务人员中培育了一种崇高的精神——抗"非典"精神。

"非典"过去17年后，在可怕的新冠肺炎疫情中，这样的精神再一次让每个中国人的心灵感到震颤。

在各式各样的屏幕中，我们看着他们。他们穿戴着防护用具，犹如置身外星、水土不服的宇航员。他们全力抢救被病毒戕害的不幸患者，他们将病毒的轨迹与凡人隔开，他们是病毒与社会之间的隔离带。

换句话说，他们的身体也成了无可逃离的战场。无论身与心，他们都承受了更多。因此，他们对生命有了大理解，对生命有了大关爱，对生命有了大守护，从而，他们对无数的生命付出了真正的慷慨。

| 第三章 |

将医改进行到底

党的十八大以来，以习近平同志为核心的党中央以国家长远发展为基点，以民族伟大复兴为目标，开启了建设"健康中国"的新征程。

2015年，李克强总理在政府工作报告中首次提到"健康中国"，同年，习近平在党的十八届五中全会上，提出了"没有全民健康，就没有全面小康"，标志着我国进入健康中国建设的全新阶段。

随着物质文化生活水平的提高，百姓对健康有了更高要求，不但要求看得上病、看得好病，还希望不得病、少得病，活出自己的精气神。为了实现百姓对健康的期盼，我国在深化医药卫生体制改革中，更加注重整体性、系统性和协同性，更加强调医疗、医保、医药"三医联动"，这些夯实地基的举措，有力地托起了每一个中国人的"健康梦"。

广州市深入贯彻实施"健康中国"战略，推动卫生健康工作以"治病为中心"向以"人民健康为中心"转变，持续深化体制机制改革，改善医疗服务，为人民群众提供全方位全周期的健康服务，将新时代的医改政策落到实处，进行到底。

一 进入深水区

进入新时代，医疗卫生领域的改革无疑也进入了深水区。

2016年8月，中共中央总书记、国家主席、中央军委主席习近平出席全国卫生与健康大会并发表重要讲话。

他在讲话中强调：

"当前，由于工业化、城镇化、人口老龄化，由于疾病谱、生态环境、生活方式不断变化，我国仍然面临多重疾病威胁并存、多种健康影响因素交织的复杂局面，我们既面对着发达国家面临的卫生与健康问题，也面对着发展中国家面临的卫生与健康问题。如果这些问题不能得到有效解决，必然会严重影响人民健康，制约经济发展，影响社会和谐稳定。"①

因此，他指出："当前，医药卫生体制改革已进入深水区，到了啃硬骨头的攻坚期。要加快把党的十八届三中全会确定的医药卫生体制改革任务落到实处。要着力推进基本医疗卫生制度建设，努力在分级诊疗制度、现代医院管理制度、全民医保制度、药品供应保障制度、综合监管制度5项基本医疗卫生制度建设上取得突破。"

也是在这次会议上，他提出"要把人民健康放在优先发展的战略地位"。

---

① 《习近平在全国卫生与健康大会上强调：把人民健康放在优先发展战略地位 努力全方位全周期保障人民健康》，《新华每日电讯》2016年8月21日报道。

广州根据国家的大战略与统一部署，果断进入深水区，进行医疗机构的大力改革，2014年，按照国家和省的统一部署，广州市撤并原市卫生局，原市人口和计划生育局，组建广州市卫生和计划生育委员会（以下简称市卫生计生委），市爱卫办、医改办划入市卫生计生委，各区相应进行了机构改革，优化整合妇幼保健和计生技术服务资源，实现了"职能统一，资源整合，队伍融合"的工作目标。

2018年，广州设立市卫生健康委，在原有卫生计生职能的基础上增加了原安监局的职业卫生健康和市民政局的老年健康工作职能。机构改革后，广州市卫生健康委共设机关处室24个，行政编制155人，下属事业单位23个。

2020年，在新冠肺炎疫情中，我们频繁看到了"卫健委"这个机构名称，这正是机构改革的成果。

然后，医疗卫生政策体系也得到不断完善。

2014年以来，广州先后制定实施了《广州市卫生与健康十三五规划》《广州区域卫生规划（2016—2020年）》。2017年，市委、市政府印发《中共广州市委　广州市人民政府关于建设卫生强市的实施意见》和《广州市构建医疗卫生高地行动计划》（2016—2018）、《广州市医疗卫生强基创优行动计划》（2016—2018）、《广州市提升妇幼健康服务能力行动计划》（2016—2018）和《广州市加强精神卫生体系建设行动计划》（2016—2018）等4个三年行动计划配套文件，制定了《"健康广州2030"规划》，修订了《广州市医疗卫生设施布局规划（2017—2020年）》。

这些政策为当前和今后一段时间的医疗卫生工作发展，做出了全局性的规划和制度性的安排。

广州是华南医疗资源最丰富的城市，因此，在建设"粤港澳大湾区"的大机遇下，广州进一步打造医疗高地。

广州充分发挥地区省部属医疗资源聚集的优势，积极支持和引导在穗省部属和市属有实力的医院加强与港澳高校和医疗机构的全方位合作，把港澳先进的管理理念与广州雄厚的专科实力相结合，推动粤港澳医疗卫生深度融合发展，制定广州国际医疗中心建设规划，努力为大湾区医疗卫生事业融合发展创建"示范田"。

同时，广州还启动香港联合医务集团广州工作室的建设，为港澳居民在广州就医提供便利。

2018年，广东省政府实施高水平医院建设"登峰计划"。

广州医科大学附属第一医院、市第一人民医院、市妇女儿童医疗中心成功入选省"登峰计划"重点建设医院，每家医院在未来3年将获得3亿元的省财政支持，广州市财政也给予配套资金支持。

广州市财政在未来5年内投资27亿元支持市第一人民医院建设高水平现代化研究型综合医院，高水平临床重点专科建设也同步启动。

从2019年起，市财政投入9000万元，用3年时间，重点推动20个高水平临床重点专科和7个高水平临床重点培育专科建设，全面提升疑难重症诊治能力、临床科研创新能力，努力打造一批技术一流、科研领先、人才汇聚的高水平临床重点专科。

根据广州"卫生强市1+4"政策文件，计划总投资约267亿元加强医疗卫生基础设施建设，市中医院同德院区、广医五院临床教学综合楼顺利投入使用，全力推动市红十字会医院、市惠爱医院芳村院区提升改造项目、市中医医院新址工程、市第八人民医院新址二期、广州呼吸中心、市胸科医院，市妇女儿童医疗中心增城、南沙院区，广州医科大学附属妇女儿童医院等项目建设。

有了高地，不能忘记大地，不能忘记基层的民众。

因此，广州也同时大力提升基层医疗卫生服务能力。

按照保基本、强基层、建机制的原则，2014年，广州制定实施了《关于进一步加强和改进基层医疗卫生工作及配套方案的通知》等"1+3"系列文件,大力提升基层医疗服务能力,推进基层医疗卫生机构业务用房标准化建设和基本医疗设备更新工作,完成新一轮镇卫生院救护车装备任务,镇卫生院全部加入市、区"120"急救网络,实现了农村地区院前急救网络全覆盖。基本公共卫生服务水平不断提高,年人均基本公共卫生服务经费从2013年40元提高到2018年的65元。服务项目11大项37小项增加至14类55项。2018年出台《广州市进一步加强基层医疗卫生服务能力建设的实施方案》,实施基层医疗卫生机构提档升级工程和全科医生人才培养系统工程,进一步提升基层服务能力。

迄今,广州已有9个"全国百强社区卫生服务中心",2个"全国百佳乡镇卫生院",19个全国"优质服务示范社区卫生服务中心",29个获国家卫生计生委命名的"群众满意的乡镇卫生院",50个达到国家"优质服务基层行"推荐标准,19个评为"社区医院",均居全省前列。

对妇幼的呵护更显出一个城市的文明,广州更加着力于提升对妇幼健康的服务能力。

2012—2015年,广州实施第一轮母婴安康行动计划,产儿科服务能力得到显著提升。开展专家驻点帮扶基层医疗机构85所,为62间基层助产机构产科、新生儿科配置紧急救治基本设备,对22所政府举办的基层助产机构开展儿科标准化建设。

自2016年开始,广州实施新一轮母婴安康行动(2016—2020年),各项子方案已全部启动,启动了新生儿疾病免费筛查项目,结合已开展的重点病种免费产前筛查诊断、免费孕前优生健康检查及免费婚前医学检查工作,全市出生缺陷三级综合防控体系已基本建立。

2017年起,市区财政每年新增投入近1亿元用于儿科建设发展,现有国家级、省级妇幼健康优质服务示范区各3个。

医药卫生体制的改革一直牵动着老百姓的心,在新时代,广州持续深化这方面的改革,让从医人员的创新动力得到不断增强。

广州对公立医院的改革,力度极大。

2017年7月,《广州地区公立医院综合改革实施方案》出台。改革明确政府投入责任,坚持公立医院公益性的基本定位,重点通过医疗价格和收费项目调整,推进利益机制转变,构建公益性导向更加明确的运行新机制,技术劳务价值得到更好体现。7月15日,广州市所有公立医疗机构全部取消药品(中药饮片除外)加成。2018年12月29日,全面实施取消医用耗材加成。医疗服务价格调整、财政补偿和医保报销等配套政策陆续出台。至2018年底,纳入医改监测的公立医院门诊、住院药占比、次均住院药费明显下降,"以药养医"格局基本破除。医疗收入结构更趋合理,技术劳务性收入占比上升,医务人员技术劳务价值得到进一步体现。

分级诊疗制度的建设,可以更好地优化医疗资源。

2016年,根据《广州市加快推进分级诊疗制度建设实施方案》,以医疗联合体建设为抓手,以家庭医生签约服务为切入点,以常见病、多发病、慢性病分级诊疗为突破口,不断完善服务网络、运行机制和激励机制,建立符合广州实际的基层首诊、双向转诊、急慢分治、上下联动的分级诊疗就医新秩序。

至2018年底,广州市组建医联体144个,100%社区卫生服务中心和镇卫生院开展了家庭医生签约服务,签约居民450.68万人、签约率33.38%;签约重点人群220.03万人、签约率71.14%。

建立现代医院管理制度,让医院更有效率,更好地受到专业监管。

2018年10月,广州市人民政府办公厅印发《广州市建立现代医院管理制度实施方案的通知》(以下简称《方案》),在全市逐步推开现代医院管理制度建设。《方案》就落实政府对公立医院的举办职能、加强政府对医院的监管职能、落实公立医院经营管理自主权、加强社会监督和行业自律以及规范完善医院管理制度、加强党建工作等19个项目做了明确的规定。2018年12月,广州市5家医院进入试点名单。

医保制度改革方面,广州优先将基层医疗机构纳入医保定点范围,全面推进按病种付费和按病种分值付费改革,医保总额控制指标向基层医疗机构适当倾斜,制定与医联体建设发展相适应的医保支付结算办法,发挥医保促进医联体建设和发展的引导作用。医药制度改革方面,2013年,通过政府补助和医保补偿等方式,继续推进村卫生站、非政府办基层医疗卫生机构和公立医院实施基本药物制度,基本药物制度实施范围逐步扩大。2018年8月31日,广州市出台《广州医疗机构药品集团采购试行办法》,10月,GPO(药品集团采购)平台上线试运行。

在机构改革的基础上,广州市强化对医疗机构的综合监管力度。

2014年,广州市在综合监管方面,积极转变政府职能,推进依法行政,开展了编制行政职权清单、清理公共服务事项、居民办证事项和规范性文件等专项工作;落实医疗卫生行风"九不准"的要求,完成市属医疗机构行业作风专项整治和医疗收费专项检查并限时整改,严肃查处医药购销领域和医疗服务的不正之风。2018年,国务院办公厅就医疗卫生行业综合监管的7个重点领域提出"一优化、六加强"的具体要求。

2019年11月17日,由广东省卫生健康委、省医改办主办的"第二届中国(广东)卫生与健康发展峰会暨广东医改十大创新典型发布会"在广州召开。

国家卫生健康委体改司副司长庄宁到会并讲话,广东省卫生健康委党组书记、主任段宇飞同志致开幕词。

广州市卫生健康委党组书记、主任唐小平同志代表广州在大会上做了题为《建机制 稳队伍 增活力 全面探索基层医疗卫生改革新路径》的经验交流。

我们对唐小平并不陌生,前面讲述过他在广州市第八人民医院当院长时,抗击"非典"的故事。

唐小平主任围绕广州市2009年实行新一轮医改以来,积极探索广州特色的改革路径,坚持医疗医保医药"三医"联动。

10年来,广州医改以构建分级诊疗制度为抓手,着力创新基层管理运行机制,完善人才培养保障机制,优化基层服务模式,不断推动优质医疗资源下沉,取得了明显成效。

广州市推进基层综改的做法,得到国家和省卫生健康委的充分肯定,国家已经连续两年在广州召开基层医改新闻发布会。

广州花都区和增城区基层卫生综合改革创新举措,被中组部编写的《贯彻落实习近平新时代中国特色社会主义思想在改革发展稳定中攻坚克难案例》一书收录,作为向全国推广的经典案例,进一步激励广州继续深化医药卫生体制改革,推动建立更加优质高效的医疗卫生服务体系。

始于2009年的"新医改",经过十年的奋斗历程,取得了显而易见的成效。

在这10年的漫漫长路中,广州始终走在前列,获评广东医改十大创新典型,而广东的医改经验又成为全国其他地区借鉴与学习的重要典型。

二 老百姓有"御医"了

老百姓看古装电视，羡慕皇帝有御医，随时可以上门来治病。后来，看香港TVB的电视剧，又开始羡慕富豪。富豪家有人生病了，只需一个电话，家庭医生便登门服务了。要是遇上需要前往医院的重大疾病，家庭医生也随之前往，协助办理各种手续。可以说，家庭医生了解每一位家庭成员的病史，是最了解这个家庭的成员健康状况的人。

可如今，老百姓不用羡慕皇帝和富豪了。

在广州，自2017年家庭医生签约服务全面开展后，至2018年9月已覆盖全市100%的社区卫生服务中心和镇卫生院，签约居民和签约率分别达450.68万人和33.38%，接受过签约服务的居民，满意及比较满意者达95.4%，逾九成居民愿意在协议期满后续约。

患有糖尿病的俞婆婆定期到广州天河区石牌街社区卫生服务中心复诊，她和丈夫沈伯共同签约了家庭医生林医生。每次复诊时，林医生都蹲着用手轻按俞婆婆的足背动脉，还嘱咐她："平时晚上在家洗完澡，也可以自己这么按一下，感觉一下脉动明不明显。"

林医生说，俞婆婆患有多年糖尿病，容易出现糖尿病足等并发症，检查足背动脉可以得知是否发生了足部病变，对于俞婆婆这样的患者，这个检查是每次就诊随访的"指定动作"。

自从俞婆婆夫妇签约家庭医生后,亲身见证到签约服务越来越正规、完善及便利:"我们的老毛病家庭医生都清楚,不用每次重复说,他们也很有耐心,不用担心像在大医院看病那样,时间长一点都被后面的人催,心情也好很多。"

生活在广州越秀区黄花岗街的居民周苏,签约了社区卫生服务中心,感慨家庭医生陈俊杰是他们家的救命恩人。2018年4月的某个周日,周苏的妻子谭姨突然觉得胸口很痛,因为周日社区卫生服务中心停诊,到第二天再去找陈医生时,谭姨的病情又加重了。于是,社区卫生服务中心给谭姨走"绿色通道"做了心电图,看到谭姨痛得满头大汗,陈医生心里拉响了警报:"很可能是心肌梗死!"他马上给谭姨服下硝酸甘油,同时联系了广东药学院附属第一医院胸痛中心,安排转诊。

"陈医生叫了隔壁两位医生过来帮忙,自己又跑去帮我们交费、办转院手续、送病人上救护车,还说有事随时给他打电话。"这些细节令周苏感动不已。转院后,谭姨果然被诊断为冠状动脉堵塞,幸亏送院及时,手术植入支架后转危为安。

广州花都区人民医院心内科主任肖俊会的手机里有一个重要的微信群。每天,区内基层医生在此上传病人心电图等检查资料,区医院医生第一时间识别出心肌梗死、动脉夹层、肺栓塞等高危病人,对于需要往上级转诊的病例,两边医院直接对接,病人转院后可以直接进入手术室,相比传统模式——基层医院转到上级医院的急诊,再请心内科去会诊,再准备手术,效率大大提高。

高危冠心病患者卜婆婆就是花都区这一模式的受惠者。对比卜婆婆上一次同样的转院经历,她的女儿利女士深有感触。两年前卜婆婆因为肠胃问题,要从镇卫生院转诊到区人民医院,他们在下救护车后还要奔波去挂号、找床位,既焦虑又担忧。"这次奔波劳碌和担心就少得多!两边的医生早就对接好,我妈的病历、检查结果都直接传过来了,转院过来就直接入院,当天就做了手术,现在恢复得很好,精神多了。"

协助患者转诊是分级诊疗的重要一环,也是家庭医生的主要职责之一。家庭医生作为居民的"健康守门人",其职能首先是常见病、多发病的治疗;同时,需要完善社区居民的慢性病管理,还要参与居民的日常健康管理,以及管理家庭病床和转诊。

在实际的服务中,家庭医生为病人所做的已经远远超出诊室范围。

广州海珠区沙园街社区卫生服务中心2013年率先试点家庭医生签约服务,实行签约全预约,要求问诊时间不低于8分钟。同时在院内开展多种形式的健康促进活动、医患交流会,成立慢性病管理小组等,逐渐提升居民对家庭医生的认识。

该中心家庭医生科主任刘敏玲说,以往医生只需开诊看病即可,而签约之后,对病人有了连带责任,服务也由诊室内延伸到了诊室外,时常有签约患者在非上班时间打电话、发微信向刘敏玲求助。

"患者信任我,既然他们有需求,帮一下是应该的。"她说。

沙园街社区卫生服务中心全科门诊主任谭美红是广州最早一批转型的家庭医生,自签约起,她也开通了微信群,增加和病人的互动,甚至和患者成为朋友。

谭美红医生是海珠区首批星级医生,她所带领的家庭医生签约团队荣获2017年"全国优秀家庭医生团队"的称号,个人签约2000多人,2019年获全国全科医学病例诊疗思维培训项目比赛一等奖。

2013年,沙园街社区卫生服务中心成为广州市首家家庭医生签约服务试点单位,作为第一批开展家庭医生签约工作的全科医生,谭美红被任命为全科门诊主任,担负全科家庭签约工作的重任。"实话实说,当时觉得'全科'就是什么病都看,遇到难的就转,没有全科思维的理念。"在推进家庭医生签约工作的最初阶段,各方面条件还不成熟,病人的不理解、不接受,甚至冷嘲热讽，让谭美红和她的团队信心大打折扣。

对于全科医生来讲，"了解患病的人是怎么样的人比了解这人患什么病更重要"，简单说就是家庭医生"要医病，更要医人"！

家庭医生要把自己变成一块海绵不断吸收全科理念和全科思维的知识和技能，更好地为签约居民服务。全科思维要学会运用，才能凸显全科医生的优势。谭美红深谙其中的道理，注重将学到的问诊技巧运用到平时的全科门诊工作中，在接诊患者时使用规范的问诊流程，这不仅能有效提高识别疾病危急重症的能力和诊断疾病的能力，还可减少误诊和漏诊。有一次，在门诊，谭医生就遇到过一例心悸的患者，从过往就诊的病例来看，很多医院都当成心脏的问题进行治疗，但运用全科问诊方式，并给患者进行详细的体格检查，她发现患者心悸原来是由于甲亢而引起的，通过治疗甲亢，心悸得到明显的改善；还有一些腹痛伴有轻度腹泻的患者，如果用惯性思维去考虑，就会以为患者是胃肠道的疾病，但很可能是输尿管结石。

"我们最基本的工作就是传递健康理念。"谭美红和团队成员，一直坚持为居民处理现患疾病、长期的慢性疾病，同时积极开展一系列健康管理工作。开展的高血脂自我管理特色活动，到2019年已经连续举办4年，开展了27场专场培训活动，共有数千人次参加活动，居民对血脂的危害、饮食运动的调理等知识有了较大的认识；团队还通过开展健康志愿者联动、高血压慢性病精细化管理、精神疾病患者康复等管理项目，对签约居民进行全人管理，帮助他们提高自我管理的能力，和他们建立连续的健康管理模式。

在谭医生工作室，贴着许多居民朋友的照片，上面"我们是一家人"的大字特别惹眼。她是沙园街服务中心签约最多的医生，这也激励她要在全科领域不断成长，用自己的努力给居民群众带来满足感和幸福感。

在长期以来的医疗模式下，居民更倾向于去大医院就医，认为技术实力有保障；另外还有对家庭医生的误解，认为他们应该上门服务。"黄花岗街社区卫生服务中心医务科科长林洪介绍道。

在广州，家庭医生的概念并不是私人医生，把家庭医生当成是为服务对象提供全面的、连续的、有效的、及时的和个性化医疗保健服务和照顾的新型医生可能更为合适。根据相关文件，家庭医生是为群众提供签约服务的第一责任人。现阶段家庭医生主要包括基层医疗卫生机构注册全科医生（含助理全科医生和中医类别全科医生），以及具备能力的乡镇卫生院医师和乡村医生等。家庭医生签约服务原则上应当采取团队服务形式，主要由家庭医生、社区护士、公卫医师（含助理公卫医师）等组成，并有二级以上医院医师（含中医类别医师）提供技术支持和业务指导。

《国务院关于建立全科医生制度的指导意见》指出，建立全科医生制度是保障和改善城乡居民健康的迫切需要。中国是一个有13亿多人口的发展中国家，随着经济发展和人民生活水平的提高，城乡居民对提高健康水平的要求越来越高；同时，工业化、城镇化和生态环境变化带来的影响健康因素越来越多，人口老龄化和疾病谱变化也对医疗卫生服务提出新要求。全科医生是综合程度较高的医学人才，主要在基层承担预防保健、常见病多发病诊疗和转诊、病人康复和慢性病管理、健康管理等一体化服务，被称为居民健康的"守门人"。建立全科医生制度，发挥好全科医生的作用，有利于充分落实预防为主方针，使医疗卫生更好地服务人民健康。可以说，家庭医生（全科医生）制度是建立分级诊疗制度中，落实"基层首诊"的重要措施。

居民在签约后，将享受到家庭医生团队提供的基本医疗、公共卫生和约定的健康管理服务。基本医疗服务涵盖常见病、多发病的中西医诊治，合理用药，就医路径指导和转诊预约等。公共卫生服务涵盖国家基本公共卫生服务项目和规定的其他公共卫生服务。健康管理服务主要是针对居民健康状况和需求，制定不同类型的个性化签约服务内容，可包括健康评估、康复指导、家庭病床、家庭护理、中医药"治未病"服务、远程健康监测等。

2019年国家颁布《中华人民共和国基本医疗卫生与健康促进法》第

六十九条:"公民是自己健康的第一责任人,树立和践行对自己健康负责的健康管理理念,主动学习健康知识,提高健康素养,加强健康管理。倡导家庭成员相互关爱,形成符合自身和家庭特点的健康生活方式。"这与家庭医生"健康守门人"守护健康的工作职责、目的是高度一致。因此,居民和家庭医生都是贯彻实施健康中国战略关于"要完善国民健康政策,为人民群众提供全方位全周期健康服务""促进以治病为中心向以健康为中心转变"等要求里,必不可少的参与者、贯彻者和实施者。

中山大学附属第一医院院长肖海鹏表示,根据2016年的相关调查,相比发达国家每万人拥有36位医生,我国每万人拥有14.9位医生,印度每万人拥有9位医生,我国每万人拥有的医生数量远远没达到发达国家水平。

以黄花岗街道为例,在2018年街道常住居民近10万,按国家每3000人要有1名全科医生的要求,至少需要30名全科医生,如此,该社区卫生服务中心仍有10人的缺口。

"在长期以来的医疗模式下,居民更倾向于去大医院就医,认为技术实力有保障;另外还有对家庭医生的误解,认为他们应该上门服务。"黄花岗街社区卫生服务中心医务科科长林洪介绍道。

基层医生未能转变理念,也成为制约因素之一。广东省家庭医生协会会长吴育雄表示,长期以来,我国仅注重专科医学发展,导致基层医生整体水平弱,且普遍缺乏全科知识。沙园街社区卫生服务中心主任刘世兴也认为,落实家庭医生签约的关键在于让专科医生向全科医生转变。但目前,各基层医院的全科医生总量普遍不足,全科医生的诊疗能力也有待提升。

所幸广州市政府对基层卫生工作高度重视,在基层医改中坚持以公立为主体。

2018年,在广州基层医疗卫生机构从业的全科医生约3980人,同比增长2.5%。基层门诊量达到5105.22万人次,同比增长4.89%。基层门诊量在医疗机构诊疗总量的比例由改革初期的不足10%，提升到33.4%。

2020年，广州市人民政府办公厅印发的《广州市改革完善全科医生培养与使用激励机制实施方案》明确指出，从2020年起按每万名居民至少配置3.5名、2025年配置4名、2030年配置5名以上的全科医生岗位。广东省基层卫生协会会长王家骥教授透露："国家要求每万人拥有2到3名全科医生，目前广州整体上每万人拥有将近3名全科医生。"

可以说，广州基层卫生工作逐渐见成效。

随着基层医院建设的进步，开始有大医院的医生往基层回流，不过回流的大多是专科医生。今后如果能培养一大批高质量的全科医生，将会非常有利于解决大医院人满为患的现状，有效改善医疗服务体验。

2018年广州市政府常务会议通过了《关于进一步加强基层医疗卫生服务能力建设的实施方案》，其中明确，将加强全科医生规范化培训基地的规划和建设，建立统一规范的全科医生培养制度，在基层医疗卫生机构设置全科医生特设岗位。

《广州市改革完善全科医生培养与使用激励机制实施方案》还提出要提高全科医生薪酬待遇，加强全科医学院和全科医学科建设，扩大全科医生转岗培训范围，积极开展全科继续医学教育。

2019年4月3日中山大学附属第一医院联合广州市第一人民医院、广州市妇儿医疗中心及广州市基层社区卫生服务机构举办"广州·伯明翰全科医师（家庭医生）医联体共进计划启动会暨第一期培训班"。共进计划项目将成立全科医师（家庭医生）医联体，由该医联体内各医院、伯明翰大学及中英医生集团选派师资，建立"穗伯全科医师团队"，将国内外先进的全科医学理念、诊疗规范带到广州，计划用3年时间，为广州全科医师骨干开展个性化的职业技能再培训，以点带面，实现整体全科医师队伍服务理念和服务质量的全面提升。

郑家强是英国医学科学院院士、伯明翰大学应用卫生研究学院院长，他说该项目将适时探索与商业保险的合作机制，丰富家庭医生签约服务内涵，提高全科医生高质量服务，着力打造全科健康管理分级诊疗的广州模式。

"家庭医生"的背后是基层医疗能力的大幅度提升。这种现代的分级诊疗模式，让老百姓有了以前想都不敢想的"御医"。

人民至大，生命至上，家庭医生可不就是"御医"吗？

医疗方案的不断专业化、个人化、精细化，是未来发展的大趋势，是对人的生命的真正尊重。

广州的这一系列举措，显然懂得这种尊重。

三 一元钱真的能看病

一元钱在今天可以买到什么？一支铅笔、一枚鸡蛋、一根葱……要是有人告诉你，一元钱就能看病，你信吗？你肯定不信，还会说，开什么玩笑呢？

而在广州市花都区，一元钱真的可以看一次病，打一次针。

这简直无法想象。

"看病难""看病贵"似乎是自古以来老百姓心里的痛。

《红楼梦》第五十一回中，晴雯生病了，贾宝玉请了一位大夫进大观园看病，临走时给大夫一两银子作为诊金。因为古代是医药分家的，这一两银子不包含药费，仅相当于出诊和挂号费。在清乾隆年间的一两银子，大约为现在的450元到750元。医疗诊金如此昂贵，古代中国的贫民看不起病，更不敢生病。

今天，尽管医疗保障不断提升，但是，医药费对于很多老百姓来说，还是一道跨不过去的坎。

2008年5月1日，广州花都区为保障本地区45万名村民的基本健康，试点开展农村卫生站免费为村民治病——村民在村卫生站看病，每次只收一元钱挂号费，若需注射则另交一元钱注射费，药品及诊疗服务全部免费。

此"一元钱看病"模式，花都区至今坚持了十余年。据统计，从2010年1月至2020年12月底止，村民享受诊疗服务1184.28万人次，为农民直接减负2

亿余元。

广州花都区以"一元钱看病"模式为跳板,配合基本药物制度、基层医疗运行机制及其支付制度等综合改革措施,逐步形成筹资、支付、监管的新机制,实现了群众"防病不花钱、小病不出村、治病一元钱"的目标。

"没有全民健康,就没有全民小康。小康不小康,关键看老乡。这就证明了,老乡的健康是健康服务的一个短板。"凌济忠说。

他已经扎根基层数十年,是花都区花山镇卫生院院长,一直参与医疗体系卫生改革,补齐健康短板。而像老凌这样的医护工作者太多了,"一元钱看病"政策,让他们亲手将村民"小病拖、大病扛"的习惯写入了历史。

花都区花东镇高溪村卫生站药房有很多白色透明的小盒子,被医生和患者称为"分药神器"。坐诊家庭医生江国京说:"分药不仅是为了不浪费,更是为了安全。爷爷奶奶有时掌握不好喂药剂量,分装起来不容易出错。"一名3岁的男孩发烧39℃,江国京详细检查后,给他开了布洛芬混悬液,并小心地将药倒进分装盒,交给孩子奶奶。结算时,孩子奶奶拿出一枚一元硬币交给医生。

花都区花山镇儒林村卫生站有独立的药房,中成药和西药有100余种,再加上中药颗粒,大概有200余种药品,这些药品几乎覆盖了居民常见病所需药品。常见的呼吸道疾病、皮肤病、胃肠疾病等,儒林村卫生站都有药可治。

儒林村卫生站医生邱华介绍:"我有一位糖尿病患者,在卫生站看病挂号只要1元钱,每月往返4次,每月合计只需要4元。"邱华说,"如果他去外面治疗,同样的药物至少花销200多元,对于这些需要长期服药的慢性疾病患者,一年下来担负的医药费要达数千元。"

罗大爷患有高血压,每个星期都要到儒林村卫生站检查,"以前看病要到镇里,来回需两个小时,花费也高。现在,每年只需交300多元医保费用,就能享受'一元钱看病'的政策,像我这样的慢性病人每年能节省几千元药费。"

花都区农民医疗卫生保障主要有两方面：一是保小病，对农民的小病保障问题，政府每年为每位农民花50元购买门诊看病服务，参合农民在本村卫生站看病，只需花1元、打针再交1元，在药品目录内用药、看病、打针不再花钱，以此重点解决农民的小病治疗问题。

二是保大病，对住院和特殊的病例给予保障。如住院报销及特殊门诊报销（结核病，精神病，产前检查等），再加上儿童6种重大疾病特殊报销，按照农村合作医疗定点医院的报销比例和报销起付线执行，镇级医院报销起付线是300元，住院按可报销部分的75%，报销总额不得超过12万元，重点解决农民的大病治疗问题。

2016年开始花都区"一元钱看病"模式实现了与城乡居民医保的衔接。按照"先医保制度报销＋后财政补助"的标准，村民在村卫生站就诊先到医保门诊报销，自付部分由区财政进行二次补助，强化了医保与政府风险共担机制，改变了村民的就医习惯和思维定式，树立了健康应从关注治小病开始的理念，大大降低了大病发生的概率，提高了村民的健康素养，有效遏制农民"因病致贫、因病返贫"问题。

花都区卫生健康局局长曹扬说，制定村卫生站"一元钱看病"政策的灵感来自村办合作医疗。花都是太平天国领袖洪秀全的故乡，地处广州中北部，距广州中心区20多公里，全区面积969平方公里，下辖8个镇（街），人口约70万，农业人口约占65%。花都区农村医疗卫生体制改革跟其他地方的发展大致相同，都是经历了旧农村合作医疗制度的瓦解和新型农村合作医疗制度的兴起的过程。

花都区有部分经济条件较好的村办合作医疗是从20世纪60年代延续下来的，采取的是由村卫生站对村合作医疗资金进行统筹包干的形式。2007年，花都区卫生计生局对其中两个村卫生站近3年的门诊资金运行情况进行调研发现，村卫生站年人均门诊费用为32.3元。于是花都区卫生计生局设想，如按照每人每年30元的额度筹资，统筹金全部由政府给予补助，只要监管使用得当，筹资额基本能够满足村卫生站正常运作需要，并覆盖所有村卫生站。

2008年，花都试点"一元钱看病"模式；2009年，扩大试点至55个村站，覆盖57个行政村；2010年9月，实现村卫生站全覆盖。

2015年，时任国务院副总理刘延东获知花都区的改革后，对"花都模式"做了批示，要求在全国推广。

转眼十余年过去，从"试点阶段"的星星之火，到"全面推广"后的"燎原之势"，再到"深化健康服务一体化"，花都区通过"一元钱看病"模式撬动基层医疗卫生体制改革，民生效应正一步步放大。如今的"花都模式"已经成为基层医改的模范样本。随着一个又一个乡村卫生站的建立，一张紧密牢固的农村健康保障网徐徐张开。

能做到"一元钱看病"，不仅仅是因为广州有钱才做到的，更重要的是机制。

2017年，花都区的人均财政收入仅为10688元，低于全国同期人均财政收入12414元。花都区在广州市乃至全国地区而言，财政预算都算不上宽裕。对于财政预算水平低、人口众多、基础较差的农村地区而言，只要政府足够重视，财政给予一定支持，稳定乡村医生队伍，辅以医保门诊统筹和控费等措施，推广花都区的做法是完全可能的。

推广需要两个重要前提，一是政府出资保障镇村医疗机构的基本建设；二是保证乡村医生队伍的稳定并解除其后顾之忧。

"一元钱看病"的核心确立了政府对基本医疗的主导地位，在靠医疗市场调剂失灵的农村实现了基本医疗卫生的公平性与可及性。这一做法适应农村预算低、人口多、基础差的现状，只要政府够重视，财政有支持，结合医保政策，该模式具备在大部分农村生根发芽的能力。

"以前看病要走好远的路，现在走两步路就能看病开药，我们全家九口人都是在村里解决看病问题。在卫生站看病，只需一元钱挂号费，检查费用全免，医生开的药都免费，这在以前连想都不敢想。"儒林村70多岁的村民钟玉英高兴地说。

在花都区，像儒林村这样由区镇两级财政统一建设、统一管理的卫生站已有196个，稳稳地把花都45万农民的健康服务托住了底。

在广东省卫生健康委员会副主任黄飞看来，"六化"是花都"一元钱看病"最关键的支撑，即硬件建设标准化、业务操作规范化、基药使用免费化、乡医配备本土化、镇村机构管理一体化和农民健康服务一体化。

这浓缩了花都区解决最基层群众看病就医问题的三步：一是对196个村卫生站进行标准化建设，解决群众看得上病的问题。二是推广"一元钱看病"模式，解决看得起病的问题。三是通过镇村一体化，给村医正式编制，将其纳入乡镇卫生院统一管理，通过人才招聘和资源下沉解决看得好病的问题。

花都区卫生健康局局长曹扬拿出了一组数据：全区高血压出院人数占总出院人数的比例，从2010年的1.89%下降到2017年的1.25%，而基层医疗机构的这一比例则从4.57%增长到7.48%。基层医疗机构糖尿病出院人数占总出院人数的比例，从1.16%增长到2.48%。从这组数据可以看出，花都基层留住患者的能力正逐步增强。

曹扬说，此前花都区的村医大多是赤脚医生出身，水平参差不齐，镇街道医疗卫生机构存在人才短缺和结构不尽合理的情况，而且配套设施不完善、管理缺乏统筹、后续服务不到位。经过十多年经营，花都扎牢了基层医疗卫生网底，一方面统一招聘大学毕业生，并将其纳入镇卫生院事业编制管理，实行区招镇管村用；另一方面加大高层次人才引进力度，选派职称高、水平高的医生下村，给乡医一个正式编制，将其纳入乡镇卫生院统一管理。通过人才招聘和资源下沉，解决看得好病的问题。

30多岁的江文校从医学院本科毕业后，通过花都区政府统一招聘成了乡村医生，刚刚从小布村轮转到儒林村。江文校介绍，他一年的收入在20万元左右，还并不是最多的。花山镇卫生院院长凌济忠说，自2010年以来，基层医务人员年平均收入增长了3.5倍，并有望继续增长。

基层医务人员的收入增长，与广州加大基层医疗的大战略息息相关。

广州不断完善基层医疗卫生机构网点布局规划，为此投入了大量的资金。2010年到2020年，广州市区两级财政投入近20亿元用于基层医疗卫生机构业务用房建设，城市15分钟和农村30分钟医疗卫生服务圈基本形成。群众就近看病日趋方便，医疗卫生服务可及性越来越好。

广州还持续加大对基层医疗设备购置的投入力度，放宽设备购置的品种范围，市财政每年投入2000多万元支持各区加强社区卫生服务中心和镇卫生院设备配置，配齐配强基本设备及关键设备；农村院前急救体系建设得到加强，实现镇卫生院救护车装备率100%。基层医疗抢救无设备的尴尬情况逐步得到缓解。

群众愿不愿意到基层就诊，关键的一点还看基层医生实力水平。广州近年在加强基层卫生人才队伍建设方面下了大功夫：大力推进全科医生规范化培训骨干项目，培养一批"下得去、留得住、用得上"的专业管理和业务骨干人才；启动了"广州·伯明翰全科医师医联体共进计划"；越秀、海珠、番禺区等与香港联合医务集团合作培养"金牌家庭医生"，将国内外先进的全科医学理念、诊疗规范带到广州……每一项人才培训提升计划都是为了提升基层医疗队伍的诊疗能力和诊疗质量。

另外，为了留住医生在基层，广州出台一系列全科医生激励机制，如对取得全科医生培养合格证书到基层医疗卫生机构工作的全科医生，可提前1年参加相应职称考试；基层医疗机构在奖励性绩效工资中设立全科医生补贴项目；建立"星级家庭医生"评选机制，为基层树立标杆，不断增进家庭医生团队的职业荣誉感；将村医补贴标准提高到每村每年2万元，北部山区镇卫生院在岗医务人员岗位津贴标准提高到人均每月1000元等。

种种激励政策之下，终于有越来越多的医生愿意留在基层，服务广大民众。

广州全市基层医疗卫生机构在岗职工数从2009年的2.43万人上升至5.10万人，执业（助理）医师和注册护士分别从0.92万人和0.58万人增加至2.02万人和1.81万人。2020年，基层医疗卫生机构在岗职工中，拥有高级职称者0.27万人，拥有本科及以上学历者1.90万人，分别较2009年同期增长175.51%、375.00%。不断成长壮大的医务人员队伍，持续推进改善医疗服务行动，有效保证医疗卫生服务质量和安全，患者满意度不断提升。

健康是立身之本，人民健康是立国之基。老百姓生病了直接在家门口就医，吃药打针还不花钱；乡镇卫生院与村卫生室相互扶持，错位发展，满足不同需求；通过村镇一体化，选派高水平医生下村，带动医疗技术下沉，形成了"县级强、乡镇活、村级稳"的良好态势。

于是，这看病的"一元钱"完全成了一种象征，一个提醒。象征的是政府对基层医疗资源的巩固与盘活，提醒的是老百姓有了小病用小代价早解决。

从而这"一元钱"成了一种信任与托付。

四 医养结合才是寿

1992年，广州市就已经进入老龄化社会。

这个时间点应该超出很多人的印象。但这来自广州市人口统计数据，是铁的现实。

老龄化社会的标准是什么？

根据1956年联合国《人口老龄化及其社会经济后果》确定的划分标准，65岁及以上老年常住人口数量占当年全国常住总人口的权重比例超7%时，意味着拥有这个老年人口比例国家或其他地区已经进入老龄化。

正是按照这个标准，国家统计数据显示，2000年，我国60岁及以上的人口1.3亿，占总人口的10.2%；至2017年底，我国60岁及以上的人口已达到了2.41亿，占总人口的17.3%；预计到2050年，我国60岁及以上老年人口数将达到4.8亿人，约占总人口的35%。

也就是说，2000年，中国开始全面进入老龄化社会。

广州进入老龄化社会居然比全国早了8年。这当然跟改革开放以来，广州的经济长期走在全国前列有关。

经济越发达，人们的生育意愿越低。

中国人口世界第一，现在老年人的数量也是世界第一。由于经济快速发展，老龄化速度明显快于许多发达国家。

发达国家一般需要100年左右的时间才缓慢进入老龄化社会。例如，法国60岁及以上老人的比例从10%上升到20%，用了大约130年，瑞典用了大约100年，英国用了大约80年，中国却用了不到30年。

广州却只用了20多年，就到了这个阶段，这是新的困境。

根据《广州市统计信息手册2020》的数据显示，截至2019年底，广州市户籍人口为953.72万人，其中60周岁及以上的老年人口为173.7万人，占户籍人口的18.21%。预计未来几年，广州市老年人口数将以每年4%~5%的速度持续增长，老龄化程度将进一步加深。其中越秀区、海珠区和荔湾区3个老城区，已进入中度老龄化社会。

广州家庭空巢问题严峻，"纯老家庭"、空巢老人和独居老人人数逐年增多，越来越多的老年人子女无法经常在家庭养老中提供照料和互动，需要依靠政府及所居住的社区更多的关注和支持。

面对日益严重的人口老龄化社会发展现状，国务院发布的《社会养老服务体系建设规划（2011—2015年）》中确立了"以居家养老为基础，社区养老为依托，机构养老为支撑"的养老居住政策，并明确我国的社会养老服务体系主要由居家养老、社区养老和机构养老等3个有机部分按照90%、7%、3%的占比组成，形成"9073"养老规划。

结合该规划，广州市不断推进社区居家养老服务，率先提出在区、街道（镇）建设"10分钟社区居家养老服务圈"，实现社区居家养老服务。

其中，"3+X"创新机制是广州市全面拓展社区居家养老服务内涵的重要措施。

"3+X"让人想起高考的科目，对于广州的养老项目来说，"3"指的是"助餐配餐、医养结合、家政服务"，"X"指的是一些更加适合自身的自选项目。

"3+X"创新机制从助餐配餐服务抓起，重点突出医养融合发展。在助餐配餐基础性项目实践中，构建"养老大配餐"服务体系。通过建立"长者饭堂",拓展养老服务平台、提高服务水平。

我们来广州荔湾老城区看看。

这里的东漖街居家养老服务中心就办了一家长者饭堂,每到午饭时间都会非常热闹,嘀嘀的刷卡声不断。长者饭堂可以现场点餐,也可以提前通过手机下单,两荤一素一汤,米饭不限量。

92岁的叶五妹就经常推着66岁腿脚不便的儿子,来长者饭堂,"很方便,有时候来不了,义工就会送到家里。"

除了吃午饭,叶奶奶也会和儿子参加服务中心的活动,打太极、听养生讲座、与老年人交流,遇到身体不舒服,还可以在中心的护理站看医生,甚至能够请护理人员上门提供生活照料、个人护理等个性化服务。

医养结合是广州市社区居家养老服务改革创新的重点,也是"3+X"机制中的重要项目,在原有的养老服务中加入医疗设施和医护人员等医疗资源,通过医疗机构和养老机构双方的资源交流以满足老年人口的养老及医疗需求。

民政部养老服务业专家委员会委员乌丹星表示,广州市黄埔区形成了一套"不以街道为单位、不以物理空间来划分,而是以人群、以社区",以"两个半径"(老年人出行半径、服务半径)来构建中国式养老体系的办法,送餐、照料和医疗三大养老基本服务到位,破解了"养老难题",实现了社区日间托老服务全覆盖,这样的做法是非常重要的探索和经验。

广州医科大学附属第五医院与黄埔区老人院,均地处港湾路口,仅隔一条马路,直线距离不足百米,步行约3分钟即可到达。天然的地理毗邻关系是两家单位开展"医养结合"最有利的条件,如老人在医疗、护理、检查、检验、急救等方面均十分便利。广医五院在黄埔区老人院打造"上居下医,垂直医养"示范模式,科学合理统筹养老和卫生两方面资源,实现"医养结合"创新模式。

广医五院始创于1957年,是黄埔区建院最早、规模最大的综合性医院,是目前黄埔地区唯一的一所由市政府主办的三级医院。医院占地面积约2.9万平方米，2017年规划床位1000张，配套设施完善，以微创与康复为品牌特色。

黄埔区老人院新大楼建设是黄埔区民政局为适应养老服务不断升级的民生工程，在老人院新大楼的建设规划中明确了其中的1~4层为医疗服务用房，为实现"医养结合"提供了强有力硬件条件支持。

2016年，黄埔区的"颐寿楼"正式建设完成并且投入使用，广医五院与黄埔区老人院合作，把康复科病区放到了老人院楼下，每周定期安排医护人员到老人院巡诊，让老人院的老人有病及时得到医治。5~23层是老人公寓，公寓的每个房间均为双人间，共1200张养老床位，不需要住院的老人就住在上面，医护人员还会定期上去巡诊，不占用疾病住院床位资源；楼下1~4层是老年康复病区，共60张住院床位，达到住院标准的老人，就住进去，治愈了再回楼上住。这种医养模式，让子女非常放心。将老年康复病区设在养老院楼下，使老人们下楼就能看病、康复、治疗，楼上"养"、楼下"医"，缩短两者的距离，协调和统筹分配养老、医疗资源，资源共享，解决老年群体养老和医疗康复的双重需要。老人院内"医务部、护理部、社工部"三位一体，能够为老人提供一站式服务，真正让医疗和养老合二为一。

南华西街是一条具有浓厚岭南色彩和历史悠久的行政街道，有"先有南华西再有海珠区"的说法。南华西街位于广州母亲河——珠江的南岸，总面积为1.23平方公里，辖区内下设12个社区居委会。作为广州市内一条历史悠久的老街道，南华西街有"三老"的特点，老街道、老房屋、老人家，具有广州市老街道的代表性，也是未来广州市街道社区发展的参照。辖区内的老年人文化水平参差不齐，生活风俗各有差异，多在家中活动，户外活动就在社区附近，生活空间比较狭窄。

2007年，广州市全面推广社区居家养老服务，南华西街道办事处党工委整合辖区内的资源，成立了南华西街道居家养老服务部，通过"两走一本"

方式为社区老人提供居家养老服务，"两走"，一是让有活动能力的老年人走出家门到社区服务部接受各类服务；二是对活动不便的老年人由社区服务人员走进家门，根据老年人需要为其提供陪送就医等各项服务。"一本"是居家养老服务根据每位老人的不同情况，建立完善个人档案，将老人的家庭、子女、健康等情况一一记录在册。

南华西街道在开展社区养老服务建设中，结合安全社区的建设，开展老年人安全促进项目工作，在社区试点由街道购买"e伴"健康导航仪配发给患慢性病老人，并按照市区有关要求不断扩大80周岁以上老人免费平安通呼援救助服务和居家养老政府购买服务范围。此外，南华西街在2015年开展了老年人防滑倒项目，增设辅助设备保障老年人在社区公共场所的安全。

2020年，广州全市共有11个区级、153个街镇级居家养老综合服务平台、24个居家养老服务示范中心、1460个星光老年之家、1144个农村老年人活动站点、1024个长者饭堂、188个社工站，形成纵向贯通市、区、街镇、社区，横向整合各部门和社会资源，涵盖上门服务、日间托老、活动场所、综合服务等类型的立体式服务网络，全市社区养老服务设施覆盖率达100%。

当然，老龄化社会是全中国的问题，需要举国之力来应对。

2019年2月3日，中共中央总书记、国家主席、中央军委主席习近平在春节团拜会上发表讲话指出，自古以来，中国人就提倡孝老爱亲，倡导"老吾老以及人之老，幼吾幼以及人之幼"。我国已经进入老龄化社会，让老年人老有所养、老有所依、老有所乐、老有所安，关系社会和谐稳定。

为全面提升医养结合服务质量和水平，提高老年人获得感和满意度，国家卫生健康委依托中日友好医院设立国家远程医疗与互联网医学中心，开发"国家老龄健康医养结合远程协同服务平台"，链接全国31个省（区、市）和新疆生产建设兵团的5400余家医疗机构1.6万余名专家。

老龄健康医养结合远程协同服务相当于虚拟养老院，和传统养老院相比，虚拟养老院最大的优势就是老人足不出户就能享受到服务，提高了老年人生活的质量。

我国秉承"孝"文化，在传统居住模式下，老年人享受子女给予的生活照料、精神关爱和情感慰藉，感受"天伦之乐"。因而传统文化对机构养老并不认同，社会普遍观念认为子女要是把父母送往养老院，那就是不够孝顺的表现，虚拟养老院则缓解了子女在这方面的焦虑。简单来说，就是通过构建一个信息服务平台来实现为老年人服务的目的。有了这个平台之后，老年人可以把自己的信息输入进去，等到需要相关服务的时候，只需要打一个电话就可以了。

实际上，这种虚拟养老院就相当于社区养老院的升级版本。和社区养老院相比，虚拟养老院最大的不同之处就是利用了网络的优势，打破了传统的社区范围，通过互联网构建了一个更大的社区，可以满足更多老年人的生活所需。

国家卫生健康委办公厅印发《关于确定首批老龄健康医养结合远程协同服务试点机构的通知》，广州3家机构——广州天河珠吉护理院、广州市老人院、广东省社会福利服务中心，被确定为全国首批老龄健康医养结合远程协同服务试点机构。

试点医养结合机构将纳入远程医疗协作网络，获得国家平台远程医疗、慢病管理、复诊送药、照护指导、人员培训和科普讲座等服务，切实提升老年人的健康养老服务获得感。

2021年，广东省医养融合平台组委会首席专家、原广州军区卫生部部长江建荣，来广州市天河区珠吉街养老院考察研究，给予了高度评价。

他说："广州市天河区珠吉街养老院非常接地气，可谓'麻雀虽小五脏俱全'，集'养老院、医院、护理院、护理站、康复中心'五大业务类型为一体，是广东省医养融合机构发展的典型，真正解决了老百姓的养老及医疗问题，我建议以广州市天河区珠吉街养老院为样板，在全省甚至全国各地复制,打造医养融合连锁服务品牌。"

医养结合,是医疗资源与养老资源深度结合。

"医",除了具体的医疗服务,还有健康咨询服务、健康检查服务、疾病诊治和护理服务、大病康复服务以及临终关怀服务等。"养",除了吃住等生活照护服务,还有精神心理服务、文化活动服务等。

"医养结合"不仅仅是把医院和养老院合并在一起,而是把老年人的健康医疗服务放在首要位置,实现社会资源利用的最大化。

广州的这些政策、尝试以及试点机构,在实践中已经获得了越来越丰富的医养结合的经验,将为老龄化的中国提供一种可供借鉴与完善的新经验。

| 第四章 |

医道存花城

20世纪90年代初,广州市实现各区、县(县级市)设中医医院,其他各级综合医院、专科医院均设立中医科。经过长期努力,广州中医药在公共卫生、重大疾病防治和基本医疗服务中发挥了越来越重要的作用。

为全面落实2005年全国中医药工作会议精神,推进中医药事业全面、协调、可持续发展,广州市提出了加强中医专科专病建设,创建农村中医工作先进市(区)和推进中医药进社区工作,加强中医药人才培养等中医药事业发展规划。2006年,广州市启动中医药强市建设项目,实施"三名、三进"策略,开展中医"治未病"试点工作。2011年,实现所有镇卫生院、社区卫生服务中心设有规范化中医科、中药房,并逐步扩大中医"治未病"健康工作试点范围。从2019年开始,广州市全面开展中医"治未病"体系建设,已逐步建成以广州医科大学附属中医医院(慢性病防控)、广州医科大学附属脑科医院(神志病)、广州市荔湾区中医医院(母婴安康)、广州市中西医结合医院(中西医协作)4个市级中医治未病指导中心为龙头,25个中医治未病服务示范单位为骨干,186个基层医疗机构为网底的中医治未病服务网络。

中医是中国文化的医之道,它不仅仅是治疗疾病的,还代表着一种关于世界与人生的看法与观念。而花城广州,尽管是中国最早建立西方现代医疗体系的城市,却将中国古老的医道保存得如此完好,不能不说是一种文化奇观。

也许,这两种不同的医学在这同一座城市的长期并存,便已经意味着太多。它们的对话注定要在未来延续下去,并给人们带来更多的健康与守护。

如此,便是全人类的医道。

一　"苁蓉当归"

2020年，新冠病毒肆虐全球，而武汉是中国感染情况最严重的地方。

对于中国来说，从来都是"一方有难，八方支援"，更何况是这种危急的时刻。

从广州出发，乘坐高铁，4个小时就能到达武汉。广州的医疗驰援队伍确实也是最早抵达武汉的医疗队之一。这支大队伍里有一支更特殊的队伍，他们就是长期在广州坐诊的资深中医们。

在对抗这次疫情中，中西医协同作战，取得了很好的效果。一般来说，轻型普通型以中医治疗为主，重症危重症中西医结合治疗。中医药能有效阻断轻型、普通型向重症发展，提高治愈率，缩短平均住院天数，降低病亡率。

2021年1月12日，德叔又从广州出发了。

德叔是谁？

介绍一下，他叫张忠德，是国家援助湖北第二支中医医疗队队长、广州中医药大学副校长、广东省中医院副院长。他是新冠肺炎疫情暴发以来在武汉坚守时间最长的国家级专家之一。广东省中医院援鄂医疗队队员王军飞说："德叔最早到，作为侦察兵，侦察前线的敌情、风险，让我们打有准备的仗！"

没错，大伙儿都亲切地叫他"德叔"。

就在这天，德叔跟邹旭等3名专家驰援河北，开展新冠肺炎防控救治工作。大半个月后，他们4位驰援河北的中医专家，圆满完成了任务，乘坐高铁平安抵达广州。

"苁蓉当归。"他心里一定闪过了这4个字。

3月31日，德叔又从广州出发，驰援云南瑞丽。

还是"苁蓉当归"。

"病人在哪里，我的战场就在哪里。"德叔说。

德叔忘不了新冠肺炎疫情刚刚暴发的时候。

那一天，是大年三十。

高铁G1128次列车，2号车厢里只有张忠德一个人。尽管有思想准备，下车时，张忠德还是吃了一惊。九省通衢的武汉，高铁车站除了接车的两人，竟空无一人。当时武汉已成为疫情暴发的中心，德叔逆行却义无反顾。

大年初一、初二，德叔连续两天到武汉市金银潭医院、湖北省中西医结合医院，仔仔细细查看病人情况。根据实际病情，与工作组专家讨论，推出国家中医药管理局制定的中医药第二版诊疗方案，后来融进了第四版的国家诊疗方案。

国家诊疗方案从第三版升级到第七版，中医药方案均有纳入，这其中自然有着德叔的心血。

德叔带领一支100人的中医医疗队在武汉驻扎，对口支援湖北省中西医结合医院。因为有过抗击SARS的经验，来到武汉后，张忠德的团队做的第一件事就是给医护人员做防护培训。每一个环节都须严格执行，每一个动作都得规范到位，"考核不合格，就不能进病区""怎样严格的培训都不过分"。

"我跟大家说得最多的一句话是——严格、规范防护，不管你在广州做没做过培训，来到这里就一切归零，就当你没有培训过。"德叔说，刚刚抵达武汉时，一些队员缺乏抗击疫情的经验，他便手把手地教他们，看到有做得不规范的会非常严厉地批评。他不仅是对接受防护培训的医护人员，每次进入隔离病区前，德叔也会对每一个队员的防护措施反复检查。

同时，德叔还对湖北省中西医结合医院新增病区内无传染病诊治经验的医务人员展开基础培训，对病区的建筑布局、卫生设施、办公区域等进行改造、完善、优化。他所带领的团队接管的两个病区，成为该院院感防控示范区。

德叔是医疗队的领导，但从没忘记自己首先是个医生，隔一两天就会进隔离病房："不能靠听汇报去了解病人病情。不看足够多的病人，判断上会有失误。"

细节决定治疗成败。德叔反复说："诊疗方案制定大方向，在执行过程中，细节决定病人能不能快速康复，能不能阻断恶化。"

一次查房，他发现一名患者的头低垂着，连接着呼吸机。这样氧气吸入肯定不通畅，要让气道打开，他让医护人员将枕头垫到患者肩部，头能向上仰，吸氧通畅了，患者生理指标果然有改善。

随着接诊经验越来越丰富，德叔发现一些经典古方大有可为，"面对新发突发传染病，在没有疫苗的情况下，虽然中药目前还不能直接杀死这一病毒，但通过发挥中药的清热、化湿和解毒等独特功能，就能改变病毒生存环境，抑制病毒在体内生长，提高人体免疫力，从而达到'正气存内，邪不可干'的目的。"

对于重症、危重症患者，德叔表示："剧烈咳嗽，严重的胸闷气短，还有一些胃肠道症状，中医药有很好的治疗作用。症状改善以后，病人的生命体征得到稳定，阻断了病情向危重病发展的趋势。这相当于中医药介入后提供一个平台给病人恢复，留人治病。"

57岁的退休教师任女士，是张忠德医疗团队救治的重症患者之一。2020

年1月15日,她回武汉老家探望父母,两天后,85岁的父亲感染。任女士陪同父亲到医院看病,尽管以为做到"全副武装",她还是不幸被感染。1月23日发病后,她被救护车送到了湖北省中西医结合医院,"当时一直发热,牙齿都在打哆嗦。"加之本身有哮喘,到25日,任女士已经出现呼吸困难,脑袋像是实心球一般沉重。持续高烧、脊背发凉、意识模糊,让任女士仿佛"嗅到了死亡的味道"。入院当晚,德叔带领医疗团队为任女士会诊,给她施行个性化治疗手段,在进行生命支持、营养支持的同时,针对其体寒、湿邪等症状开了中药处方。24小时后,任女士体温逐渐恢复,呼吸困难等症状也有所改善。德叔还时时用言语鼓励她:"我在'非典'时也被感染过,比你重多了。你看我现在身体不是很好吗?要有信心!"就是这句话让任女士坚持下来:"德叔一句话,赛过百味药。"

事实上,看上去阳光健康的德叔,在17年前面对病毒时有过极为惨痛的经历。

2003年,"非典"肆虐神州,身为中医的德叔不顾个人安危,奋战在抗击"非典"第一线。

德叔时任广东省中医院急诊科主任,与他同行的还有当时的省中医院急诊科护士长叶欣。

"当时全世界对这种病的认知都不多,我们每个人都有随时倒下的危险。"时隔多年后,张忠德再次回想起当时的情形,依然十分感慨。而叶欣护士长那一句"这里危险,让我来吧",让他铭记至今。

很快,急诊科病人数陡增,成了"凶险之地",叶欣护士长染上了"非典"病毒。

德叔继续奋战,在排查患者时,突遇一名重症患者情况急转直下,他在没有防护的情况下,立即给病人上呼吸机插管。没想到这样一个救人性命的动作,却让他自己差点失去了性命。

当天下午6时多，查完房回科室的他，感到了从未有过的疲倦、肌肉酸痛，走一步路都艰难。不祥的预感在心头一闪，他立即拿体温计量体温——38.5℃！这时的他又心急又自责："恨自己没做好工作，这么快就倒了。"

病毒凶猛，第二天他就被转入了奋战的地方——ICU。

持续高热、肌肉酸痛、头痛欲裂、口干、腹泻，这些症状接踵而来。身为医生的德叔知道，真正的考验还在后面。他开始拼命吃东西，尽量减少活动、减少消耗，保存体力与病毒抗争。然而，日子一天天过去，他的病情越来越重，直至呼吸机24小时上着，吸氧浓度最高升到了8升。

"每一天都觉得这也许就是生命的最后一天，写好的遗书都压在枕头底下了。"一次又一次的会诊，中西医结合治疗，同事们精心护理、拼尽全力。德叔明白，必须用尽力气和病毒搏斗，才有可能活下去。

20天后，2003年3月24日早晨，张忠德终于度过了危险期，转出ICU。此时的他仍不能站立、不能行走，但他感受到了从未有过的心情："活着，多美好！"

可他的战友叶欣护士长却再也没有醒来。

他听到噩耗时，顿觉天昏地暗。

那一天，他滴水未进，眼泪都几乎流干了，"我必须好好活着，完成护士长未竟的事业！"

4月4日，他康复出院。这次"九死一生"的经历让他更深切地感受到"命悬一线"的危急，也进一步认识到中医辅助治疗在抵抗此类疫情中的特殊价值。

17年后，新冠肺炎疫情来袭，德叔再次临危受命。

他没有丝毫犹豫和顾虑，勇敢地冲在疫情防控的最前沿，用精湛的传统中医技艺和病毒战斗，续写着一名中医战士的传奇。

刚到武汉，德叔就发现不少病人有恐惧、焦虑、怀疑等情绪，他的理念是："看病之前要先做好服务，抚慰、关心病人，建立信心和信任。"

中医药到底行不行，疗效才是"硬道理"。有的病人开始不愿意吃中药，但看到隔壁床病人吃完退了烧，就赶紧跟着吃。病人发现中药可以明显改善症状，对医生的态度也迅速发生变化。一位女患者说："吃中药前，我看到饭就发愁，要掉眼泪。吃了中药后，胃口改善了，吃了满满的一大碗还觉得不够，那一刻很幸福。"

德叔说："病人的自我感觉就是疗效的最好体现。"中药汤剂、中成药、针灸、穴位贴敷、八段锦……中医或中西医结合方法治疗新冠肺炎，在治疗轻症患者、阻止重症患者情况转危方面效果显著。德叔接管的病区中，中医这种独特的治疗方式逐渐受到患者喜爱。部分患者不仅配合治疗，还主动学习八段锦、耳穴压豆、穴位按摩等中医方面的知识。

57岁的殷女士从广州到武汉探亲，发烧8天，喘不上气，看到广东派出中医医疗队驰援武汉的消息后，几乎是"爬"过去就医的。治愈出院时，她写信衷心表示要"感谢中医"。德叔用实践证明，对新冠肺炎重症、危重症患者的中西医协同治疗，能够发挥"1+1>2"的效果。

让德叔欣慰的是，武汉这座城市的空气中飘起了中药香。在湖北确诊的病例中，中医药参与率达75%。德叔参与制定的国家中医药诊疗方案，正在推向全国。

如果说德叔是地道的中医，那么提到钟南山院士，大家可能一时想不到他跟中医药的密切关系。

其实，一生行医的钟南山中西医并重，既有病理分析，也运用中医培养出的悟性来诊断。对疾病的探寻，既可以用西医的微观——细胞、微生物，也可以用中医的宏观——整体观念与辨证论治，中西医不同的认识论与方法论，都在患者那里得到了验证。

诊断支气管扩张咯血，钟南山会突然想到子宫瘀血或恶露流注，或者子宫内膜异位，也许是子宫内的种种原因导致了支气管扩张咯血。如果是这样，病人用消炎药是无效的。这样的病因靠的不是西医的诊断，而是中医的悟性，是对人与自然一体奥秘的发现。

有一次，一位80多岁的老太太来看病，她的肺叶底下，两边阴影就像一对打开的翅膀。钟南山看到这样特殊的病例陷入了沉思，他打开了中医整体观念的辩证思维，最终从食管反流找到了病因——患者得的是机化性肺炎，一般的肺炎药对她无用。

钟南山从中西医结合上攻关慢性气管炎。他把病人咯出的痰进行生物化学分解，病人吐出的痰各不相同，有绿的、黄的、灰的，有泡沫状的、黏稠的、块状的，通过实验，找出不同的成分，根据不同的情况再寻找相应的治疗办法。这种慢性病需要用到中医治疗方案，钟南山就去学中医五脏六腑综合调理的办法。在学习中医的过程中，他又熟悉了中医对呼吸系统治疗的方法。

他分析寒热虚实、脏腑，慢性支气管炎主要牵涉到肺、脾、肾3个脏器，找出肺、脾、肾虚亏的3种不同表现和不同类型，采取不一样的治疗方法。钟南山用中医治疗和西医局部性状治疗相结合的办法，发明了"紫花杜鹃"草药配合治病，疗效明显。

1978年，第一届全国科学大会在北京召开，钟南山作为广东省代表出席了这一盛会。他和侯恕合写的论文《中西医结合分型诊断和治疗慢性气管炎》被评为国家科委全国科学大会成果一等奖。

2020年2月18日，正是与新冠病毒大会战的时刻。

钟南山在广东召开的新冠肺炎疫情防控发布会上说："我很重视中药在实验室对新冠病毒的作用情况，一旦有证据，中药可以放心用，特别是早中期。"他还说出了自己的思路，"中药在实验室中要验证，是否真的能够减少病毒进入细胞，或者能够减少炎症风暴，这能够给中药使用提供依据和线索。"

很快，2月29日，广州市政府新闻办发布会上，广州市新冠肺炎中医防控专家组组长、广州医科大学校长王新华介绍：

"截至2月27日，广州治疗新冠肺炎确诊病人中医参与率95.38%，使用中医药治疗的确诊病人中已有193人治愈出院。"

新冠肺炎疫情暴发后，广州市卫生健康委立即成立了新型冠状病毒肺炎中医防控专家组，专家组有77名中医专家，来自广东省中医院、广州医科大学各附属医院等全市各大医院。专家组制定了中医药防控和救治方案，参与病例会诊及危重症病例救治，保证每个病人能接受有效的中医药治疗。

其中，广州市第八人民医院作为定点收治医院，于1月20日开始收治新冠肺炎患者，专家组副组长谭行华，率领团队早期参与患者的中医药治疗，并且成立了全省唯一一个中医隔离病区；广东省第二人民医院也是定点收治医院之一，专家组成员黄晓青主任深入隔离病区，为每个确诊以及疑似病人进行中医诊疗，开具中药，做到一人一方，并派发凉茶、香囊等，每个病人都能同时进行中西医协同治疗。

在科研攻关方面，谭行华所在的广州市第八人民医院启动新冠肺炎技术攻关，研制出"肺炎1号方"，短时间内获得省药监局批准，在全省新冠肺炎定点救治医院中临床使用。研究结果显示，"肺炎1号方"能够明显改善轻症和普通型新冠肺炎的临床症状，有减少重型肺炎发生的趋势。

广州医科大学国家呼吸疾病重点实验室和国家临床医学研究中心发现连花清瘟颗粒、六神丸等中成药体外有抑制新冠病毒作用及抗炎作用；广医还与香雪制药合作，启动开展中医药预防方剂用于社区隔离人群的干预效果研究。各定点医院积极申报省中医药局新冠临床研究专项课题，广州市医院共获课题立项20多项。

在疫情防控上，"未病先防"充分发挥了中医在预防疾病方面的独特优势，专家组向社会公布了适合广州气候特点和易感人群体质、药食同源药材为主的预防中药方"五指防冠方"，全市2600多家药店为有需要的市民代煎配送。

这其中，广州医科大学附属中医医院专家组成员，深入集中隔离点，为密切接触者提供体质辨识，指导预防汤药使用以及介绍常用保健方法等。广医附五院提出企业复工"四个一"方案被黄埔区政府采纳，包括一个中药预防方"五指防冠方"，为企业复工复产提供健康保障。

广州市卫生健康委还充分利用网络平台的优势，在公众号推出助力疫病预防、提高人体抗病能力的食疗指引以及20多个食疗方，提供给市民，不同的人群根据情况选择使用。确诊和疑似病人在定点医院治疗期间，也可以选择药膳，增加营养，提高抗病能力。

"苁蓉当归"。

中国人一望便知其中谐音的内涵：从从容容取胜，平平安安回家。

但在对抗疫情上，那可不仅仅是谐音了，而是让它的寓意变成了现实。

苁蓉入药，由来已久。甘而性温，咸而质润。正因为它补性和缓，才有"从容"的谐音之称。李时珍在《本草纲目》中记述苁蓉"亦名肉松容、黑司命"，是极其名贵的中药材，中医称其为地精或金笋。其实，何止是苁蓉，传统的中医药当中还蕴含着太多这样能让我们从容面对疾病的珍贵资源，等待着进一步的深入研究与发掘。

这正是："苁蓉"战大疫，中医正"当归"。

二　新知必从医源出

喜欢喝凉茶的人，肯定对"邓老凉茶"这个广州品牌不陌生。

2003年2月中旬的广州市，"非典"进入发病高峰期，这时，西医界对"非典"的致病原凶到底是什么，争论得沸沸扬扬。当时已是87岁高龄的邓铁涛老先生说，"非典"是温病的一种，而中医治疗温病历史悠久，用中医药可以治"非典"。

他敢说这番话，是有底气的。

他所在的广州中医药大学第一附属医院共收治了58例"非典"感染者，取得了"三个零"的成绩："零转院""零死亡""零感染"。

2003年4月26日，针对中医药在治疗"非典"中并没有充分发挥作用的状况，邓铁涛连写了两封书信，向中央领导提出建议。一周之后，全国防治"非典"指挥部在媒体上宣布：中医是抗击"非典"的一支重要力量，要充分认识中医的科学价值，中西医结合，共同完成防治"非典"的使命。

2003年4月，中央电视台公布邓铁涛推荐的一份预防"非典"的药方。后来，邓老在原来预防"非典"药方的基础上稍作改动，便成了邓老凉茶的配方。

"邓老凉茶"就此诞生。

邓铁涛原名锡才，1916年农历十月十一日出生在广东省开平县的一个中医家庭，祖父邓耀潮从事中药业，父亲邓梦觉是近代岭南名医。儿时的邓铁涛，目睹父亲为老百姓拔除疾痛，立志继承父业，钻研中医。

邓梦觉将儿子收为徒弟，可谓"亦师亦父"，古风盎然；同时叮嘱儿子若遇其他名医，一定要跟随学习，开阔眼界。

1932年，邓铁涛就读于广东中医药专门学校，系统学习中医学。1938年正式从事中医医疗。1940年，父亲离世。此时邓铁涛已学业有成，具备了颇深的中医功底，接过了父亲"衣钵"。毕业后，他开始在香港、广州、武汉等地行医。20世纪四五十年代，邓铁涛运用伤寒、温病理论防治瘟疫，救治乙脑、流脑、流感等病患，从中总结出寒温融合防治瘟疫的理论，至今仍有效指导着这类传染性疾病的科研实践。

20世纪80年代初，在传统文化虚化、西医冲击、中医发展陷入迷茫等多种因素作用下，全国中医药发展每况愈下，中医人数不断减少。邓铁涛写信向上级反映情况，不久，国家中医药管理局成立。

1990年，国家精简机构，国家中医药管理局位列其中。邓铁涛当即联合全国其他7位著名老中医一起上书，最终该局被"保下来了"。这是邓铁涛的第二次上书。

1998年，全国又刮起了一股"西医院校合并中医院校"风潮，邓铁涛再次和其他中医老专家一起上书，合并潮得以紧急"刹车"。

邓铁涛的第4次上书是2002年12月31日，主题是"中医不能丢"，呼吁全社会重视中医药。

2003年，广州中医药大学邓铁涛研究所成立，"要持之以恒向名医学习请教，注重发挥名医作用"，实现邓铁涛学术经验传承的理论和临床双促进。

在长达70余年的医疗教学科研生涯中，邓铁涛融古贯今，积累丰富临床诊疗经验，提出对现代医学发展有影响的理论学说。1962年、1979年广东省人民政府两次授予邓铁涛"广东省名老中医"称号。邓铁涛始终心系中医学发展与前途，毕生为中医学教育薪火相传、为中医药事业腾飞奉献智慧和力量。

晚年的邓老，仍每周坚持到医院带教，带着弟子查房，专挑疑难病例遣方用药，甚至连出身西医的专家都被深深折服。这让大家明白了，"不是中医药不行，而是用中医药的人不行"。在邓老的感召下，医院开展"温书工程"，重温中医经典，举办各种中医交流竞赛活动，使医院中医氛围一下子浓厚起来。邓老还出钱设立了"邓铁涛人才奖"，一支信中医、用中医、疗效显著的"铁杆中医"队伍逐渐扩大。

邓铁涛说："中医是尖端科学，'学院派'要来一次彻底革命。"

2013年7月24日，在广州中医药大学教工宿舍邓铁涛寓所，邓铁涛与北京中医药大学校长徐安龙展开了有关中医药高等教育的一次深刻对话。他们讨论了中西医背后不同的文化，教学遇到的困难和解决办法。邓铁涛说："希望你带领中医界高等教育来一次彻底革命，要做一次教育革命，不仅是中医教育而且是整个教育的革命。关键要有中华文化的信心，有博大的胸怀去学习，去综合各种知识。中医与西医还有一个最重要的差别，就是文化不一样。必须要抓老师的道德素质和修养，老师本身对传统教育自己都不懂，怎么办？"

他老人家说出这番话是有着时代针对性的。

随着老中医逐步退居二线，中医面临特色优势不突出、人才传承青黄不接的困局。国家布置的师带徒计划，带徒范围小，传授效率低。邓铁涛十分忧虑。他所在的广东省中医院也是名师匮乏。他和院长吕玉波深感只有培养一大批铁杆中医才能传承中医，他们与任继学、路志正等名老中医带头打破门户之见，邀请全国名老中医集中到广东省中医院带徒，共同探讨发扬中医师承教育，全力打造"铁杆中医黄埔军校"。

在邓铁涛的积极呼吁下，广东省中医院在全国中医医疗系统率先拜师全国名中医，启动"名医工程"，聘请邓铁涛、颜德馨、周仲瑛、吕景山等30

位全国名老中医进院带徒，挑选中青年骨干拜名老中医为师，形成了以全国名老中医为龙头的"跨地区拜师""集体带，带集体""一代带二代""代代相传"等新型师承模式，改变了以往单一的中医师承模式，开创了中医大规模集体带徒的先河。

邓铁涛倡导全国推广名老中医带徒传授制度，甘为人梯，毫无保留地尽己所长教导学生，并提出"学我者必须超过我"。

他的这种情怀，掀起了全国岐黄学子的热情。

"传承不泥古，创新不离宗。"邓铁涛提倡中医学习的多学科交叉融合，提出非医攻博的方式进行传承，探索中医高层次人才的培养模式和途径。通过建立中医药古籍文献、名老中医经验、中医流派等数据库，为师徒传承的老办法寻获新生命，增强了中医知识的可传播性。

"望而知之者，望见其五色，以知其病。闻而知之者，闻其五音，以别其病。问而知之者，问其所欲五味，以知其病所起所在也。切脉而知之者，诊其寸口，视其虚实，以知其病，病在何脏腑也。"望闻问切是中医诊断疾病的方法，"诚为医之纲领"。

中医问诊需要长年累月的经验积累，传统中医传承注重言传身教，师父通过朝夕临诊、耳濡目染、口授心传将中医之精华传授给学生。2000多年来的传统中医，素以师徒传承和家族传承的方式传授诊疗理论和经验，需要跟师临证、口传心授。

《礼记》中《曲礼》甚至有句话说："医不三代，不服其药。"

然而无论是拜师入门还是家传医学，师徒传承的中医学传授方法都存在传授时间长、传授人数少等限制。自《中医药发展"十三五"规划》以来，提出了中医药传承面临诸多挑战，其中之一就是中医药继承不足、创新不够的问题没有得到根本解决，特色优势淡化，学术发展缓慢，高层次人才不足，基层人员短缺。

邓铁涛学术经验的传承模式，为中医教育提供宝贵的经验。这种经验体现了家族传承、师徒传承、院校教育之间的相互补充。

杨志敏就是这种传承模式的受益者。

她相继参加了医院组织的"本院名师带徒""全国拜师""名师共同带徒，弟子集体跟师"等项目。在拜师学艺之前，杨志敏在给病人辨证看病时，只注重病人当下所患的病状，而对于病状所产生的原因以及背后存在的因素，例如病人原来的体质、生活方式、地域气候特征等都考虑得很少。自从拜师后，杨志敏发现老师们对前因后果有着非常缜密的分析，每一个细小的变化都不放过。

"中医治病离不开药，跟诊时我先学习老师的用药处方规律，讨教用药思路；回来后看他的著作，自己一定要试用这些方子，再通过数据分析找到规律。"跟随邓铁涛、颜德馨、张学文、樊正伦、李可等大师学习，杨志敏学会了更准确地认识不同疾病的特征特点，以多维的角度去辨证、辨识疾病。

对杨志敏来说，拜师最大的影响，是她将源自上海的膏方带到岭南，改良后的膏方适合岭南人的体质，渐渐成为进补"新宠"，杨志敏也被称为"膏方女王"，这是传统的师徒传承所难以实现的。

这些全国名老中医每年都会聚集广州，开研讨会、集体授课，全部弟子都可以前来参加。杨志敏说，传授的方式有些类似于大学，是每组师徒传授的"小灶"和跨越地域与流派集体传授的"大课"相结合。在这种学习氛围中，名医学徒可以兼听各地域流派的见解，思维也就更加开放。与此同时，拜师的骨干医生自身也在中医院校毕业生等群体中招收徒弟，让这些中医学的"初学者"也能接触到中医大师，实现名医技法"同步传"，名老中医"一代带两代"的效果。

跟随吕景山学习"吕氏对法"的黄桂琼，是跨地域拜师的又一例证。

她从第一军医大学（现南方医科大学）毕业后，先是跟随惠州市名中医陈洪学习临床诊疗，后又和陈洪一起进入国医大师吕景山门下，学习"对方"与"对药"。

"跟随吕老，最大的感受是传统经方好用，怎么用大有文章。'对药'讲究中药之间的相互补充、抵消、促进和转化的关系，对使用经方大有帮助。"黄桂琼说，她的"对药"学自吕景山，但这一方法却并非吕景山首创，而是他师从北京"四大名医"之一施今墨先生时所学，并将"对药"从200多对增加、完善到300对。中医学的诊疗原则和经验，正是这样点滴积累，代代相传。

在广州，这样的大医还有很多。

"勤学医源，广采新知。"这8个字写在禤国维随身携带的一个小本子上。由于常年翻阅，本子已破旧不堪，为防止散脱，每页都贴着透明胶带，但钢笔书写的字迹，清晰依然。禤国维说，这不仅是他近60年的治学格言，更是自己对每个学生的要求。

年逾80的禤国维仍每周坚持出诊6天。寻常的开诊日，诊室过道上排满了等待的病人，禤国维斑白的头发梳得一丝不乱，他端坐桌内望闻问切，脸上总挂着慈祥的微笑，末了还加一句："放心，能治好，别急别急，慢慢来!"说得病人心里暖暖的。

禤国维的学生感叹："禤老心里装着的、脑中想着的，永远是病人，病人，还是病人，从未改变。"

禤国维1937年11月出生在广州，从小生活在广州市龙津路，20世纪30年代，这里医馆云集，草药飘香。1957年从广雅中学考入广州中医学院，他立志"大医精诚、悬壶济世"。他大学毕业后从医，先在湖南中医学院第一附属医院工作，1976年调回广东省中医院。他医治病人无数，先后获得国医大师、南粤楷模、和谐中国十佳健康卫士、全国优秀教师等荣誉。

作为第二、第三、第五批全国老中医药专家学术经验继承指导教师，禤国维通过"师带徒"模式,与弟子共同做科研,一起编写中医学著作,如今他的弟子已经桃李遍天下,行过拜师礼的8名入室弟子如今都成为中医学界的骨干。其中,弟子陈达灿成为广东省中医院院长,在特异性皮炎领域的研究被列入国家"十一五"课题,并获得了特异性皮炎、足癣两个全国牵头的重点研究病种;卢传坚成为广东省中医院副院长,广东省"千百十"工程国家级学术骨干培养对象,在银屑病领域的研究被列入国家"十二五"课题;刘巧则成为海南省皮肤病医院院长等。

对师徒传承的作用,禤国维有自己的看法:"学校传授的都是基本理论,而师徒传承则是更为精细的传授。"弟子入门后都会跟随师父出诊,禤国维不仅会修改学生所写的医案,对背诵中医学典籍提出严格要求,还会让学生对自己诊疗的病人另开药方,作为促进学生医术精进的考验和手段。

这种传承精神也体现在岭南中医肿瘤学术流派中。

周岱翰是此学派代表人物。他是广州中医药大学首席教授,全国第三、第四批名老中医药专家学术经验继承工作指导老师,已经在广东地区学医行医近60年,在理论和实践两端继承与发扬历代岭南医家学术成果。

20世纪80年代,岭南中医肿瘤学术流派在广州中医学院主讲《中医肿瘤学》课程,是国内较早开展中医肿瘤专业人才培养的本科院校。重视教材文献与学科建设工作,较早出版中医肿瘤学术专著,如《常用抗肿瘤中草药》,同期在香港《明报》刊登肿瘤食疗方。1982年开始,举办了3期广东省消化系统癌瘤专科。1988年,出版国内第一部肿瘤食疗专书《癌症的中医饮食调养》,根植于岭南特色的饮食文化,开创了中医肿瘤食疗学的先河,该书从营养学和中医学的角度探讨了饮食营养对于肿瘤调治的作用。

他研发的国内第一个治疗肺癌的中成药鹤蟾片,获得1986年全国中医药重大科技成果(部级)乙等奖。1987年,在广州中医学院第一附属医院创建肿瘤科病房,是国内较早的中医肿瘤临床专科。流派相关研究认识到中医药治癌的特点在于病灶稳定率较高、生存期较长，表现为带瘤生存，并在抗复发转移方面具有潜在优势，而单纯局部缓解率作为评定疗效的标准不能完全反映中医药的疗效。该流派较早认识到"带瘤生存"体现了中医肿瘤治疗特色和优势。

周岱翰毫无保留地传授自己的医术，至少为广东全省基层医疗单位培养了100多名治癌的骨干中医师。

除了中医名家这种个人化的传承，还有整个学科的传承以及与时俱进的创新与发展。比如广州医科大学附属中医医院脉管炎科，就是生动的一例。它创建于1967年，是全国最早开展脉管炎研究的两个科室之一，经过50多年的发展，在全国各省市和港澳、东南亚地区已享有较高声誉。

脉管炎科根据岭南的地理气候特点，运用祖国传统医学理论，在多年临床经验的基础上，总结出以清热利湿、益气活血为主的理论治疗体系。独创"脉复生""脉得安""毛冬青冲剂"等一系列内服中草药制剂，具有加快侧支循环建立、促进伤口愈合功能，独具鲜明的岭南特色。且外用中草药制剂方面，独创"活络洗方""消炎洗方""止痛生肌膏""冰柏膏"和"马黄酒精"等系列药物，对治疗血栓闭塞性脉管炎、闭塞性动脉硬化、糖尿病坏疽、下肢深静脉血栓形成、静脉炎等有特效。在外治方面，该科独创的"蚕食法""鲸吞法""点状植皮法"，被作为治疗周围血管病的经典外治法编入中医外科学教材，在全国范围学习和使用。

脉管炎科除了保持中医传统优势外，还积极引进先进的现代治疗手段，近年来大力开展微创介入及血管外科技术，抢救了众多腹主动脉瘤、动脉瘤破裂、动脉夹层、急性肢体坏死、急性静脉血栓形成等危重症患者，大大提高救治水平，专科水平达到省内领先、国内先进水平。此外，脉管炎科还承担多项省、部级课题，科研力量雄厚。

该科运用中西医结合方法治疗脉管炎疗效显著，中央电视台第四频道

《中华医药》节目组曾慕名前来，专门拍摄了《中西医结合治疗血栓闭塞性脉管炎》，向海内外介绍该科治疗周围血管病的方法。

"勤学医源，广采新知。"禤国维老先生的这个座右铭值得我们反复回味。中医博大精深，是有源流的，新知必从医源出，新知也必将汇聚成更加宽阔的医源活水。在新时代，如何传承医源的活水，又如何将新知变成新的医源，从而孕育出更多的新知，是老百姓对中医药发展的殷殷期待。

三　上医治未病

"上医治未病"最早源自《黄帝内经》所说:"上工治未病,不治已病,此之谓也。""治",为治理管理的意思。"治未病"即采取相应的措施,防止疾病的发生发展。

这就是中医的理念:未病先防、既病防变和瘥后防复。

2007年4月16日,国内首家治未病中心在广州成立。

位于广州大德路的广东省中医院,温暖的春日阳光之下,一群市民围聚在这所全国最大的中医院门口,被一幅叫作中医"治未病"的宣传画所吸引。

揭牌仪式上,卫生部副部长、国家中医药管理局局长王国强,对此赋予了积极评价和由衷期许。

负责中心运作的广东省中医院副院长杨志敏心里很清楚,医院整合资源推出"治未病"服务,无论从哪个角度来看,都有着明显的好处:一方面,"治未病"拓展了医院职能,使其服务从治病救人向预防疾病延伸;另一方面,中医的养生保健手段对亚健康大有作为,与专业的健康管理公司的合作,将为亚健康群体提供更为专业的中医药解决方案。

"人们的健康状况可分为健康、亚健康和疾病状态。"杨志敏说,"近年来我们注意到,现代人越来越关注生命的质量与健康的状况。由于快节奏的生活以及不良的生活习惯,目前亚健康群体在人群中占有很大的比例,他们表现出易乏、心累、脾气暴躁、身心不适、体力恢复很慢等症状，但是面对各种仪器检查时，却显示不出什么问题。"

亚健康状态的发展是可逆的：一方面，如果机体长期处于亚健康状态而忽视调理，就可能导致疾病的发生；另一方面，通过合理的干预，也能使机体恢复至健康状态。而人一旦从亚健康进入疾病状态，尤其是大病，医疗费用的投入将是巨大的，而治疗效果却常常不够理想。此时，对病人个人的身心打击甚大，而其家人等亦受到很大影响。从医疗成本和GDP产出与消耗来看，这种"有病治病"的传统观念和医疗模式，给社会造成很大的浪费。这些危机，仅仅通过加大国家卫生投入、依赖科技的进步，是无法从根本上解决的。

实际上，亚健康状态就是中医所讲的"未病"表现之一。

早在1996年，世界卫生组织便庄严宣布：21世纪的医学不能继续以疾病为主要研究领域，而应该以人类的健康为主要研究方向。

毫无疑问，现代医学模式应当向健康医学、生态医学、稳态医学的方向转化。世界卫生组织关于亚健康调查的结果显示：健康人群约占全球总数的5%，患有明确疾病的人群约占20%，处于亚健康状态人群约占75%。

广东省中医院消化内科副主任医师杨小波介绍说，中医理论认为治病要"防患于未然"。"治未病"的理念古已有之，《黄帝内经》曾说"圣人不治已病治未病"；唐代大医孙思邈，将疾病分为"未病""欲病"和"已病"3个层次，并提出"上医医未病之病"。据了解，中医对于"治未病"，分为3个层面，一是"未病先防"，二是"既病防变"，三是"瘥后防复"，分别指"在没有疾病的时候要预防疾病的发生""对已经发病的要防止疾病进一步发展和恶化""防止疾病的复发及治愈后遗症"。

向来擅开先河的广东省中医院，一直在思考如何从中医的角度去解决上述问题。2016年，中医"治未病"的理念被医院管理层重新挖掘，而后，随着专门做健康保险和健康管理的北京昆仑炎黄公司对这一理念的认同，双方对占中国人口60%以上亚健康群体的潜在市场的看重，短短数月，广东省中医院的"治未病"中心即宣告成立。

这个全国首家中医"治未病"中心着重进行了内部的资源整合。

首先做的，就是针对亚健康群体的健康干预和"已病"之人的疾病管理。据介绍，医院原有的体检中心、传统疗法中心和康复科等，经整合后成立"治未病"中心，由"辨识体检中心""健康调养咨询门诊""传统疗法中心"三大块组成。如果一个人来到"中心"就诊，第一步是在"辨识体检中心"进行详细的"中医体质辨识"，在此基础上运用中医辨证等方法，结合现代医学体检，采取个性化评估技术，让人了解自己的体质、状态和易患疾病。随后，该人可到"健康调养咨询门诊"进行更为详细的咨询，在这里专家将根据体检报告进行综合分析和评估，提供个性化疾病预防方案和因时、因地的养生调理规范，为其"量身打造"一套健康管理计划。而对于发现患有明确疾病者，坐诊专家会给出专科诊疗建议。最后，来人还可以到"传统疗法中心"通过针灸、按摩、熏蒸等对身体进行综合调理。

该中心成立以来，已经有大量广州市民前来体验，尤其是一些手术后的病人和慢性疾病患者，在该院专科治疗之后，专门到中心进行健康评估和咨询管理方案。而且，对所有在中心就诊的个人，医院都将为其建立个人健康档案，进行追踪和随访，并对采用"治未病"方法调节后的效果进行评估和统计，以此达到建立中医实证研究的目的。

而且，中医"治未病"不仅仅限于亚健康，而是在疾病发生前、发生时和发生之后都采取积极干预，所以中医"治未病"就显得更加具有战略意义。

"治未病"中心涉及两方面：一是继续扩大"中心"坐诊的中医药专家队伍，将更多符合"治未病"理念的专科纳入。另外是向社区发展，普及公众健康教育和开展社区"治未病"服务，例如针对糖尿病、高血压等常见病的易患高危人群采取积极的预防干预措施。

广州市中医医院也是广东省中医"治未病"健康工程试点单位。2020年1月,广州市中医医院变更为广州医科大学附属中医医院;次年1月,同时加挂广州市针灸医院的牌子。该院以针灸科为基础,全面推进针灸全科化发展,建成以"大专科、小综合"为特色的广州市针灸医院。广州市针灸医院具有"一个领先平台":即国内领先的智能化"针灸古籍数据库平台";"两个华南最大":华南地区规模最大、针灸从业人员最多的针灸医院,集聚国家、省、市各级优才组成的专科力量及500余名技术过硬的针灸诊疗队伍;"三个岭南特色":独创的醒脑启闭调枢法、温通法、火针等特色疗法,应用广泛、疗效卓著,形成极具岭南特色的李氏针法流派,临床开展48种针灸疗法和近100种中医适宜技术疗法,住院病人针灸技术使用率高达90%以上。

中医科学院研究员周超凡认为,预防为主的思想与世界医学的发展相符合,包括"治未病"理论在内,中医很多理论是超前的,将这些适合现代元素的理论重新挖掘、整合和完善,不仅可以弘扬中医药文化,而且可以在保障公众健康、降低医疗费用和解决"看病贵、看病难"等方面,发挥中医的特有优势。

一项为人熟知的哈佛大学统计表明,一个人在健康管理上花1元钱,就能够在医疗成本上少投入10元,因此现在美国和欧洲都推行疾病管理。而中医从"治未病"的角度切入健康管理市场,无论是对健康管理行业,还是中医本身发展,抑或是节省社会资源和医疗成本等方面,都将起到积极的作用。

广州的中医不仅邀请人们到医院"治未病",他们还怀着责任感走出医院,向民众尤其是青少年,普及"治未病"的中医常识。

"阴阳者,一分为二也。脊柱形态为阴,功能为阳,而挺腰端坐是功能的体现,是阳气的作用。因此,我们在学习生活中需要谨记挺腰端坐,调和脊柱的阴阳平衡。"

2020年10月，广东省中医院骨科侯宇医生以《类经》中的一句话开场，为朝天小学的同学们介绍中医中"阴"与"阳"的概念。

这是由广东省中医院脊柱专科国家级青年文明号、青少年脊柱健康中心发起的"挺起脊梁，保护健康"关注青少年脊柱健康项目，是"中医药文化进校园"系列活动中的第一课——《青少年的阴阳平衡与脊柱健康》，旨在向中小学生传播中医中药文化、普及脊柱健康理念。

近年来，由于学习压力和缺乏运动及睡眠，青少年脊柱侧弯发病人数迅速上升。据统计，目前我国脊柱侧弯发病人数已超过300万人，并以每年30万的速度在递增，其中超过半数为青少年。

在广州市中星小学的"儿童脊柱保健"健康讲座上，广东省名中医、广东省第二中医院针康五区主任范德辉，为师生们深入浅出地讲解了脊柱保健知识，并为学生代表检查脊柱的生长发育情况。他说，青少年要注意培养良好坐姿，预防脊柱侧弯问题，同时呼吁加强脊柱健康知识宣教，发挥中医药在预防脊柱侧弯方面的积极作用。

广州市中星小学校长林伟贞表示，这节40分钟的脊柱健康课程，孩子们很喜欢，中医知识贴近生活，更像是体验课，这种感受是常规课程里没有的。

"中医药文化进校园"营造了良好的中医药文化学习氛围，让学生们更近距离地感知中医药的魅力。

邓铁涛老先生作为岭南医学研究的倡导者，曾提出中医药文化发源于黄河流域，发展于长江流域，要复兴于珠江流域。

中医药在幅员辽阔的中华大地，以地域环境特点为出发点，催生了形态各异的中医地域医学流派，体现了中医药文化因地制宜的地方特色和浓厚的地域文化色彩。

自晋代葛洪等中原医家到岭南行医救人至今的1600多年中，岭南医家基于中医"三因制宜"的原则,将中原中医理论体系与岭南地域特点相结合,汲取岭南民间经验,利用岭南道地药材,开创了具有地域特色的岭南中医学。

岭南地区气候炎热潮湿,四季无明显差异,人们生活风俗也异于中原人,这促使岭南中医在应对不同病症上发展了如岭南伤寒、岭南温病、针药相须等岭南特色学术流派,且在辨证论治方面有着独特的学术风貌。比如岭南医家擅长用花类药物,取花类药物之芳香轻清之效,也喜用岭南本地草药。

可以说,岭南医家承袭中原中医之学,勤求古训,博采众方,融合独特岭南人文地理环境,造就了独具一格的岭南中医药文化。

这种文化早已是超越国界的。

岭南自古以来作为重要的对外交流窗口,与海外的贸易与文化交流密切,人口流动频繁,海外岭南华侨众多,促使岭南文化与外来文化相互影响相互兼容,形成了开放的岭南中医药文化,并对海外特别是亚洲地区中医药造成了一定的影响。

在海外诸多广东地缘性的华侨会馆建立了中医药医疗机构,为当地人们提供中医药服务。在海外特别是东南亚地区,岭南中医药文化氛围浓厚,至今保留着凉茶、药膳等岭南中医药防病治病的养生保健方式。

岭南医学在长期的发展中,在面对热带地区的常见热带疾病,以及如疟疾等感染性疾病,具有成熟完善的中医预防、诊治体系及丰富的实践经验与医学成果,也让岭南中医药在海外大放异彩。

1971年,岭南中医药随着广东援外医疗队在几内亚大显身手,广东省累计派出28批次医疗队,医疗人员达510人次。面对文化、风俗与语言差异,特别是在医疗体系滞后与医疗设备短缺的情况下,援外医疗队利用中医药便捷实用的优势与诊疗特色,为当地人们提供实惠又有效的中医药服务,增强当地中医药文化认同感。同时,医疗队为当地提供岭南医学在中西医交汇碰撞的发展经验,在如何处理传统医学与西方医学及现代医学关系的问题上提供指导性建议,辅助当地的传统医学与现代医学融合并加快现代化发展进程。另外,他们还推广岭南中药材开发利用技术,协助挖掘当地具有药效价值的草药,缓解落后地区医药短缺问题。

岭南中药材也跟随援外医疗队走向海外,并取得辉煌的成绩。以岭南中药青蒿素为主体的复方青蒿素在马拉维、尼日利亚等非洲国家展现出出色的抗疟疾效果,在科摩罗使发病率下降98%,死亡率为零,被称为"广东方案"。

借助援外医疗队的海外平台,发挥岭南医学开放兼容的特性在海外大展身手,使中医药文化更好地融合当地文化并融入日常生活。

不过,由于文化差异、中医药国际标准不完善等原因,在一些西方国家,中医被归属于替代医学或补充医学,不被当地政府承认,不纳入医保系统,导致中医药的应用与推广受到限制。

但广州一直在努力。

广州中医药大学第一附属医院开办了广州国际经方班,自1994年至今,已开办9届,为海外提供中医药学术交流与专业教育培训。

新技术革命不仅可以给中医提供平台,中医也应当主动和现代的高科技结合,有所创新、发展。

正如邓铁涛老先生说:"中医药的发展就是要解放束缚,在促进人类医学革新方面有着十分广阔的前景。中医不但要走出去,而且仍然要姓'中'。中医人一定要争气、要有底气,要有信心为人类健康提供中医处方。"

邓铁涛曾多次访问美国、加拿大等国家,推广中医。1996年,他不顾高龄,带领100多人的中医代表团远赴澳大利亚,参加悉尼国际中医药暨传统疗法学术交流大会。在澳期间热心为海外人士看病,为当地的中医学会和学院题词。

2021年5月,在中国巴西国际传统医药抗疫合作交流系列研讨会之"传统医药国际产业合作研讨会"上,广州市中医药学会和广州市中医治未病慢性病防控指导中心分别做了《传统岭南中医针灸推广与应用》和《汤养与传统中医治未病》的发言,为传统中医药文化向国际社会传播打开了一扇窗。

2018年10月22日,中共中央总书记、国家主席、中央军委主席习近平来广东考察,专门去了珠海横琴的粤澳合作中医药科技产业园,他提出:"中医药学是中华文明的瑰宝。要深入发掘中医药宝库中的精华,推进产学研一体化,推进中医药产业化、现代化,让中医药走向世界。"[①]他对中医药的历史地位和时代价值有着深刻认识,多次就中医这个具体行业发表讲话,这也是不多见的。中医药学凝聚着深邃的哲学智慧和中华民族几千年的健康养生理念及其实践经验,是中国古代科学的瑰宝,也是打开中华文明宝库的钥匙,在促进文明互鉴、维护人民健康等方面发挥着重要作用。

---

① 《习近平在广东考察时强调:高举新时代改革开放旗帜 把改革开放不断推向深入》,《人民日报》2018年10月26日报道。

| 第五章 |

教研大格局

1995年，教育部制定了我国医学高等教育的总体目标："培养具有良好的思想品德和职业道德，较广泛的社会科学知识、较宽厚的医学基础，较熟练的专业实践能力和解决医学实际问题的医学专门人才。"1999年，国际医学教育专门委员会（Institute for International Medical Education，IIME）提出了世界各地医学院校培养的医生需要具备7个领域的基本素质：1.职业价值、态度、行为和伦理；2.医学科学基础知识；3.沟通技巧；4.临床技能；5.群体健康和卫生系统；6.信息管理；7.批判性思维和研究等。

进入新世纪，医学教育的目标越来越高：要有人文思想和道德情操，要有坚持信仰科学和终身学习的精神，要拥有坚实的医学专业知识，要有高超的操作技能，还要有高明的沟通技巧。

素质要求如此之高，医学教育因此也被称为精英教育。

要培养优秀的医学人才队伍，既要通过人才招聘和引进及时调整人才队伍结构，又要通过人才培养和教育提升人才队伍素质；同时，还要不断鼓励和资助在职人员参加学历学位教育，搭建国际交流平台，选派专业技术骨干出国进修，鼓励人员制订并协助他们实现职业规划，使专业技术人员拥有不断进步和成长的空间。

广州就是这样做的。它在巩固医学教育的大基础上，不断进行临床实践与科学研究，形成了越来越多的优势专业，并培育出一大批能够肩负起神圣使命的医疗人才。

一 华南航空母舰

广州的医疗水平之所以一直位于全国顶尖行列,是因为广州有着一大批非常优秀的医学院,已经形成了多院系、多层次、多形式的医学教育体系。

广州现有高等医学院校7所,分别是:中山医科大学(2001年10月,原中山大学和中山医科大学合并为新中山大学,并成立中山大学中山医学院,其原址现称为中山大学北校区,是隶属于中山大学的二级学院,是教育部、卫生部首批共建高校医学院之一)、广州中医药大学(为国家中医药管理局重点院校之一)、中国人民解放军第一军医大学(2004年8月改为南方医科大学)、广东药学院(2016年3月改为广东药科大学)、暨南大学医学院(2016年7月改为暨南大学医学部)、广州医学院(2013年4月改为广州医科大学)、广州卫生职业技术学院(原隶属于广州医科大学二级学院,2016年2月,广州医科大学卫生职业技术学院建制被撤销,设立广州卫生职业技术学院)。

广州还有8所中等卫生专业学校。分别是:广州卫生学校、黄埔卫生学校(1989年改为广东黄埔卫生职业技术学校)、从化卫生学校、增城区卫生职业技术学校(2015年1月并入广州市增城区广播电视大学)、白云区卫生中等专业学校、番禺市中等卫生专业学校、花都区卫生中等专业学校、广州市医药中等专业学校等。

在中等和高等教育体系之外,继续医学教育是继医学院校基本教育和毕业后医学教育之后,以学习新理论、新技术为主的一种终身的医学教育。

它于20世纪50年代初起源于美国,改革开放之初引进中国。

1991年卫生部颁布《继续医学教育暂行规定》(以下简称《规定》)并在部分省、自治区、直辖市进行试点。1996年6月成立卫生部继续医学教育委员会,制定《国家级继续医学教育项目申报、认可试行办法》(以下简称《认可试行办法》)和《继续医学教育学分授予试行办法》(以下简称《授予试行办法》)等一系列规章制度和管理办法,从此这项工作在全国范围内得到普遍开展。全国继续医学教育委员会于2001、2006年分别对《认可试行办法》和《授予试行办法》进行修改。为贯彻落实《中共中央、国务院关于卫生改革与发展的决定》,使继续医学教育工作更好地适应卫生改革与发展的需要,2000年在《规定》的基础上,由卫生部、人事部共同制定《继续医学教育规定(试行)》。2008年,制定《广州市市级继续医学教育项目申报、认可办法》和《广州市继续医学教育学分授予与管理办法》。继续医学教育的对象是完成毕业后医学教育培训或具有中级以上(含中级)专业技术职务从事卫生技术工作的人员。

2020年,根据《广州市卫生健康委员会关于做好2020年广州市市级继续医学教育项目申报工作的通知》,经广州市继续医学教育领导小组办公室组织专家评审,广州市卫生健康委员会批准了171个项目为2020年广州市第二批继续医学教育项目,其中包括116个西医常规项目、14个中医常规项目和37个西医备案项目、4个中医备案项目。

中国住院医师培训就属于这种医学继续教育。

它始于20世纪20年代初,当时北京协和医学院实行"24小时住院医师负责制和总住院医师负责制"。

1993年,卫生部印发的《关于实施〈临床住院医师规范化培训试行办法〉的通知》(以下简称《试行办法》)规定,《试行办法》从1993年毕业的住院医师开始实施。培训时间为4~6年,分两阶段进行,住院医师完成第二阶段后，经考核合格者，发给住院医师培训合格证书，作为申报主治医师的依据。1995年，卫生部颁发《临床住院医师规范化培训大纲》，明确培训分两个阶段：第一阶段为3年，第二阶段为2年。

2014年，国家卫生计生委等7部门联合印发《关于建立住院医师规范化培训制度的指导意见》、国家卫生计生委制定《关于印发〈住院医师规范化培训管理办法（试行）〉的通知》。广州市卫生计生委印发《关于转发省卫生计生委关于住院医师规范化有关文件的通知》，文件明确经国家认定的市属医疗机构中有广医大附一院、附二院、附三院，市第一人民医院、市红十字会医院、市妇女儿童医疗中心和市脑科医院等7所三级医院成为国家首批住院医师规范化培训基地；要确保落实每年不少于100名，3年不少于300名的培训容量。

2014年是国家住院医师规范化培训制度启动实施的第一年；2016年，广州市卫生计生委等6部门联合印发《关于印发〈关于推进广州市住院医师规范化培训工作的实施方案（试行）〉的通知》《广州市住院医师规范化培训补助经费管理办法》，明确全市从2015年起全面启动住院医师规范化培训工作。市财政从2017年起根据市属住培基地的在培学员数，给予每人每年4.1万元标准的综合定额补助，并在定额补助总量内，对精神科、全科和儿科等紧缺专业住培学员生活补助每生每年增加2万元。

2019年10月，广州市卫生健康委、广州市财政局联合印发了《广州市住院医师规范化培训、专科医师规范化培训、公共卫生医师规范化培训补助经费管理办法（试行）的通知》，在对住院医师规范化培训给予财政补助的基础上，扩大了补助对象范围，对市属医疗卫生机构参加专科医师规范化培训、公卫医师规范化培训的学员，按住院医师规范化培训的标准，市财政给予4.1万元/人/年的补助。

自2015年开展住院医师规范化培训以来，广州市已有10家市属国家规培基地，共培养了4392名住培医师，其中已结业1642名，目前在培2750名，市财政至今累计投入了3.15亿元,为广州乃至全省、全国的医疗卫生人才队伍建设发挥了积极作用。

现在,广州市财政扩大卫生人才规范化培训补助对象,吸引更多人才参加专科医师规范化培训、公卫医师规范化培训,有利于为广州培养更多同质化、标准化的临床专科人才、公共卫生人才,推动广州卫生健康水平得到更大进步和提升。

至2017年底,广州全市住院医师规范化培训基地共计在培学员2021名,落实市级财政补助8600万元,其中全科、精神科和儿科等紧缺专业额外生活补助每人每年2万元,合计1132万元。

全科医生,又称家庭医生,是全科医学理论的践行者和全科医疗服务的提供者。世界家庭医生组织著名专家Dicon教授曾说:"任何国家的医疗保健系统若不是以受过良好培训的全科医生为基础,便注定要付出高昂的代价。"

近年来,我国对全科医生的培养日益重视。1997年,《中共中央 国务院关于卫生改革与发展的决定》做出"加快发展全科医学,培养全科医生"的重要决策;1999年,卫生部《关于印发〈全科医师规范化培训试行办法〉的通知》规定,全科医师规范化培训从1999年高等院校医学专业本科毕业生开始实施。培训时间为4年(共48个月),分3阶段进行。培训对象完成三个阶段的培训任务后,经考核合格者,发给全科医师规范化培训合格证书。2011年,国务院发布了《关于建立全科医生制度的指导意见》,指出建立全科医生制度是保障和改善城乡居民健康的迫切需要、是提高基层医疗卫生服务水平的客观要求、是促进医疗卫生服务模式转变的重要举措,凸显了全科医生在卫生服务中的重要性和必要性。

为响应国家政策号召,2002年,广州市卫生局制定并开始实施《广州市2002—2005年全科医学岗位培训规划》,在全市范围内逐步铺开全科医学岗位培训工作；2003年，建立理论教学基地5个、临床实习基地23个和社区实践基地13个，初步组建全科医学岗位培训理论教学师资队伍。12个区（县级市）启动全科医师和社区护士的规范化培训工作。2014年，全科医生规范化培养基地包括广州医科大学附属第一、第二、第三医院，广州市第一人民医院，暨南大学第一附属医院等教学医院。2015年，增设了市红十字会医院，南方医科大学珠江医院为培训基地。

2008年，广州市首届全科医师规范化培训班启动。该培训班采用规范的"5+3"全科医师培养模式，第一期招收62名临床医学本科应届毕业生，委托广东省全科医学教育培训中心按照卫生部发布的培训大纲进行全脱产3年的规范化培训；2011年6月，首批62名学员全部结业，结业后全部进入社区卫生服务中心和镇卫生院工作。2013年，广州市卫生局会同有关部门制定《广州市全科医生规范化培训实施方案》，明确提出：从2014年起，广州市每年须培养约250~400名全科医生（其中50~100名全科医生骨干、200~300名全科医生规范化培训学员），组织实施全科医生骨干培养项目和全科医生规范化培训学员项目。2013年，市卫生局和中山大学联合举办的首届广州市全科医生规范化培训骨干班首期40名学员顺利进入中山大学附一、附二、附三等国家全科医师规范化培训示范基地进行脱产3年培训。2014年首批招录的66名规范化培训学员已于是年10月进入广州医科大学和暨南大学医学院开始三年的规范化培训。至2017年10月，全市实施全科医生规范化培训学员项目4期，共有156名基层医疗卫生机构新入职临床医师进入广州医科大学、暨南大学和南方医科大学等附属医院进行规范化培训。

2019年12月，湖北省武汉市等地发生新型冠状病毒肺炎疫情，并迅速在我国其他地区蔓延。在新冠肺炎疫情防控中，我国近400万基层医务工作者作为基层联防联控的主力军，在社区防控中发挥了重要的中坚作用，筑起了社区的抗疫防线。而这场突发公共卫生事件也对今后的全科医生规范化培训和培养带来了新的启示，应重点和强化培养以全科为中心，以大健康观念和维护人民健康促进为目标,向个人、家庭及社区提供预防为导向、综合性、协调性、连续性的基本医疗卫生服务的合格全科专业住院医师,特别是全科医生应能承担对各种突发传染病疫情分级诊疗和基层医疗卫生疫情防控的"网底"作用。

如此强大的医疗教育体系,完全称得上是中国医学界位于华南的航空母舰。我想,这样的说法是一点儿也不夸张的。广州医疗卫生事业有这样的航母护航,一定会驶向更远的地平线。

二　舰载战斗机

医学教育与其他教育最大的不同，也许就是它的实践检验性太强了。它面对的是人的身体，是生命本身。因此，医学教育很快就会得到临床的反馈。因此，广州强大的医学教育资源，很快就会在诸多科研的重大项目中显露出成绩来。

我们在上节把广州的医疗教育体系比喻成航空母舰，那么对于疾病的科研成果无疑就是航母舰载机的猛烈出击。

很多人谈"艾"色变，不妨先来说说出击艾滋病病毒的战况。

广州市第八人民医院是国内最早开展艾滋病规范化高效抗逆转录病毒和机会性感染诊疗的单位之一，在过去的20余年里，承担了全省近三分之一艾滋病患者的治疗和随访工作，临床诊治水平国内领先。

广东是我国第一经济大省，人口密度第一，流动人口最多。1990年，广东首次从出境归来的本省人群中发现HIV感染者，此后感染者和艾滋病患者逐渐被发现。在2016年，广东HIV感染者/AIDS患者人数居全国第五，新发现的报告人数居全国第三，属于疫情"一类"省，其中大约三分之一患者接受抗病毒治疗时已经发展至晚期艾滋病毒感染。这些给广东省艾滋病的抗病毒治疗和防控带来了巨大挑战。如何高效迅速控制疫情，减少疾病的传播以及帮助患者更好地治疗？广东人一向脚踏实地，秉承解决问题的实干精神，在艾滋病的防控和治疗上，找出了一种新的管理模式。

广东不走寻常路,最早推行由医院为主导的艾滋病抗病毒治疗。随着艾滋病的治疗在全国铺开,各地也慢慢成立了一些定点医院收治艾滋病病人。当时的治疗管理模式有很多种,比如CDC(疾病预防控制中心)管理、治疗+部分村医或医院的治疗;CDC管理+医院治疗。但这些模式都无法理顺CDC与医院的关系,以至于在治疗上出现一些不规范的情况。从2003年开始,广东对于艾滋病防控和治疗实施的做法,就是各地县市的定点治疗机构全部都落在医院,这跟其他省份的做法完全不一样。

2001年,广州市第八人民医院、市疾病预防控制中心和广州中医药大学联合开展的"艾滋病临床和疫苗研究"被列为2001年度广州市重大科技攻关项目,获经费资助140万元,市卫生局也投入配套经费100万元。2008年,广州市第八人民医院传染病专科申报的"HIV合并HCV和TB的抗病毒治疗研究"项目获国家"十一五"科技重大专项立项,成为该项目的总牵头单位。该专科已成为华南地区重要的艾滋病临床治疗和研究中心。

2010年广东省卫生厅根据卫生部的要求把艾滋病的治疗管理由疾控中心移交到医政处。而广州市第八人民医院在当时是全省艾滋病治疗的"巨无霸",90%的住院病人都在市八医院。后来,医政处让市八医院负责全省的艾滋病患者管理。实际上,一家医院是做不了全省的艾滋病管理的,只有把定点医院逐步铺到全省各地。2011年,广东省艾滋病诊疗质控中心成立,作为艾滋病的定点医院,广州市第八人民医院接手全省艾滋病的管理工作后,与省疾控中心合作十分融洽。

2020年6月,广州市第八人民医院牵头,与广州市疾病预防控制中心、中山大学等单位联合实施的《艾滋病抗病毒治疗和防控新模式及应用》项目,荣获2019年度广东省科技进步奖二等奖。这是在国内最早建立的由医疗机构管理、基于艾滋病定点收治医院开展抗病毒治疗的"广东模式"。在这种模式下,将全省艾滋病的病死率降低至3%以下,达到国际先进水平。

项目牵头人、时任专家组组长是广州市第八人民医院感染病科(该院感染病中心前身）主任蔡卫平，而副组长就是时任省疾控中心艾滋病防治所所长林鹏。

蔡卫平介绍，从20世纪90年代开始，在全国都是CDC管理艾滋病，甚至直接参与治疗，直到目前为止，全国仍然有近半的省份是CDC作为治疗管理单位，部分具体治疗任务逐渐转移到定点医院。但在广东省，各个地县的艾滋病定点机构全部落在医院统一管理。

在理顺了管理模式之后，针对防控和规范治疗实施具体的措施就显得特别得力而有效。蔡卫平说，接手全省艾滋病的管理后，第一条规定就是艾滋病患者必须由经过培训的医生在院开展治疗。因为这样才能达到各地各级同质化（或者接近的）医疗水平。

艾滋病治疗药物是国家统一招标采购，一般是今年做计划，明年采购后年使用的药物。以往的管理就是一刀切，要求所有的患者都用国家免费的一线方案，不能更改。国家免费药物目录十几年都没变，药还是那些药，用得好和用得不好，结局大不同。专家组成员会定期督导检查治疗的合理性。由于药品实施统一采购、统一发放、统一方案，因此规定药品管理由药剂科人员按照正常医院的药品来管理，最大限度地减少浪费。

"在广州市第八人民医院接手管理艾滋病之后，给医生更大的灵活性，根据患者本人的需要个性化地使用抗病毒方案，对方案的更改基本不设障碍。这种模式对药品采购管理的难度加大，因为要准确地预测未来的药品需求量。"蔡卫平说，"根据国家指南制订治疗方案，广东对使用二线药物也没有限制，首创允许在省内自由选择、自由流动就医的规定。省内自由选择和流动解决了患者就医上的很大问题，因为工作流动不需要再回到原来的治疗点取药，病人的脱失率大幅度降低，如果这些流动的患者不治疗，他们很可能就是流动的传染源。毒副作用降低跟用药方案和出现副作用后是否能够及时处理有很大的关系。而根据病人的情况个性化地给药可以减少毒副作用的发生。"

广东也是最早实行全免费的省份，国家"四免一关怀"政策的免费人群只是农村居民和城市贫困人口，而广东则是不限。蔡卫平说，这是因为广东是人口流动大省，这些人群对广东的经济建设也有贡献，因此免费人群也扩大到所有在广东有居住证的人群，不论省内外，跟广东户籍人口享受同样的减免待遇，甚至患者的配偶是广东人、广东学校的全日制学生也享受同样的待遇。

建立广东省AIDS抗病毒治疗和防控的创新模式，并在全省各地推广应用，不仅明显提高了ART（抗病毒治疗）的疗效、患者生存率与生活质量，而且有效预防和控制了HIV传播。

蔡卫平说，通过以点带面，从广州开始，逐步在广东全省推进成功管理经验，从治疗前、治疗过程及治疗后多层次、全方位的抗病毒治疗全程管理，明显提高了HIV感染者/AIDS患者抗病毒治疗覆盖率和依从性，降低抗病毒治疗失败率和病毒耐药率，减少药物毒副作用。此外，AIDS发病率和死亡率得到明显降低。一项研究显示，在22家传染病定点医院或有传染科的综合定点医院管理的12966名患者生存率达到94.1%，病死率为0.4/100人/年。

不仅如此，在这种管理模式下，还针对性制定特殊人群抗病毒方案和管理策略，比如参与制定《国家免费艾滋病抗病毒治疗手册》及中华医学会《艾滋病诊疗指南》，注重个案管理，全面提高患者抗病毒治疗的依从性，让全省的病毒抑制率达到国际先进水平，病死率降低至3%以下。同时，还进行了一些科研项目，比如AIDS功能性治愈策略取得突破，国际上首先开展CAR-T细胞治疗的临床试验。开发和产业化了全球首个微量精准HIV-1 DNA（病毒储存库）定量检测试剂盒人类免疫缺陷病毒（HIV-1）DNA定量，评估HIV-1病毒储存库等。

广东在艾滋病防控和管理上的成效有目共睹，随后各省基本上都是参照广东模式来管理艾滋病患者。

而广州在艾滋病临床治疗和研究方面，起到了关键作用。

再来看看干细胞移植方面的成绩。

作为重型地中海贫血的高发地区,广东省在地贫造血干细胞移植治疗方面一直走在国内领先位置。1998年,中山大学孙逸仙纪念医院儿科成功实施了国内首例同胞脐带血干细胞移植治疗重型地贫患儿手术。

2002年,广州市第一人民医院、市妇婴医院、市儿童医院、市第十二人民医院联合开展的"脐血造血干细胞移植在血液病中的应用系列研究"和市第十二人民医院与香港大学、英国伯明翰大学合作开展的"基因、生活方式及环境因素对致命性疾病影响的研究"被列为广州市卫生科技攻关重点项目。后者项目总投资约人民币800万元(其中中方投资430万元人民币,港方提供200万港元,英方提供13万英镑)。

2016年4月,一名来自广州的4岁小患者盼盼在罹患再生障碍性贫血后,利用出生时储存的自体脐带血完成了造血干细胞的移植,没有出现排斥等反应。这是华南地区首例、全国第4例自体脐血移植。

年仅4岁的盼盼最初被医院诊断为普通感冒,后来牙齿却出血不止。被送往广州市第一人民医院后,经血液内科主任王顺清和张玉平诊断,她被确诊为肝炎再生障碍性贫血,最佳治疗方式是进行造血干细胞移植。这就意味着首先要寻找配型相合的造血干细胞。如果是在社会群体中寻找完全相合的骨髓干细胞,成功率只有数十万甚至百万分之一的概率,无异于大海捞针。在骨髓库寻找非亲缘供者也需2~3个月,但盼盼的病情不允许等待。

"我们与家长沟通时发现,盼盼在出生时储存了脐带血,于是在对治疗方案进行调整和探索后,决定采用自体脐血移植的办法。"张玉平说。

效果非常显著。移植10天后,盼盼的白细胞和血小板数量基本恢复,1个月后病情明显好转并安全出院,4个月后,医生对她进行药物巩固治疗,现在患者的各项指标都已正常。"再障复发率不高,她以后的生活很可能将不受影响。"张玉平指出,半相合移植(脐血来自父母或子女)风险较大,成功率为83%，而自体脐血移植不仅没有免疫排斥反应，还没有病毒侵入，因此更安全。

近年来广州市的造血干细胞移植技术已经有了巨大的发展。随着干细胞的基因治疗、CAR-T治疗技术等的技术突破，在难治性血液病方面，脐带血移植将有更大获益。如地贫儿的自体脐带血，以往因为基因缺陷基本没有留存价值，但随着CAR-T细胞改造技术的日渐成熟，地贫儿的自体脐带血价值就会"逆袭"，变得极其宝贵。但移植仓位不足，这是很多有条件进行造血干细胞移植手术的大医院普遍面临的问题，也导致众多患儿苦等排期。中山大学孙逸仙纪念医院儿科专家黄绍良教授介绍，在许多没有药物可治愈的血液疾病、免疫疾病与遗传代谢疾病中，"移植"是目前唯一的治愈手段。儿童移植难度大，对硬件配备、药物使用、移植后检测与专业护理的要求极其严格。目前国内只有少数大型医院能够开展。

"如今造血干细胞移植可治疗的病种已经扩大到人体各系统80余种。越来越多的疾病可以通过移植得到治愈，越来越多的患者可以找到合适供体，需移植患者的基数迅速增加，硬件条件成了较大的制约。由于仓位的不足，有很多患者都在排期等待治疗。很多医院都面临这样的情况。"广东省妇幼保健协会脐带血应用专业委员会主任委员、该院儿科主任方建培教授介绍，以前该科每年只能移植30~35例，远远不能满足临床需求，以后将增加到每年80~100例。

2018年8月，中山大学孙逸仙纪念医院南院区儿科造血干细胞移植中心（儿科五区）全新的移植病区正式开放，迎接新患儿。新区开放后，该院儿童造血干细胞移植专用的移植仓位从3个增加到8个，很大程度上缓解了等位的问题。

造血干细胞移植还是当前国际上治疗恶性血液肿瘤病的重要方法，自体造血干细胞移植或异基因造血干细胞移植作为神经母细胞瘤的根治治疗手段各有优劣，自体移植的相关并发症少、移植风险低，但移植后复发的概率高；异基因移植后复发率低，两种移植方式的总体生存率大致相近。

6岁的小宁宁2016年1月在广西当地医院因"反复腹痛1月余"住院，诊断为"神经母细胞瘤Ⅳ期"，经过9个疗程的化疗后，腹部仍有一个10厘米×5厘米大小的肿瘤。2016年10月来到中山大学孙逸仙纪念医院儿科肿瘤专科就诊。

中山大学孙逸仙纪念医院儿科肿瘤专科主任黎阳介绍，神经母细胞瘤是儿科最常见的外周神经系统恶性肿瘤，在儿童恶性肿瘤发病率中占第四位，1岁以上患者恶性程度高，诊断时多数病例到了肿瘤晚期，预后极差，七成晚期病人在常规化疗后复发。

近年来，虽然随着GD2（用于高危型神经母细胞瘤患者的免疫治疗药物）抗体免疫治疗和质子放疗、自体造血干细胞移植等多种治疗手段的综合应用，疗效获得一定的提高，但能够长期存活的患者仍不足一半。

在接受俗称"砒霜"的三氧化二砷联合化疗的新型治疗方案后，小宁宁的病情得到控制。但由于小宁宁腹部仍有部分无法切除的残留肿瘤及多处肿大的淋巴结，该病灶是个复发的隐患，专家团队认为可以尝试利用造血干细胞移植进行治疗。

考虑到小宁宁腹部仍有病灶，病程中存在骨髓转移，以及经过多次化疗后大概率存在自体骨髓干细胞造血重建功能衰竭，从而容易导致自体造血干细胞移植失败及复发。经过儿科血液肿瘤与造血干细胞移植专科团队的讨论，决定选用异基因造血干细胞移植为小宁宁进行巩固治疗。

中山大学孙逸仙纪念医院儿科主任方建培介绍，脐血造血干细胞移植相对骨髓或外周血造血干细胞移植，具有移植后移植物抗宿主病发生率低的优势，且移植后免疫重建较骨髓或外周血造血干细胞移植具有更强的移植物抗肿瘤效应，对进一步清除小宁宁体内的残留肿瘤更有益处。

2019年3月，专家团队为小宁宁进行脐带血异基因造血干细胞移植，创新性提出采用"氟达拉滨+环磷酰胺+白舒非+拓扑替康"方案进行预处理，移植后一个半月小宁宁出院，复查多项指标均显示病情稳定。

中山大学孙逸仙纪念医院儿科血液专科副主任黄科介绍，采用异基因脐带血造血干细胞进行移植，患者康复快、排斥反应少，免疫功能重建良好，有望为克服神经母细胞瘤目前的治疗困境提供新思路。

还有很多重大项目。

2004年，广州市第一人民医院血液内科毛平申请的科研项目"T细胞克隆分析在异基因干细胞移植中实现GVL与GVHD分离的研究"和市第二人民医院妇产科刘慧姝申请的科研项目"水通道蛋白基因（AQPS）在人胎盘中的表达研究"获国家自然基金委员会批准立项，分别获得20万元和21万元资助，这是广州市属医疗卫生单位首次承担国家自然科学基金项目。市第二人民医院妇产科研究所经评审获得人类辅助生殖技术临床服务准入资格和省面向社会服务法医物证司法鉴定机构资格。是年，市第十二人民医院与香港大学医学院、英国伯明翰大学建立穗港英联合项目——分子流行病学研究室。

2007年1月，省人民医院林曙光主持的"常见先天心、瓣膜病介入治疗规范、远期疗效及新技术临床应用研究"、庄建主持的"提高新生儿及小婴儿复杂先心病外科疗效的临床研究"、吴书林主持的"射频消融导管研制"3项科研课题分别被列入国家"十一五"科技支撑计划重大项目。是年，由邓铁涛教授、彭胜权教授担任顾问，左俊岭教授牵头的广州中医药大学第一附属医院课题"寒温并用中药复方防治流感的系统监控的临床与实验研究"成为"十一五"国家科技支撑计划"人禽流感防治新型药物和疫苗的应急研究和开发"重点项目组成部分。广州中医药大学是该项目6家承担单位中唯一一个中医单位，获资助经费400万元。

2008年，市第八人民医院传染病专科申报的"HIV合并HCV和TB的抗病毒治疗研究"项目获国家"十一五"科技重大专项立项，成为该项目的总牵头单位。该专科已成为华南地区重要的艾滋病临床治疗和研究中心。

2009年，由广州医学院徐军教授、陈敏生教授等申报的"反义ECE RNA干扰纳米归巢气雾装置研究"项目获科技部"十一五""863计划"生物和医药技术领域纳米生物器件研发重点项目立项。

……

2001—2017年，广州地区医疗卫生单位科研立项合计3686项，入选国家自然科学基金379项，获得经费共49976.5万元。属于广州市医疗卫生系统医药卫生科技项目重大项目的有18个，一般引导项目1442个，广州市县级市和乡镇医疗卫生机构新技术新项目推广应用项目有115个。

广州市医疗卫生单位通过多种形式的合作，在指定的领域和方向联合攻关，各种科研立项，为解决广州地区重大医疗卫生健康问题以及医药卫生体制改革提供了基础数据、防治策略和工作方案。

2014年，广州市科信局、市卫生局在广州地区三级医院中联合开展首批广州市临床医学研究与转化中心试点建设，共同制定《广州市临床医学研究与转化中心试点建设项目管理办法》。办法规定试点建设期限为2～3年，试点建设启动一年后，由市科信局、市卫生局联合专家对试点建设项目进行中期评估；建设期满后，市科信局、市卫生局共同组织验收工作，对于完成建设任务通过验收的单位授予"广州市临床医学研究与转化中心（相关疾病领域）"，紧密围绕某一重点疾病防治的发展现状和趋势，研究提出该疾病领域重点研究任务和实施方案；探索并优化临床研究的组织和管理机制，搭建协同研究网络，重点组织开展大规模、多中心、高质量的临床诊疗规范研究；开展新技术、新产品的评价研究和基础与临床紧密结合的转化医学研究；培育临床研究的领军人才、学科带头人和技术骨干；拟订诊疗技术规范，开展基层卫生人员的技术培训，优化服务模式，建立有效的技术推广机制，指导和提升基层卫生人员诊疗服务能力。

至2017年12月，共开展三批广州市临床医学研究与转化中心试点建设工作，共有52个项目纳入建设范围，其中：第一批纳入建设范围的是12项（市属单位5项），第二批是12项（市属单位6项），第三批是28项（市属单位10项），共有21家市属医疗卫生单位获得项目认定和资助。一批临床新技术、新方法，转化应用一批新成果、新产品，探索、优化并形成推进基础研究与临床应用转化相结合、创新技术研究与基层推广示范相结合的新机制、新路径，培养一批临床科研与转化优秀人才和团队，提升试点单位在相关疾病领域综合实力达到国内领先水平，具备申报国家临床医学研究与转化中心的基础与优势。

广州的医学人除了治病救人，在科研方面一直发力。

进入新世纪以来，2001—2017年广州地区医疗卫生单位编著出版的专著有134部，其中广州市属医疗卫生单位的学者编著出版的有32部。

2001—2017年，广州地区医疗卫生部门主办的卫生期刊共59种，其中广州市属单位主办的有9种。中山大学主办的《中华胃肠外科杂志》创刊于1998年，月刊，2014—2016年连续3年入选"百种中国杰出学术期刊"，2017年获得中国精品科技期刊、广东省精品科技期刊称号；中山大学肿瘤防治中心主办的英文学术期刊 Chinese Journal of Cancer（《癌症》杂志）创刊于1982年，月刊，多次入选"百种中国杰出学术期刊"和"中国最具国际影响力学术期刊"；中山大学肿瘤防治中心、广东省抗癌协会主办国内唯一拥有国内统一刊号的肿瘤防治知识的科普报纸《防癌报》。

2001—2017年，广州地区医疗卫生单位和医学院校的科研成果获国家级奖励10项，其中广州市医疗卫生单位获1个奖项；获省、部级奖励162项，其中广州市医疗卫生单位有122项（特等奖1项、突出贡献奖1项、一等奖5项、二等奖25项、三等奖90项）；广州市医疗卫生单位成果获市级奖励84项，其中获市科技进步一等奖23项、二等奖61项。

以钟南山为首的广东省防治传染性非典型肺炎（SARS）科技攻关组开展的"广东省传染性非典型肺炎（SARS）防治研究"获2004年度广东省科学技

术奖特等奖。该项目课题组在寻找SARS病源、切断传播途径、临床与实验诊断、治疗方法和疾病预防等方面取得突破性进展，主要取得以下成果：首先排除已知重大传染病流行的可能，提出新病源（病毒）的观点，随后证明该次流行的病原体为新型冠状病毒；在全国最早明确SARS的生物学特性，不同流行期基因组全序列变异规律、抗体及淋巴细胞亚群的变化规律以及病理形态学特征；最早阐明SARS的传播特点，提出预防医院内感染是控制SARS流行的关键措施，首先建立SARS监测报告系统和社区家庭隔离模式；首先揭示果子狸SARS样冠状病毒可能是人新型冠状病毒的前体，初步建立果子狸SARS病毒感染动物模型；研制多种SARS诊断试剂盒和红外线体温检测仪，并在全国得到广泛应用；最早在国内提出SARS的临床诊断标准和重症SARS的判断标准，制定疑似病人处理程序和专家排查工作制度，提出"三早三合理"的防治原则，取得抢救成功率全球最高的显著成绩。

广州市第十二人民医院于锋等开展的"喉癌喉功能保留手术临床及基础应用系列研究"获2005年度广东省科学技术奖一等奖，这是市卫生局系统首次获此奖项。该项目通过对窥镜下采用动力系统分层切除肿瘤、甲状软骨、带蒂甲状软骨膜或肌膜等组织重建喉功能，运用"喉癌甲状软骨窗式切除带蒂肌瓣修复喉腔术"等术式基本保留了喉腔的生理形态，明显提高喉癌患者的生存质量及生存率。

2008年，由广州医学院呼吸疾病国家重点实验室钟南山院士与中国医科大学康健教授领衔、全国22家研究中心参与的多中心、随机、双盲、安慰剂对照平行试验研究"羧甲司坦治疗慢性阻塞性肺疾病（COPD）"的临床研究结果，获2007欧洲呼吸年会慢性阻塞性肺疾病（COPD）研究最佳壁报奖，并在国际最权威医学杂志之一 *The Lancet*（《柳叶刀》）上全文发表。

2009年，广州医学院钟南山院士领衔的论文《羧甲司坦对慢性阻塞性肺疾病急性发作的作用（PEACE研究）：一项随机安慰剂对照研究》以最高票数获评国际医学杂志《柳叶刀》2008年度优秀论文。

广州市第十二人民医院江朝强等开展的"广州生物库中老年队列的建立与常见慢性重大疾病的相关因素研究"获2014年度广东省科学技术奖二等奖，该项目多项成果揭示重大慢性疾病的发病机制及规律，为WHO及各级政府监察疾病水平、促进全国及广州控烟立法与疾病防控提供科学依据，打造一个世界级研究平台。此外，他们还发现社会与家庭经济变革、睡眠状况、生命历程及相关基因对心脑血管疾病的影响，打造全国第一个资源不可再生的中老年生物库研究平台，对保护生产力，提高人民群众寿命与生活质量及控制医疗费用均具有不可低估的社会经济效益。

广州医科大学附属第一医院冉丕鑫等开展的"慢性阻塞性肺疾病发病与综合防治"获2015年度国家科技进步奖二等奖。该系列研究通过多中心、大样本的人群调查，准确揭示国内慢性阻塞性肺疾病（以下简称慢阻肺）高患病率（40岁以上人群患病率为8.2%）和防治落后的现状，为国内制定慢阻肺防控规划提供科学依据；采用现场流行病学方法和大样本人群队列研究，揭示并证实生物燃料是国内慢阻肺的重要发病因素，进一步阐述生物燃料导致慢阻肺的机制，为慢阻肺药物治疗提供新的靶点；发现含硫氢基抗氧化药物治疗慢阻肺的作用，证实茶碱等药物治疗慢阻肺的效果，为中国慢阻肺患者提供经济实用、安全有效的治疗方法；创建国内慢阻肺早期筛查方法；通过前瞻性人群研究，构建慢阻肺综合防治模式。有关研究结果被世界卫生组织制定慢阻肺全球防治倡议（GOLD）和中华医学会制定中国慢阻肺诊治指南引用，对推动国内慢阻肺的防治起到积极的作用。

还有很多论文与奖项，篇幅所限，恕不一一枚举了。

三 揭秘最强武库

航母不仅有舰载机,还有庞大的航母护航编队,如055型导弹驱逐舰,具备极为强悍的火力。让我们来继续了解一些广州具有前瞻性的重大医疗专项以及重点专业学科,它们都属于广州医疗卫生行当里的大型驱逐舰。

近年来,为整合广州地区健康医疗科研、诊疗及服务优势,搭建广州健康医疗协同创新平台,加快健康医疗技术创新及临床应用,广州积极深化科技管理体制改革,大胆创新重大科技项目的组织管理方式,探索试点"总师制"管理模式。

2014年经广州市政府同意,广州市设立了以钟南山院士为专项总师的广州市健康医疗协同创新重大专项,支持健康医疗领域协同创新和成果转化。

截至2020年,重大专项已开展5期,每年安排1亿元财政科技经费,围绕恶性肿瘤防治、新发突发及重大传染病综合防治、干细胞与再生医学技术创新与临床应用、医学诊治创新技术产品及重大慢性疾病防诊治技术应用等重点专题,通过公开申报、专家评审、可行性论证、政府决策等环节,5年共计遴选支持93个重大项目,共发表SCI论文776篇,牵头或参与技术标准制定50个,申请专利637项,获得国家级奖励22项、省部级奖励50项,形成一系列重要突破,为广州生物医药产业发展提供强力支撑,部分成果在新冠肺炎疫情防控中成为"硬核"科技力量。

广州市健康医疗协同创新重大专项以本地区常见多发重大疾病综合防治

为重点,结合广州市民生实际,大力支持开展协同协作和联合攻关。

2016年广州市健康医疗协同创新重大专项三期4大专题、18个立项项目中,广东省中医院(即广州中医药大学第二附属医院)肿瘤科主任张海波及其团队在"精准医疗新技术及应用研究"专题中获得项目立项,是广州市整个中医系统的唯一一项立项。

57岁的梁阿姨自2009年确诊晚期肺癌多发转移开始治疗至今,经过了多次化疗、放疗及靶向治疗,其间一直配合中药及多种中医特色疗法辨证辨病治疗。目前梁阿姨肿瘤病情控制稳定,仍拥有良好的生活质量,这在中老年患者群体中是很难得的,而这则是得益于精准医学模式下,中西医结合个体化治疗晚期恶性肿瘤的临床实践。

精准医学是将个体疾病的遗传学信息用于指导其诊断和治疗的医学,是随着基因组测序技术的快速进步以及生物信息与大数据科学的交叉应用而发展起来的。它是一种以个体化医疗为基础的新型医学概念与医疗模式,其基本理念与我国传统中医学的"辨证论治"思想不谋而合。随着精准医学的深入发展,现代医学认识到肿瘤细胞的异质性决定了病人的个体化差异,强调基于DNA、二代测序技术的个体化治疗,精准的定位靶向治疗的优势人群。

张海波通过多年经验总结及临床课题研究证实,晚期非小细胞肺癌患者的EGFR基因状态与中医寒热症候之间具有相关性,即EGFR基因野生型患者的中医症候主要为热证,而EGFR基因突变型患者的中医症候主要为寒证。同时发现这种中医寒热症候与性别、吸烟史具有相关性,寒证以女性、无吸烟史者居多;热证以男性、有吸烟史者居多。这一研究将中医宏观辨证与西医微观基因分型完美结合,为临床精准的辨治肺癌患者提供依据,以寒热辨证为基础的中医药治疗联合西药靶向治疗,中西合璧,精准治疗晚期肿瘤。

重大专项大力支持基础研究,在鼻咽癌、肺癌、呼吸道重大传染病防治等领域取得一系列领先世界的医学研究成果。其中,首次证实气道记忆性CD4+T细胞在SARS冠状病毒感染过程中辅助清除病毒的显著作用;开展国际最大规模的鼻咽癌分子标志物研究，可将远处转移预测准确性提高18%；利用二代测序技术完成国际上首个亚洲人种肺腺癌的基因组全景图，一系列研究成果先后被 *Immunity*，*Nature Communication* 等国际权威期刊杂志接收和发布；首次证实在MERS冠状病毒感染过程中气道记忆性CD4+ T细胞的重要作用，并成功应用于呼吸道冠状病毒疫苗的开发，该成果在 *Cell* 杂志子刊 *Immunity* 上发表，影响因子超过20。

重大专项加强基础研究与医学应用的深度融合，以体系创新为核心，推动制定在国内具有领先水平的医学标准。制定《寨卡病毒病防治中国专家共识（2019）》，牵头制定2015版中国慢性乙型肝炎防治指南，主持编撰我国MERS防控指南；率先在国内建立具有自主知识产权的昆虫细胞—杆状病毒表达载体标准系统，达到国际水平；国际上首创高选择性"静脉复合麻醉"下的自主呼吸麻醉经胸腔镜手术模式，使部分患者可术后当日康复；建立结直肠癌筛查和疗效预后评估的芯片开发及临床应用规范，获得2016年度国家科技进步奖二等奖。

重大专项着力推进产学研合作，提升企业技术创新能力，培育一批企业成为行业龙头，获得资本市场认可。其中，广州赛莱拉干细胞科技股份有限公司成为国内第一家干细胞概念的新三板挂牌上市企业；广州市达瑞生物技术股份有限公司成为全国第一家二代基因测序领域的新三板挂牌上市企业；广州万孚生物技术股份有限公司、广州金域医学检验集团股份有限公司分别成功登陆创业板和主板；中山大学达安基因股份有限公司获国家卫计委批准为首批肿瘤高通量基因测序临床应用试点单位。中山大学达安基因股份有限公司、广州万孚生物技术股份有限公司、广州金域医学检验集团股份有限公司的检测产品和服务在我国乃至全球新冠肺炎疫情防控中发挥重要作用。

重大专项大力推动相关技术临床应用，带动一批医药创新产品的研发和产业化。其中，首次合成特异性抑制线粒体与糖酵解代谢通路的MET-709自主创新化合药物，具有抑制肺癌、胰腺癌、结直肠癌等常见恶性肿瘤与肿瘤干细胞增殖的显著效果；埃博拉病毒检测资质的实验室研发DA8600基因测序仪，作为国内首批经食品药品监管部门审批注册，填补国内测序设备领域的空白；研发出流感病毒检测试剂盒、HIV耐药分型检测试剂盒、TB利福平和异烟肼等耐药分型检测试剂盒等分子诊断产品在国内均属首次注册；率先研制5种重组腺病毒疫苗及1种灭活疫苗，完成小鼠模型免疫原性评估，为国内首创；成功研制循环肿瘤细胞分型检测系列试剂盒，其细胞保存液获得第一类医疗器械认证，人外周血非血源细胞分型检测试剂盒获得欧盟CE认证。

广州市已经启动了3期广州市医学重点学科建设工作。在广州市属和区（县级市）卫生局属医疗卫生机构中培育市级医学重点学科，通过3年的周期，建设一批具有较高技术水平和明显发展潜力的广州市医学重点学科（含专科和实验室），以点带面，形成广州市医疗卫生机构技术特色和服务品牌。

2013—2015年，广州市医学重点学科共12个，广州市惠爱医院精神科，广州市第一人民医院消化病学、血液病学，广州市妇女儿童医疗中心胎儿医学，广州市疾病预防控制中心病原快速检测实验室，广州市第八人民医院病毒性传染病，广州市第十二人民医院职业健康监护科，广州血液中心血液安全重点实验室，广州医科大学附属第二医院急诊医学科，广州医科大学附属口腔医院口腔正畸学，广州市番禺中心医院医学影像科，广州市花都区人民医院肾病泌尿学科等位列其中。

2017年，在前期重点学科建设的基础上，广州市卫生计生委启动2017—2019年周期广州市医学重点学科建设工作，确定了12个学科为广州市医学重点学科建设项目（2017—2019年）。每年对每个学科财政资助100万元，单位配套200万元，即每年财政总资助1200万元，3年总投入3600万元，用于重点学科项目开展各项科研和学科人才队伍建设，加强学科成果转化。广州市第一人民医院消化病学，广州市妇女儿童医疗中心小儿普通外科、胎儿医学，广州市第八人民医院病毒性传染病，广州市惠爱医院精神科，广州市第十二人民医院职业健康监护科，广州市疾病预防控制中心病原快速检测实验室，广州血液中心血液安全重点实验室，广州医科大学附属第二医院急诊医学，广州医科大学附属肿瘤医院肿瘤治疗学及实验肿瘤学，番禺区中心医院医学影像科，花都区人民医院肾病泌尿学科。

2020年，广州市卫生健康委启动广州市医学重点学科（2021—2023年）创建申报和评审工作，广州市第一人民医院消化病学、广州医科大学附属脑科医院精神病学（即广州市惠爱医院）等30个学科为广州市医学重点学科。

2019年7月，广州市高水平临床重点专科、培育专科授牌仪式在广州市卫生健康委员会举行。

从2019年起，广州市将用3年时间，市财政投入9000万元，重点推动20个高水平临床重点专科和7个高水平临床重点培育专科建设，全面提升疑难重症诊治能力、临床科研创新能力，努力打造一批技术一流、科研领先、人才汇聚的高水平临床重点专科。

广州市第八人民医院传染病专科获批成为广东省医学重点专科，这是全省医学重点专科中唯一的市级医院申报的专科；市第一人民医院、市红十字会医院、市儿童医院、市妇婴医院、市第十二人民医院、市疾病预防控制中心、广州血液中心等单位的11个专科被评为广东省医学特色专科，是全省获得特色专科最多的城市。

"广州医疗资源目前存在不平衡、不充分的问题，而且市属医院和省部属医院的水平仍然存在一定的差距，开展高水平临床重点专科和培育专科的建设，是为了化解优质医疗服务供给的不足。"市卫健委医政医管处处长夏海晖介绍，本次的27个高水平临床重点专科和培育专科，建设周期为期3年，是根据各市属医院的优势特长，并且考虑到与省部属医院的差异化发展而选定，3年时间里，通过财政投入和医院配套建设资金推动专科建设，其中，市财政投入9000万元，主要用于这些专科的设备、人员引进和培训、科研项目、创新高新医疗服务等，最终目的是提高优质医疗服务供给能力。

广东省目前只有3家公立肿瘤专科医院，能够提供规范、专业治疗的肿瘤专科少，省内肿瘤专科治疗缺口较大。广州医科大学附属肿瘤医院的肿瘤科入选广州市高水平临床重点专科建设名单，该院院长崔书中表示，广州医科大学附属肿瘤医院即将增加400张床位，并且全力推进设有500张床位的南沙肿瘤医院项目建设。

广州市惠爱医院精神病专业入选本批广州市高水平临床重点专科建设名单。广州医科大学精神卫生学院的教学任务由惠爱医院承担，每年招收30多名本科生，该院每年还会接收60多名精神科住院医师进行规范化培训。

目前国内精神专科医生缺口较大，有不少还是其他专业医生转岗而成，在建设临床重点专科后，该院会在人才培训上加大力度，同时在科研上进行提升。

芳村，位于广州市珠江南岸，白鹅潭畔，原称"荒村"，明末清初，遍植花果，四野芬芳，遂谐音改名。

1898年，美国基督教传教士约翰·克尔（John Kerr）在此创办中国首家精神病专科医院——惠爱医院，120多年来，医院几经更名，至今保留的还有另外3个：广州市脑科医院、广州市精神卫生中心和广州市精神病医院。

惠爱医院如今是广州医科大学附属医院，是广东省唯一一所三级甲等精神病专科医院，华南地区最大的三级甲等精神病专科医院。

医院精神医学专科位列复旦《2017年度中国医院专科声誉排行榜》第8位，华南地区第1位；中国医学科学院《2018年中国医院科技量值评价》第6位；是卫生部国家临床重点专科、广东省高水平临床重点专科、广州市高水平临床重点专科和广州市医学重点学科。拥有广东省精神疾病转化医学工程技术研究中心、广州市精神疾病临床转化重点实验室、苏国辉院士工作站和广东省博士后创新实践基地等研究平台。专科年门急诊量约65万人次，出院人次约8900人次，市外患者比例40.62%。

宁玉萍是广州医科大学附属脑科医院党委书记、广州医科大学精神卫生学院院长。2007年，宁玉萍从日本学习归来，担任该院副院长，两年后走马上任成为这家百年老院的年轻掌门人。一路走来，古老的"惠爱医院"在宁静的芳村焕发出青春的朝气和活力，成为我国精神科学术第一梯队，获得"国家临床重点专科""国家中医药局重点专科""广东省重点专科""广州市医学重点学科"等殊荣。

"神经科和精神科不能分家，应该回到一个学科里来。大脑是精神疾病的物质基础或者说生物基础，我们不能离开大脑去谈精神疾病，人的思维、情感、认知都是高级中枢神经活动的表现，一些神经科的疾病也常常会出现精神症状。"在宁玉萍看来，精神疾病现在被认为是功能性疾病，随着脑科学的发展，以后都可能发现器质性的病因，功能性疾病只是暂时的诊断。"小综合，大专科"的发展模式，是宁玉萍一贯坚持并努力发扬光大的。她认为，脑科医院决不能单纯做一个精神科，神经内科、神经外科应该协同发展，"否则医生的思路打不开，诊疗水平上不去，科研水平上不去，综合救治能力可能连一个镇医院都不如。"

2016年广州医科大学依托该院成立精神卫生学院，开设广东省内第一个精神医学专业，培养精神科的医生，特别是具备精神心理诊治和服务能力的医学人才。第一届招收了本科生32人，超重本线20分至40分，属优质生源。现每年招收30名本科生，20名硕士和博士研究生，完成了精神医学从学位教育、住院医师规范化培训到博士后创新实践基地的"一条龙"精神医学人才培养体系。

宁玉萍说："21世纪是'脑科学时代'，但精神科医生太缺了。现在全国只有不到3万名精神科医生，全国最新的流行病学调查显示，我国各种轻重精神疾患的终生患病率达到了17.5%，所以患者的就医需求是很大的。广州医科大学附属脑科医院每年招收五六十名精神科规培医生,每年用人单位来招聘都供不应求。"

宁玉萍很喜欢到大学里给本科生宣讲,吸引更多医学生从事精神医学专业,"我每年都去学校跟学生们见见面,我发现不光是老百姓,学医的孩子们对精神科也不了解,甚至害怕,有病耻感。我是院长,我亲自去讲,可能孩子们更容易理解和相信,对精神科抱有希望。"

宁玉萍特别希望年轻的医生和医学生明白,精神科医生绝不是老百姓眼里的看疯子,除了重度精神疾病,还有很多轻中度的疾病,比如抑郁、焦虑、强迫、物质依赖,还有普通人的心理问题,以及联络会诊,都需要精神医生来服务。精神医学专业首先培养的是临床医生,但是又跟"大医学"稍微有一些不同。除了要具备临床医学所有的知识技能以外,还要学习心理学和精神病学,培养的是符合精神医学临床医生、心理服务业要求,未来也有可能从事神经科学的研究、教育等方面工作的人才。所以精神医学既是医学,又是兼具人文学、哲学、心理学知识的专业。

当然还远远不止于此。从城市空间上来说,广东省的绝大部分三甲医院都在广州,因而有必要做更多的了解。

"哪个专科或专家擅长看我的病?""我这种症状适合去哪个科室看?"……广东地区名医荟萃,名院云集,然而,受限于医患信息不对称,对于广大患者而言,这些问题依旧萦绕在脑海中。

为了促进老百姓对这种救命的"硬知识"的了解,2019年底,历时10个月、来自广东909个科室共同参与角逐的"广东医院最强科室推荐2019"正式发布,广东范围内三甲医院共有69家医院上榜,最终入选的有405个专科(含59个亚专科)。

入围的最强科室推荐最终以大数据算法方式筛选而出,现场同步出炉的还有纸质版《广东医院"最强科室"推荐一本通手册》,一本通拿在手里,最新最全的广东"最强科室"一目了然，老百姓自助寻医有了更便捷的信息服务，这一份以大数据选出、经过权威发布、众多三甲医院认可的推荐名单，被誉为年度必备就医"秘籍"。有兴趣了解的朋友，在网上搜索便可获取这405个最强专科的名单。

在"健康中国"国家战略背景之下，近年来，广东大力发展高水平医院，广州作为医院云集的航空母舰，致力于打造高水平的临床专科，"老牌"专科强化优势，"新秀"专科异军突起，医疗技术的发展、专科的建设，有了日新月异的发展。

四 人才作为核动力

无论是教育,还是科研,这一切的核心都是人才。犹如航母虽然强大,但动力才是它运行的关键。这些年来广州越来越重视医疗卫生人才的队伍建设,尤其是高层次人才的培养、引进与管理。只有把人才作为医疗航母的核动力,医疗事业才能真正走向星辰大海。

"广州有座钟南山!"这是老百姓竖着大拇指说的话,中国工程院院士钟南山是无数人心中的支柱。其实,山非一日隆起,家是院士的支柱。钟家三代,钟世藩、钟南山、钟惟德,其实每个名字都闪亮。

钟南山的事迹几乎家喻户晓,我们在这里说说他儿子的故事。

钟惟德是广州市第一人民医院教授,主任医师,博士生导师,国家级百千万人才,广州市优秀专家,于2002年及2005年两度荣获广州十大杰出(十佳)青年称号,获得中国泌尿外科最高荣誉"吴阶平泌尿外科奖",中华医学科技三等奖及6项省、市国家科技进步奖,获科研基金500万元,代表中国医务界赴英、美、法、澳大利亚等国家友好交流,担任美国 *Journal of Endourology*(中文版)杂志副主编,主持主编了南中国前列腺癌及膀胱癌发展因素影响的大型系列流行病学研究,参编专著4本,发表论文100余篇,其中包括国际著名的 *Oncology*,*Proc.Natl.Acad.Sci.USA.* 等SCI收录30多篇,擅长泌尿系统恶性肿瘤、结石。

Cancer Research 是2018自然指数年度榜单(Nature Index 2018 Annual

Tables）中，11本医学类杂志之一。临床转化应用离不开扎实的基础科研成果，自然指数就是评价基础研究的重要指标。2018年6月11日，*Cancer Research* 报道了华南理工大学附属第二医院（广州市第一人民医院）钟惟德团队与美国得克萨斯州A&M大学健康中心王奋（Fen Wang）的前列腺肿瘤代谢基础研究成果。他们长期致力于前列腺癌肿瘤代谢的分子机制研究，在该领域再次取得突破，多项研究结果揭示了异常FGF信号通路在促进前列腺癌肿瘤发生中对肿瘤细胞代谢重编程的作用机制：异常的FGF（成纤维细胞生长因子）通路对乳酸脱氢酶的异构体进行调节从而实现了代谢的改变。

钟惟德课题组在前期研究中发现FGF信号通路可以预测患者的临床转归，且FGF受体缺失的细胞培养基的酸化较慢。钟惟德说："当时分析认为异常的FGF信号通路可能通过增加了有氧糖酵解活动而促进前列腺癌的临床进展。而解开肿瘤细胞与正常细胞的代谢差异是精准治疗肿瘤的重要方向，所以我们决定探索FGF信号与前列腺癌细胞代谢之间是否存在潜在的、可能的联系。"为了阐明FGF信号在细胞新陈代谢的作用，课题组构建了多个FGF受体敲除的前列腺癌细胞株，结果表明，FGF信号确实调控了乳酸脱氢酶的表达。同时，FGF信号通路在降低前列腺癌细胞乳酸生成、增加氧消耗速率方面亦有重要作用。由此可见，细胞能量代谢受FGF信号调控。通过大样本芯片的临床检测，还发现FGF调控的乳酸脱氢酶表达改变与前列腺癌患者术后短期出现生化复发、术后生存时间短密切相关。该研究成果发表后引起国内外学术界热烈讨论，《自然》杂志子刊 *Nature Review Urology* 杂志专门向钟惟德邀稿。

除了专注医学前沿的研究，为病人解决病痛、减轻医疗负担，将所研究的成果应用于临床，也是钟惟德多年研究的动力和方向。钟惟德开始了长达8年的药物经济学项目，进行疗效与性价比方面的研究。

为什么一个感冒咳嗽上趟医院要开上百元甚至更贵的药？为什么现在医院里都很少开过去便宜的老药？老药的效果到底如何？老药真的应该被新

药、进口药淘汰吗？带着这些问题，钟惟德开始了药物疗效和性价比的研究，他将有关研究成果应用于贫困地区前列腺增生治疗，在有效改善病情的同时将治疗费用降到最低。花都一个73岁的孤寡老人，病到无法排尿，只能插导尿管。如按照常规治疗，医疗费每周要100元左右，老人家负担不起。钟惟德给他使用便宜又有效果的药，每周花不到10元。

"有些老药临床历史悠久，疗效确切、副作用小，并不比一些新药差。"钟惟德说。

除了最基本的检查治疗，普通老百姓能不能也享受高科技科研成果？钟惟德给自己定下了更高的目标，他打起了"基因诊断芯片"的主意——国外已研制出基因诊断芯片，不过价格不菲，病人要花费二三千元才能检测。钟惟德动起了脑筋——能不能将原来依靠进口设备的检测系统国产化，再筛选出有用的部分，把价格降下来？

作为第一负责人，钟惟德开始与中山大学生命医学院开展"前列腺癌基因诊断芯片"研制。基因芯片将半导体工业的微型制造技术与分子生物学技术结合起来，通过把数量巨大的寡核苷酸、肽核酸或cNDA固定在一块面积极小的硅片、玻片或尼龙膜等基片上而构成。纳米金的大小约为1纳米至100纳米，即介于分子和次微米之间。一般为分散在水中的水溶胶，故又称胶体金。纳米金为球状生物相容性物质，由惰性硅质组成，表层通常包被一层薄金，可以作为杂交探针应用于单核苷酸多态性（SNP）研究，或者检测癌症等疾病的分子标记。

基因芯片不仅在检测费用上为病人直接减负，将前列腺癌基因诊断价格由数千元降低至两三百元，而且早发现、早诊断、早治疗，也可以为病人省下一笔费用。在中国有85%的前列腺癌病人发现时已是中晚期，不仅失去根治性可能，而且产生巨大费用。化疗、吃药每月要花两三千元。如果通过高科技芯片早期发现，病人则只须进行一段时间的化疗和服药。钟惟德认为创新的概念不一定是原始创新，把已掌握的科技成果运用到实际工作中，使病人获益，减轻病人负担，在相同条件下降低医疗费用同样也是创新。

2021年，钟惟德教授获国家卫生健康突出贡献中青年专家。在古代，岭南就有许多中医大家代代相承，而从钟惟德医生身上，我们看到当代岭南依然有医学大家代代相承。

曹杰教授是广州市第一人民医院的主任医师，曾获全国五一劳动奖章、第十届中国医师奖等。他从事普外临床工作三十余年，擅长肝胆、胃肠手术，对普外科的常见病以及疑难疾病、消化道肿瘤和重症胰腺炎诊治等有丰富的临床经验。尤其在PPH手术、胃癌的扩大根治术、低位/超低位直肠癌保肛根治术、腹腔镜下直肠癌根治术和保留腹腔自主神经丛的直肠癌根治术等方面有较深的造诣，在国内同行中享有一定的知名度。荣获卫生部省市科技进步奖7项，其中主持的"结直肠癌发病过程中FHIT基因表达缺失机制的研究"获得2008年广州市科技进步一等奖和2009年广东省科技进步二等奖。

一次，一位93岁的老人身患直肠癌并急性肠梗阻，病情危重，在辗转多家医院被判"死刑"后来到了市一医院，家属已经放弃了治疗希望。曹杰在仔细评估病人的病情后，仍然不肯放弃，组织专家会诊、设计最佳手术治疗方案。在征得家属同意后，曹杰亲自上手术台为病人施行高风险、高难度的手术，硬是把老人从"鬼门关"拉了回来。

直肠癌是我国常见的十种恶性肿瘤之一，大部分直肠癌病人行永久性结肠造口术后，无法控制排便排气、出现泌尿功能甚至性功能障碍等，令很多患者感到自卑和痛苦。针对这种情况，不仅要救病人的命，还要让病人在术后活得有尊严，曹杰为寻找一种新的治疗方法而不断探索。2005年9月，他在华南地区率先开展弧形切割缝合器治疗低位结肠癌取得成功，使许多低位结肠癌患者获得"保肛"的机会，不仅改善了患者的生活质量，更提升了患者的生活信心。

经过曹杰教授的不懈努力，积极推动广州市政府从2015年起正式启动大肠癌筛查工作，将其纳入"重大公共卫生项目"，每年投入3000万经费进行大肠癌筛查项目。曹杰劳模创新工作室主导创立了结构合理、流程完善的医疗机构—市区疾控中心—社区卫生服务中心三级网络早期筛查系统，带动了广州市范围内233个社区卫生服务中心（镇卫生院）、39家定点医院，为广州市11个区的适龄人口开展大规模筛查。项目开展的5年时间共完成41.38万人初筛和1.97万人肠镜，发现结直肠癌559例，其中早期癌占29.70%；另外癌前病变进展期腺瘤1583例，中/重度异型增生182例，病变早诊率达92.12%。项目取得良好的经济和社会效益，降低了广州地区在大肠癌上的医疗卫生成本，通过大肠癌社区人群宣教、筛查及科普基地的建立，提高了人们对大肠癌的认识及主动防病的意识；提高了早期大肠癌病人的发现比例，降低了大肠癌的误漏诊率，改善了病人的预后，提高了大肠癌病人的生活质量。

曹杰在分子生物学方面具有丰富的理论知识和实践经验，在国内外学术期刊上发表消化道肿瘤相关论著100余篇，主持和参与了广州市消化肿瘤重点实验室和广东省结直肠盆底疾病研究重点实验室的建设。他荣获多项卫生部省市科技进步奖，其中他主持的"结直肠癌发病过程中FHIT基因表达缺失机制的研究"获得2008年广州市科技进步一等奖和2009年广东省科技进步二等奖。

2011年，曹杰开始担任广州市第一人民医院院长。

这家医院被誉为"百年老院，国产第一"，诞生于1899年，是中国人自己创办的最早的医院，是广州的骄傲。

曹杰倒不是"学而优则仕"，他走上行医道路没多久，就开始接触行政工作。2002年，还是副主任医师的曹杰作为广州医疗机构唯一的援疆干部，在新疆哈密地区中心医院挂职副院长，两年内以普外科医生的身份完成100多台手术，填补了当地多项空白。他资助维吾尔少年读书、挽救危急患者，获得了"医德仁心"的称号。援疆工作结束了，但他的管理工作并未结束，用他自己的话说，这是"身不由己"。

经过长期历练，他既懂临床又懂管理，他说："我绝不能只重技术和临床，一定要让人才和科技创新成为科室发展的动力。"他毫不犹豫地说："人才与创新是最重要的。"自他当院长以来，医院在人才培养方面投入接近2000万元，每年都会派遣十余位中青年医生，出国研修培训，科室骨干人员定期外出交流数月，转换其固有的思维方式，把新技术带回医院。提及人才归来后的贡献，他如数家珍：耳鼻喉科的李鹏回来后尝试进行鼓膜的微创修补治疗，至今已顺利完成100余例；胃肠外科的李旺林把单孔腹腔镜手术带回广东，完成了这一技术的创新和推广；医院每年都能获得十几项国家自然科学基金资助的科研项目。这些年的成绩有目共睹：广州市第一人民医院连续四年上榜"中国医院竞争力顶级医院百强榜（2014—2017）"，连续三年获评"广东省最受欢迎三甲医院"等。

从曹杰身上生动体现出了双重力量：专业能力及其对专业人才的发掘培养能力。在专业领域做管理者，同时懂得专业与管理是十分必要的。

2018年，曹杰在北京召开的"中国医院大会"上被评为"中国优秀医院院长"。

张锡宝祖籍陕西汉中，阅历丰富，曾在"上山下乡"期间干过农活，当过国防工厂的技术工人，历经将近4年的工农生活之后，1978年他考入当时的西安医学院（现西安交通大学医学部），是当时2000余名产业工人中的极少数幸运者。进入西安医学院后，他努力奋斗了10年，于1988年获得了皮肤科专业硕士学位。之后经导师邓云山教授和叶干运教授推荐，进入了由马海德先生任主任的中国麻风研究中心免疫与病理研究室。20世纪90年代末，张锡宝被广州市卫生局作为人才引进，在广州市皮肤病防治所协助主管领导负责全所的医疗、科教和麻风现场防治等全面工作。

那个时候，广东是全国麻风的"重灾区"，麻风患者占全国登记人数的10%左右，防治任务十分艰巨，无论是流行病学资料的整理，防治技术人员的培训都需要投入大量的人力和物力。而国家卫生部门提出"要在20世纪末,全国基本消灭麻风"的目标。整个麻风防治任务犹如一座大山,压在了广东省皮肤病防治研究所身上,也压在了张锡宝身上。

谈起当年的防治历程,张锡宝说:"为了明确当地的疫情,制定确实可行的防治策略,在当时广东省卫生厅疾控处的统一部署下,短短的两三年内,我们几乎走遍了全省的每一个角落。特别是几个麻风横行的重点地区,如东莞、汕尾、揭阳、湛江、韶关。我与科室的徐耀华、杨立刚等同伴一起对全省80%以上县级防治机构的专业防治人员进行了规范化的培训,统一整理了流行病学资料,并对当地防治工作重点进行了技术指导。"张锡宝说自己当时还与世界卫生组织及国家卫生部的专家一起,选择广东的东莞和潮州两个地级市,深入到乡镇人家,调查和了解麻风流行的实际疫情,认真细致地评估全省的麻风防治形势和基本消灭麻风的可行性。

经过大量的实地考察和现场调查,广东省最终对全省麻风防治形势做出了客观评估,提出了切实可行的防治策略。让张锡宝感到欣慰的是,在不断的持续努力之下,广东省的麻风防治工作得到了有序的推进。此后,在有条件的市县,逐步开始分期分批进行基本消灭麻风的验收;并在验收中不断积累经验,因此又促进和改善了其他重点和难点地区如韶关、湛江、揭阳、汕尾、东莞等地区的麻风防治工作。正是凭着踏实严谨的精神,省皮防所在极度艰难的环境下,不断向目标推进,最终使防治工作达到了预期的效果。

2006年,张锡宝出任广州市皮肤病防治所所长。广州市皮肤病防治所在专业工作上有了新的突破,包括临床、科研和教学工作与之前相比都发生了明显的变化。2000年,该所完成了广州市8区4县全部基本消灭麻风的验收,有效地控制了性病流行状态。皮肤科临床门诊的业务工作则由2000年的20余万门诊量,增加到2015年70余万。近10年全所科研工作获得了包括国家自然科学基金在内的各级基金100余项,省部以上各级科学成果奖20项,硕士导师6人培养专业硕、博士生40余人。广州市皮防所作为皮肤、性病专业防治机构，被卫生部确定为广州地区唯一的性病防治监测中心，全国7家性病防治监测医院之一，承担着广州地区84个性病监测点的人员业务培训、技术指导、继续医学教育、全市皮肤病性病的诊治规范、麻风病性病的病例报告及疫情监测等工作，负责省市级皮肤病、性病的部分重点科研项目。

皮防所在皮肤常见病、多发病、疑难罕见病的诊治方面，都有着自己的专长；在顽固性皮肤病、白癜风、慢性前列腺炎及性病防治方面，有着深入的研究；对中重度银屑病等疾病的诊治，也有自己的独到之处（临床治愈率均达到95%以上）。同时，作为广州医科大学、广州中医药大学专业实习点、广东医学院教学基地，广州市皮防所为社会培养了一大批医学专科人才。

张锡宝于2001年开始临床硕士研究生的带教工作，他先后指导硕博研究生20余人，发表180余篇专题论文，其中SCI文章30余篇；有关维甲酸在儿童疾病的临床应用研究成果，被国际标准版的 *Pediatric Dermatology* 教科书引用。他注重培养学生踏实严谨的治学精神，他说，这也是自己对导师和老一代专家治学精神的传承："尤其是我们单位的主任马海德先生和导师邓云山先生，对我一生影响很大。"

2014年7月，为更好地培养医学专科人才，在广州医科大学的支持下，"广州医科大学皮肤病研究所"和"广州医科大学皮肤性病学系"成立，并于同年10月举行了揭牌仪式和举办"广州医科大学皮肤性病研究生论坛"。2015年11月，广州医科大学又与苏州大学联合举办了第二期皮肤性病研究生论坛。张锡宝重视培养人才，重视这些育人项目，在他看来，研究所的成立、论坛的举办对于皮肤性病研究生的培养，对加强与国内各医学院校的业务联系与协作、促进业务交流都发挥了十分重要的作用。从他身上，显示了广州"不拘一格降人才"的气度与魄力。

过去，广州市卫生局直属单位普遍存在高层次领军人才欠缺，与广州地区省部属医疗卫生机构相比差距比较大，限制了专业发展，降低了单位竞争力。不少医疗机构护理人员数量不足、流动性大，存在医疗质量和安全隐患。通过不断建立完善规章制度，促进人才队伍建设的规范化、制度化。广州市卫生局多次修订《广州市卫生局优秀科技人才管理办法》《广州市高层次卫生人才引进培养项目实施办法》，制定了《广州市医药卫生科技项目管理办法》《广州市卫生局重点专科建设管理办法》和《广州市卫生局选送参加香港大学公共卫生硕士学位学习的办法》等规定，促进科研进步、专科发展和人才队伍建设。

《广州市卫生局优秀科技人才管理办法》（以下简称《管理办法》）自1991年出台，先后修订6次。《管理办法》逐步规范完善，明确选拔范围和条件、选拔程序、管理内容、管理周期、组织领导等内容，形成了完整的管理体系。早期获得全国五一劳动奖章和模范护士、省市劳模，或承担一定层次的学术职务、公开发表或出版学术论文和著作都是选拔条件之一，后逐步取消，2012版选拔条件仅包括获得科技奖项、取得科研立项、担任重点专科（实验室）负责人三方面的内容，体现了科技人才的"纯粹性"和"含金量"。强化注重人才能力和工作实绩的观念，提出"特别优秀的专业技术人员可以破格申报"，使群众认可、行内公认的临床实用型人才和科研创新型人才一样有机会列入管理和培养。一方面，将获得国家、省、市各类高层次人才称号的人员直接纳入局优秀科技人才管理队伍，做到各级人才同步管理、顺利接轨；另一方面，对护理专业、青年人才和区（县级市）级卫生人才有所倾斜，在制定选拔条件时坚持对护理专业技术人员适当降低要求。1999年、2001年选拔条件中曾提出"年龄在40岁以下获广州市科研进步奖三等奖以上者"可纳入管理，对优秀青年人才放宽条件。自2007年起将区（县级市）卫生局直属单位人员纳入选拔范围，加大对区（县级市）级卫生人才的扶持力度，2012年在优秀科技人才中，区（县级市）卫生局直属单位人员占3.64%，扩大了活动的覆盖面和影响力。

广州市卫生局优秀科技人才管理有专门的文件、专门的机构、专门的人员和专项经费，为管理工作制度化、规范化建设奠定了基础。优秀科技人才管理工作以《管理办法》为依据，成立了市卫生局优秀科技人才管理领导小组，日常工作由局组织人事处专人负责，各区（县级市）卫生局和局属单位也相应成立管理小组协助开展工作，形成了完善的组织架构。《管理办法》同时明确了退出机制，有调离、退休等5种情况者不再列为管理，有学术、业绩造假等5种情况者撤销资格和荣誉称号。

2012年，广州市卫生局与财政局筹备设立优秀科技人才专项经费，制定经费管理办法，进一步保障经费来源、规范经费管理。广州市、区（县级市）卫生局有"新世纪百千万人才工程"国家级入选2人，卫生部有突出贡献中青年专家1人，享受国务院政府特殊津贴专家17人，广州市杰出专家2人、优秀专家9人、"121人才梯队工程"后备人才11人；近两年获评国家临床重点专科3个，国家中医药管理局"十二五"重点专科4个，广东省临床重点专科7个，广东省"十二五"医学重点学科（实验室）和中医重点（特色）专科共44个；2012年获得国家科技进步奖二等奖1项、省科技进步奖7项、市科技进步奖8项，同时成功申报国家自然科学基金课题26项，创历史最高水平。

2015年，根据《中共广州市委、广州市人民政府关于加快吸引培养高层次人才的意见》（穗字〔2010〕11号）、省卫生厅等6部门《关于加强卫生人才队伍建设的实施意见》（粤卫〔2011〕22号）等文件精神，广州市卫生计生委制定了规范性文件《广州市高层次卫生人才引进培养项目实施办法（试行）》（以下简称《实施办法》），并启动第一次高层次卫生人才引进培养项目。《实施办法》计划5年内引进、培养20名医学领军人才，在市、区属医疗卫生机构选拔培养120名医学重点人才、100名医学骨干人才。《实施办法》试行以来至2017年，在市属、区属医疗卫生机构中，共引进培养6名医学领军人才，选拔培养194名医学重点人才、60名医学骨干人才。

2017年下半年，根据中央《关于深化人才发展体制机制改革的意见》及省、市关于建设人才高地、加强高层次人才队伍建设的精神，结合2015—2016年全市高层次卫生人才评审工作情况，广州市卫生计生委对原《实施办法（试行）》进行了修订，并在广泛征求相关部门及社会公众意见的基础上，经报市法制办审核通过，于2018年1月印发了《广州市高层次卫生人才引进培养项目实施办法》（穗卫规字〔2018〕2号）。至2017年12月，市卫生计生委在管理期内有6名医学领军人才、120名医学重点人才、56名医学骨干人才。根据《实施办法》规定，对管理周期内的医学领军人才、医学重点人才、医学骨干人才分别给予资金资助。

2020年6月，根据广州市政府机构调整改革情况，广州市卫生和计划生育委员会对2018年1月发布的《广州市高层次卫生人才引进培养项目实施办法》再次进行了修订。每年开展一次广州市高层次卫生人才引进培养项目人才选拔工作。计划5年内在市属、区属医疗卫生机构（含企事业单位医疗机构和民营医疗机构）和广州医科大学附属医院及本部（本部仅限从事医学研究工作岗位）引进、培养20名左右医学领军人才。5年内从现有市属、区属医疗卫生机构，广州医科大学附属医院及本部的在职专业技术人员中选拔培养100名医学骨干人才，每年支持120名医学重点人才。

医药卫生人才犹如核动力，是推动医疗卫生事业改革发展、维护人民群众健康的根本性驱动力。

广州市积极探索柔性引才模式，大胆创新、制定特殊优厚措施引进高层次人才，敢于打破学历、资历和年龄等因素的限制引进紧缺专门人才、优秀应用型人才，采取了多种形式吸引国内外高层次人才开展科研和学术交流与合作。这些人才将在广州，在未来，实现一个又一个医学奇迹。

| 第六章 |

创造产生趋势

谁都知道，互联网技术已经改变了世界。尤其是进入新世纪以来，任何一个领域只要借助互联网的技术，都会焕发出崭新的光彩。

医疗行业自然也不例外。

广州一直是互联网技术的领先者与主导者之一，从当年的门户网站网易到现在每个中国人都在使用的微信，都是诞生在这座城市。所谓"近水楼台先得月"，因此，广州的医疗行业从一开始就勇于拥抱这场科技革命。

随着科技的进一步发展，互联网的技术也在不断升级。大数据时代到来了，人工智能时代也曙光在前，它们已经植根于现代生活的内部，深深改造了每一个中国人的生活。那么，今天的医疗发展如果不跟新技术结合，注定会失去一次无比重大的发展契机。而广州，在这方面一直保持着灵敏度与警觉性。

在现代的科技条件下，追随是艰难的，因为一次掉队，就意味着一系列的掉队。所以，与其追随，不如创造，是创造、发明在引领潮流。技术发展的趋势完全产生于创造，一次创造便足以改变历史的方向。

一 "互联网+"怎会少医疗

广东省2018年印发了《促进"互联网+医疗健康"发展行动计划（2018—2020年）》，明确提出，到2020年，全省三甲医院全面开展"互联网+"医疗服务，被誉为开启"指尖上的医疗"时代。

互联网技术在不断进步，医疗模式在不断创新，它们的目的却不曾改变：让老百姓少跑腿，让看病更便利。

广东省内互联网医疗"最早吃螃蟹"的人，广东省第二人民医院党委书记、院长田军章表示，广东有望打造出"全国互联网+医疗健康"高地。

2014年10月25日，全国首家网络医院——广东省网络医院在广州诞生，广东省第二人民医院是这家网络医院的"母体"。

2017年，广东网络医院在全省21个地市58个县域设置网络医院分院19家，配有专职网络医生176名，兼职医生553名；在全省范围内建立标准线下就诊点13987个，覆盖村卫生站、乡镇卫生院、社区医疗服务中心、连锁药店、物业小区、学校医务室、企业门诊部、监狱卫生所、海关医疗站、部队卫生队等。

2018年，网络医院每天接诊患者超过33000人次，共为839万余名群众提供网络诊疗、咨询服务，开具电子处方763万余张，每张处方的药费平均约60元，不到广州市普通门诊每张处方金额的四分之一。在800多万的问诊量中，没有一例医疗纠纷。随机抽样20万患者满意度调查，总体满意率达到96%；不满意的主要原因是网络不流畅和排队时间长，占不满意率的80%以上。

2020年的新冠肺炎疫情极大地改变了患者的看病模式，为了减少患者聚集，先预约，后看病模式全面实施。二级以上医院普遍提供智能预约挂号、导医分诊、预约检查、检查检验结果查询、取药配送、移动支付等智慧医疗服务。广东的互联网医疗不仅在疫情防控中发挥了独特作用，在改善就医体验、优化资源配置、提高医疗服务效率和质量等方面更是发挥了重要作用，构建覆盖诊前、诊中、诊后，线上线下一体化服务模式。

"医院看病，药房取药"是患者到医院看病的传统就诊流程。如今患者可以拿着由医生开出，并经过医院药师审核的处方，可以选择就近的药房取药，或者可以选择邮寄上门服务，外地患者就诊结束后可以直接回家坐等药物上门。传统就诊流程和医院"以药养医"的模式被打破。

自2017年起，在广州市妇儿医疗中心门诊就医的成人患者不再在医院药房取药，而须移步院外的广药集团大众医药妇儿中心店。这是"医药分家"政策在广东地区首个正式落地试运行的试点。

患者拿到处方后，可以在人工柜台、自助缴费终端或手机上完成缴费的流程，有医保统筹的话也可以照常享受优惠，"这个过程与之前是一样的，然后患者拿着处方到院外药房，在取药机上刷一下条形码就能取药了。"

"药师需要花1分钟审核方子，然后再花1～2分钟配药，如果拿药的人比较多，等待时间就会顺延。"药房有8个拿药窗口，储存的药物可供两三天使用。并非所有的成人药品都可以在院外药房取，精神病、麻醉、急诊、境外用药等特殊用药，患者还是要到医院二楼西药房拿药。"

广州市妇儿医疗中心副主任冯琼解释："把药房彻底分离到医院外，医院和药店是两个不同的经营主体，可以说是真正意义上的医药分家，目前广东省内我们算是第一家，这也是国际上通行的做法。这是响应国家医改的号召，更是优化医院就诊环境，提升患者就医体验的一个举措。"

市妇儿医疗中心目前的定点合作药店广药集团大众医药是国企，以前也是市妇儿中心的药品供应商之一，药店通过食药监部门一系列审批程序才能开张运营，所供应的药品也统一在全省的阳光采购招标平台上采购，"所以药品质量和安全肯定是有保障的，同时医院还会对整个发药环节进行监控。"至于药品价格，药店实行的是政府最高限价。"也就是说，药店里药品的价格绝不会高于以往医院的定价。"

对于患者来说，到医院就诊从挂号到医生问诊的流程都是一样的，结算和缴费也和以往一样可以通过人工柜台或手机支付完成，最大的变化就是缴费后不用再像以往那样留在门诊大厅内等候取药。

"以往患者从缴费到取药大概要等候20~30分钟，但现在只要步行5分钟到院外药房，等候两三分钟就能拿到药。这样一来患者在医院停留的时间大大缩短，对于就诊环境和就诊体验来说是一种很好的改变。"冯琼说。

针对患者反映突出的"候药难""煎药难""煎药质量保障难"这三难问题，被誉为"南粤杏林第一家"的广东省中医院联合康美药业于2015年6月上线了全国首家"智慧药房"，医院通过HIS系统链智慧药房，进行处方实时传送，为患者提供中药煎煮、制剂加工、配送、咨询等一站式综合药事服务。

广东省中医院坚持共建共享理念，进一步开放处方外配、信息共享、服务外包，借力区域药房超市、煎制中心、配送中心，改造传统药品保障流程，打造送药上门、药事咨询等一站式药事服务平台，提高患者就诊取药便利性和获得感。

2017年末，广东省内19家大型医院、国药集团等5家企业参与这一服务模式，并复制到国内265家医疗机构开展合作，累计处理处方超过380万张，服务患者约135万人。

自对接智慧药房服务以来，如今在医院就医取药时间不超过半小时，省时又省力。同时，智慧药房服务也为医院节约了大量人力、空间场地成本，节省运营资金，提高了门诊的流通量，获得众多医院的认可。

广药大附一院的医生与连南医院的医生通过远程医疗系统实现了远程病历质控、远程影像诊断、AI远程病理诊断等"跨越空间"的业务交流。40岁的盘女士因发现左侧乳房肿物，到连南医院普外科入院治疗。经检查诊断，盘女士左侧乳腺有一大小约2厘米×1厘米×1厘米的肿物。盘女士在连南医院普外科接受肿物切除手术。取出肿物后，当地病理技术人员进行标准化处理后，扫描上传至AI远程病理诊断系统，系统分析出了初步诊断数据，并远程传输至广药大附一院病理科。广药大附一院病理科专家在线阅片再次分析，最终得出病理报告——左乳浸润性癌，并立刻传输回连南医院。连南医院手术专家根据病理结果，在术中即对盘女士进行相关的肿瘤清扫处理。从病理送检到最终出报告，仅耗时30分钟，基本跟在三甲医院手术的术中病理时间一致。

2014年7月，广药大附一院全面托管连南医院医疗，通过"造血"帮扶，加上"互联网+""云技术"等现代技术的助力，显著提升了连南医院的医疗、管理水平，并创立了省—县—镇紧密结合型医联体模式（又称"广药模式"）。2017年10月，广药大附一院启用全省首个人工智能远程病理诊断系统后，让连南医院就诊患者在家门口就能得到大型三甲医院的病理诊断，免去了奔波之苦。至2018年，广药大附一院与连南地区8家医院共同成立了云信息中心，正式实现包括病历质控、影像、病理和检验检查结果互认，不仅提升基层医护人员医疗技术和护理水平，还真正减轻了病人负担、解决当地百姓"看病难、看病贵"问题。

通过互联网开展医疗，服务慢性病、常见病、多发病和术后康复患者，使基层和边远地区的群众享受到城市大医院的优质医疗服务，部分缓解了基层医疗机构人力、物力、财力不足问题,将县级人民医院、乡镇卫生院、社区医院和村卫生室形成一个四级医疗闭环,破解了医改工作中医疗资源共享、优质医疗卫生资源下沉、分级诊疗、公共卫生推动、"三医"联动等难题,为破解改革"深水区"的棘手问题做出了极具价值的探索。

5G技术的兴起,推动医疗健康产业的高质量发展,极大丰富了"互联网+医疗"的内涵,提升了医院的服务能力和服务水平。

2020年3月,国家发改委和工信部联合印发《关于组织实施2020年新型基础设施建设工程(宽带网络和5G领域)的通知》,在七项5G创新应用提升工程中,居于首位的便是"面向重大公共卫生突发事件的5G智慧医疗系统建设"。"新基建"的加快实施,为5G智慧医疗按下了快进键。截止到2019年12月,全国开展"5G+医疗"的医院已超过300家,在业界看来,5G TO B的规模化应用已从5G智慧医疗开始。

早在2019年3月,广东省人民医院携手中国移动通信集团广东有限公司、华为技术有限公司三方在广州签署《5G智慧医疗的战略合作协议》,三方共同打造国内领先的5G应用示范医院。这意味着"5G+智慧医疗"在广东正式落地。

5G作为新一代信息通信网络,具有高速率、低时延、高容量的特点。当5G为医疗行业领域铺设一张超大带宽、超低时延、超多连接、安全可靠的移动基础网络时,其将为医疗健康带来更大的场景应用。"之前要排队挂号、看医生、付费、拿药,以后这些流程将集中一次就可办完,连药物都可以送到家里,甚至遥控机器人就可以做手术。"广东省人民医院院长余学清说。

5G应用后,老百姓看病将会发生哪些变化呢?建设5G绿色院前急救通道,将通过5G网络高效规划切片能力,实现最优急救诊疗流程设计以及患者生理数据实时无损传输,为医院120急救车"铺路",争分夺秒抢救生命。慢病患者可在家中享受高清视频问诊、续药服务,且药品可自动配送到患者手中或者实现到店自提,实现看病不出门。

中国移动广东公司将结合大数据和人工智能，配合提供远程多学科视频诊疗、移动式远程急诊急救、互联网化的医联体连续医疗等服务。华为技术有限公司则发挥自身在芯片自主研发设计、极简网络、全场景AI以及全新材料工艺的优势，打造高清视频会议系统、敏捷网络方案及大数据影像存储平台等应用平台。广东省人民医院目前正在进行5G基站的建设和设备更新，在门诊实现一体化的智慧医疗服务。

2020年12月25日，广州医科大学附属第三医院和中国移动通信集团广东有限公司在广州科学城会议中心举行"5G智慧医院"战略合作签约仪式，携手开展5G智慧医院信息化建设项目，全力打造成全国医疗行业的5G智慧医院新标杆。双方在黄埔区政府领导的见证下，完成了签约仪式，标志着广医三院5G智慧医院的开启！

中国移动广州分公司副总经理魏力在致辞中表示，广州移动将加大资源投入，充分发挥5G资源优势和技术优势，推动5G+应用场景开发，打通医院历史健康数据和实时体征数据的链接，全面促进广医三院及相关院区的信息化升级，推动医疗运行更安全、医院管理更高效、群众就医更便捷，促进优质医疗资源加快覆盖，更好地为医疗行业服务。双方将共同整合投入优势资源，充分发挥5G、人工智能、物联网、云计算、大数据、边缘计算等信息技术手段，在提升患者就医服务体验、优化服务流程、升级院内核心系统等方面，共同推进广州医科大学附属第三医院包括新建黄埔院区（广州医科大学附属妇女儿童医院）、广州医科大学第三临床学院、广州妇产科研究所在内的5G智慧医院建设。

黄埔院区的"5G智慧医院"将覆盖中国移动的5G专网，实现医疗数据不出院，院内敏感数据本地云化储存和计算。通过边缘计算平台，为远程会诊、远程超声等时延敏感型业务场景，提供超低时延专属网络服务。通过搭建互联网医院，实现患者的线上预约、远程诊疗等需求。同时，互联网医院的妇幼系统，将重点体现黄埔院区作为妇女儿童医院的特色，大大方便妇女儿童的就医、看病、日常保健等各方面需求。

当前国内新冠肺炎疫情整体趋于好转，但抗击疫情的战役远远还没有结束。新冠肺炎疫情防控期间，5G在医疗领域的应用快速落地，不断创新医疗场景，成为疫情防控中强有力的"武器"。建设基于5G网络的智慧医疗系统，能够实现患者与医护人员、医疗机构、医疗设备间的互联互通和信息实时共享，促进医疗资源高效配置，是我国未来新一轮基建的重点方向。

2019年6月14日，广东省全国电子健康码广州市首发活动，在广州市第一人民医院举行。

居民电子健康码的普及应用，不但能够全面实现实名制就医、公共卫生管理和健康服务的"一码通"，还能解决目前普遍存在的医疗机构"一院一卡、重复发卡、互不通用"现象，破解群众就医的堵点问题。居民电子健康码首发仪式标志着广州市居民持卡接受服务进入了电子健康码时代，也标志着广州市"互联网+医疗健康"工作、健康医疗信息惠民服务进入了一个新的发展阶段。

2021年，广州市为了更好地推进新冠疫苗接种工作，为方便市民，"广州健康通"同步上线新冠疫苗接种预约服务。市民通过"穗康"小程序和"穗好办"APP，链接到广州健康通，也可以实现预约。

为解决疫苗接种信息系统网络拥挤、故障频发以及手工登记烦琐缓慢等问题，广州市番禺区自主开发单机版"新冠疫苗接种离线登记系统"。省疫苗流通和接种管理信息系统故障时，可即时切换该系统进行数据录入，并支持兼容省、市系统身份证和医保读卡器，操作人员增补联系电话等必要信息后即可打印接种单。省系统恢复后，可导入离线数据完成数据归档。广州市卫健委疫苗接种专班信息保障组已将该系统推广到花都、海珠、天河、从化、黄埔等区，进行应用。

广州市在"互联网+"战略背景下，推动了广州互联网医院开放平台的落成，一经发布，便吸引了多家知名医院和一批顶级院士、专家的加入。广州互联网医院承建方、微医董事长兼CEO廖杰远介绍，广州互联网医院既是政府审批的医疗机构，也是一个开放的互联网医院平台。

在广州市政府的领导下，广州互联网医院将成为全省老百姓健康管理的主入口。全广州医疗机构都可在这一开放平台开通"线上院区"，并帮助全市的医生以多点执业形式开通"在线诊室"。在极具改革创新力量的广州，这一互联网医院的"广州模式"将引发全国关注。论坛现场，广州互联网医院与华南服务规模最大的医疗机构——广东省中医院强强联合，在共建名医会诊中心、名医手术中心等方面进行深入合作。广东省中医院副院长邹旭表示，互联网为医疗插上了"翅膀"，使广东省中医院的影响力走向全国，助力"互联网+中医"腾飞与中医脉络的传承。互联网医院凭借跨区域连接及服务优势，正成为广东省健康扶贫的重要抓手。

广州互联网医院是北上广三大高地的首个互联网医院。广东省国内生产总值（GDP）、人口总量排在全国首位，城镇化率仅次于沪京津三地，具备发展互联网医院的"天然细胞"。由政府推动建设的"广州经验"有望在全国更多医疗高地落地开花。

二 制药还制造其他

抗生素自发明以来，一直是欧美国家的看家产品。中国市场上的头孢菌素类产品，几乎都是由外国人发明、首先在外国使用、后来被引进中国的。20世纪70年代末，我国第一个也是至今唯一一个拥有自主知识产权，具有新型结构的半合成头孢菌素——头孢硫脒（商品名：仙力素）才面世。但由于种种原因，一直未能实现头孢硫脒产业化。

直到2000年，这个垄断才被打破，由中国人自主研发的头孢硫脒正式进入市场。

创造这个奇迹的，是广州医药集团股份有限公司旗下的白云山制药总厂。

20世纪90年代后期，白云山制药把一个"冷藏"了20多年的老产品头孢硫脒挖掘出来，作为重点开发的目标。这一决策让业内很多人不解——他们认为，头孢硫脒属于第一代头孢菌素，而现在第二代、第三代甚至第四代产品都已经或即将上市了，为什么一向具有超前意识的白云山制药还热衷于搞第一代产品？

其实，这是白云山制药通过深入的市场调研后做出的慎重决定。因为他们深知头孢硫脒的特殊性，洞察到这一老产品在新的市场环境下所具有的广阔前景。

目前全球已有50多个品种的头孢菌素类抗生素上市，按发明年代的先后和抗菌性能的不同而分为五代。其中第一、二代头孢菌素由于疗效确切、价格低廉,是临床一线用药,也是市场销售额与数量规模最大的一类头孢菌素。作为第一代头孢菌素的代表品种,头孢硫脒在治疗革兰氏阳性菌、肠球菌和耐甲氧西林金葡球菌等方面的疗效比第二代、第三代头孢菌素更胜一筹。尤其是它可以作为抗感染的一线用药,部分替代"王牌产品"万古霉素,达到减少使用万古霉素的目的,从而减低或延缓其耐药性。随着近年来世界范围内耐药性问题的日渐严重,老产品迎来了新的市场机遇,头孢硫脒显示出其优越性,市场需求急剧上升,迅速跻身总厂亿元产品群,为推动企业持续发展做出了重要贡献,荣获2007年度国家技术发明奖二等奖,2008年第十届中国专利优秀奖。

根据中国医药工业信息中心PDB药物综合数据库,2005—2016年,头孢菌素类抗生素在抗感染药物治疗大类中销售占比始终保持第一,2016年销售额达130.10亿元,销售占比为38.97%。头孢硫脒上市后近5年稳居第一代头孢菌素销量榜首,2016年在国内重点城市医院销售额6.10亿元。

头孢硫脒化学结构非常特殊,产品稳定性差,生产工艺难以控制,工业化难度较大,白云山制药针对头孢硫脒的生产过程、用途等,申报了发明专利,并继续对头孢硫脒进行结构改造,开发出二代产品"me-too"新药头孢嗪脒钠。

头孢嗪脒钠属于化学药1类新药,是在头孢硫脒的基础结构上改造而得的全新化合物,在国内处于首创地位。与头孢硫脒相比,头孢嗪脒钠保持了对革兰阳性菌的强大抗菌活性,特别增强了对链球菌属(包括青霉素不敏感肺炎链球菌)的抗菌活性,同时增强了对嗜血杆菌和卡他莫拉菌等革兰氏阴性菌的抗菌活性,对耐药肺炎链球菌有效,治疗社区获得性肺炎具有较大优势。研究结果表明头孢嗪脒钠抗菌活性强,毒性低,稳定性好,半衰期较长。

头孢嗪脒钠项目2009年获得科技部重大新药创制专项,并连续获得国家科技部"十一五"和"十二五"重大新药创制专项专题资助,2项中国发明专利授权。2010年获美国发明专利授权(US7,700,581),标志着这项研究成果达到了世界级水平。

经过十年耕耘,2018年1月,白云山制药自主研发的头孢嗪脒钠获得临床批件,成为我国近20年来自主研发唯一成功获批的头孢类1类新药临床批件,并已于2019年10月启动I期临床研究,为注射用头孢嗪脒钠的临床试验之路打响了第一枪。白云山制药同时拥有了国内仅有两个国家原创头孢类抗生素新药,成为全国制药界的领头羊。

白云山制药只是广州医药科研创新的一个缩影。在生物医药产业作为广州重点发展的战略性新兴产业之一,也是最有可能培育成为支柱产业的战略性新兴产业。广州近年聚焦发展生物制药、现代中药、医疗器械等重点行业,干细胞与再生医学、体外诊断、精准医疗等领域,高新技术应用广泛,产业竞争力不断增强。

在现代中药细分领域,白云山制药是南药代表;生物学及细胞治疗领域,香雪制药以抗病毒口服液、板蓝根等中成药为主导,积极布局精准医疗,推动TCR为核心的免疫治疗药物产业化;百济神州作为广州重点引进项目,定位肿瘤免疫药研发和生产;在生物3D打印领域,迈普医学是中国首家运用生物3D技术开发植入医疗器械的企业;在医学检验领域,金域医学是国内第三方医学检验行业规模最大的龙头企业。在精准医疗方面,达安基因以分子诊断技术为主导,主要产品为无创产前诊断。体外诊断领域,万孚生物专注POCT产品。另外,还有CRO、CDMO外包服务,博济医药提供了药品、器械、保健品研发与生产全流程一站式外包服务。

2017年,广州市委、市政府确定广州市实施"IAB"计划,即发展新一代信息技术、人工智能、生物医药等战略性新兴产业,打造若干个千亿级产业集群。按照市政府的部署,由市发改委牵头,在IAB产业行动计划框架下聚焦生物医药产业，制定了《广州市加快生物医药产业发展实施意见》（以下简称《实施意见》），进一步提升各类市场主体的政策获得感和满意度，加快将生物医药产业培育成为广州市新的支柱产业。

2018年12月底，广州市共有药品生产企业3167家、医疗器械生产企业2575家，获得上市许可注册的药品数量3495个，通过仿制药一致性评价的品种数累计11个，二、三类国产医疗器械注册证数量累计4113个。2018年广州医药制造业实现产值313.84亿元，同比增长8.1%，位居大湾区九城第一梯队。而且与大湾区其他多数城市以医疗器械为主不同，广州的企业中药品企业占比更多，在中药和生物药方面具有较强优势。

到2020年，广州生物医药产业已有生物医药企业3700多家，包括175家药品生产企业和1110家医疗器械生产企业。2020年一季度广州上市公司中盈利且同比增长的企业有39家，其中医药生物企业有7家。这些医药科技企业的发展也为抗击新冠肺炎疫情打下了坚实的基础。经过多年发展，广州生物医药产业作为广州最有培育基础和条件、最有潜力的战略性新兴产业之一，保持年均10%左右的增速，根据《广州市生物医药产业发展五年行动计划（2017—2021年）》，到2021年，广州生物产业规模实现5000亿元，增加值达1200亿元，占GDP比重超过4%，2022年产业规模有望超过1800亿元。

广州生物医药产业聚集态势明显，形成以广州科学城、中新广州知识城、广州国际生物岛"两城一岛"为核心，健康医疗中心、国际健康产业城、国际医药港等产业特色园区协调发展的"三中心多区域"的生物医药产业格局，黄埔区、广州开发区成为广州生物医药产业"主战场"。2017年以来，大批"两城一岛"生物医药三大产业集聚中心产业带创新能力凸显，助推广州抢占全球生物医药产业的发展制高点。

2020年GDI智库发布"广州生物医药企业创新Top50榜（2019）"，通过专利指数、学术指数、质量成长指数、产学研指数和影响力指数等五大指数，科学评价广州生物医药企业的创新能力。从入选"创新Top50榜"的广州生物医药企业的数量看,黄埔区的企业最多,占比达68%;其次是天河区,占比14%;番禺区和从化区并列第三,占比均为4%。排名前五的企业中,有3家来自黄埔区,分别为广州赛莱拉干细胞科技股份有限公司(第一)、广州市香雪制药股份有限公司(第三)、广州万孚生物技术股份有限公司(第五);位于海珠区的广州金域医学检验中心有限公司和位于荔湾区的广州医药集团有限公司分别排名第二和第四。

"我把干细胞研究和产业化当作终生事业,将用一生的时间推动研发中国人自己的干细胞新药,治病救人,造福人民。"这是广东省赛莱拉干细胞研究院院长陈海佳的毕生使命。从基层打拼的化妆品企业家,到进军干细胞研发与产业化这一新兴领域的创新创业者,再到参加全国两会为科研创新建言献策的全国政协委员,陈海佳身份的变化,与我国新兴科技的快速发展密不可分。

2019年,作为全国政协委员的陈海佳准备了两份提案,分别是建设大湾区全球干细胞生态圈和开通干细胞新药审批绿色通道,这与他2018年建议建设国家干细胞库的提案一脉相承。过去一年里,中国在干细胞领域正在不断取得新进展。

在2018年的一份提案中,陈海佳建议,加快建设国家干细胞库,为健康中国护航,并在新三板试点差异化表决机制,助推创新型企业发展。这份提案得到了政府的高度重视。在相关部门的积极支持和陈海佳的积极奔走下,广东省省级区域细胞制备中心建设项目在广州顺利推进。陈海佳牵头举办的国际(广州)干细胞与精准医疗产业化大会,吸引了包括诺贝尔奖得主、中外院士专家在内的科学家、临床专家、企业家;国家药监局重新启动对干细胞新药的受理,6个干细胞新药进入临床试验。

干细胞与再生医学是生物医药与健康研究领域的新兴学科,是通过研究干细胞分化以及机体组织的创伤修复与再生等机制,寻找促进机体自我修复与再生的新途径，并最终达到利用干细胞来构建新的组织与器官的目的，从而实现器官损伤性疾病的修复性治疗。近年来，干细胞与再生医学领域国际竞争日趋激烈，已成为衡量一个国家生命科学与医学发展水平的重要指标。建设粤港澳大湾区全球干细胞生态圈，可以汇聚全球干细胞创新资源，实现更高效的产业转化、协同发展。他建议加强对科研单位在干细胞新药研发方面的政策指引、研究培训，让科研信息和行业信息充分流动，提高新药研发效率。

"干细胞属于一个创新型领域，还有很多的路要走。"虽然干细胞领域已取得很大进展，但陈海佳仍保持冷静。他说，这一研究在国内还处于临床试验阶段，不过，从事干细胞产业化是他毕生的追求，是一种责任和使命。"干细胞可以治疗神经损伤和很多罕见病，包括在艾滋病、癌症等重大疾病治疗上都有巨大空间，这些都值得用一辈子去研究。"

梁耀铭是广州金域医学检验集团股份有限公司董事长兼总经理。他带领的金域检验开启了我国第三方医学实验室先河，建立了中国最早的第三方医学实验室，成为中国第三方医学检验服务发展模式的开创者，是中国最早进入医学检测服务外包领域的企业，也是中国首家同时通过美国CAP认可和ISO15189认可的医学实验室。

但在梁耀铭决定进入医学检验行业的20世纪90年代末，很多人认为靠医检服务赚钱是"异想天开"。1988年毕业于广州医学院的梁耀铭选择了留校工作，并先后任职教务处和科研处。据他回忆，当时校办企业非常红火，而广医又没有相应的企业，后来在学校的支持下，广医创办了校办企业，他后来也担任了校产办主任，负责校办企业的营运。

1994年，本土保健品"太阳神"口服液风靡全国。在看到"太阳神"的成绩后，梁耀铭力推广医化学教研室一款自主研制的氨基酸口服液，欲将其进行市场化运作，但因各种原因项目很快夭折了。不过，时任广州医学院院长的钟南山一句话"点醒"了梁耀铭:"校办企业就必须有学校特色,不然肯定做不起来。"这时候,梁耀铭将目光聚焦到了广医的医学检验系上。当时,广医是华南地区拥有第一个检验本科专业的学校,而且很多三甲医院检验科主任都是学校的客座教授,结合这些资源分析考虑后,梁耀铭决定把校办企业的经营方向转变为检验试剂等耗材的销售,从而进入检验贸易领域。与此同时,改变梁耀铭一生轨迹的"机缘"也出现了。

"那时候我有一个同学在地方医院做医生,有一次他跟我抱怨说在基层医院'根本看不了病',因为基层医院是做不了医学检验的,当时只有三甲医院有检验科,我就考虑是否可以发挥校办企业的优势给他们做'代检',后来跟客户打交道,有些医院提出是否可以运用广州医学院的资源,帮他们完成医院不能做的检验项目。"结合这两种需求后,梁耀铭很快就答应了客户的请求,将检验服务作为增值业务"赠送"给客户。

后来,委托的医院越来越多,梁耀铭发现了检验试剂贸易存在新问题:因为市场上出现了很多小型试剂贸易公司,作为年年上缴全部利润的国企,校办企业无法与之竞争,而随着主营业务的下滑,"免费代检"业务也越来越难做。"经过仔细考虑后,我认为做贸易已经不再是校办企业的优势,于是我就把发展目光聚焦到了医学检验服务上,那时候根本没人把目光聚焦到这一块上,从当时的情况来看,院外的第三方医学检验服务就是新生事物,没有任何可借鉴的经验。"

质疑声并没有阻挡梁耀铭的步伐,在确定了业务发展方向后,1997年金域检验正式改名为"金域医学检验中心",并转型专门做医学检验服务;1998年为了满足迅速增长的检测需求,金域检验采购了1台总价9万多元的切片机,这台机器是梁耀铭和20多名员工自己凑钱买来的。如今,这台"发家元老"陈列在了金域检验的展览室中,这一年,金域检验通过第三方医检服务收入增加到了数十万元。

虽然初期取得的成绩让梁耀铭感到鼓舞,但是第三方医检的发展和未来却是"摸着石头过河",他坦言当年甚至"市场上连卖专业冷冻箱的商家都没有,运输标本的设备都是自己改装的"。

金域检验的第一次创业为国内开辟了第三方医检这个新兴行业,但对于"凡事都要做深做透"的梁耀铭来说,金域检验"二次创业"的构想已开始付诸实践。2009年,随着新一轮医改启动,经过了15年准备的金域检验终于收获成果,每年营收都保持高速增长,金域检验的市场战线从广州迅速延伸到全国各地。在之后的时间里,金域在全国(包括中国香港)拥有了33家子公司,服务网络覆盖了全国30个省市自治区,并为全国19000多家医疗机构提供医学检验服务,这让金域检验成为第三方医检的"领头羊",金域检验的成功也打破了国内医院检验长期被公立医院垄断的局面。

2015年,金域检验响应广州市政府相关号召,搬进了生物岛,而在2019年上半年,金域检验的IPO也在紧锣密鼓进行中,并引起业内极大关注。对梁耀铭而言,第三方医检的"追梦之旅"远没有结束,他说,我国第三方医学检验行业尚处于发展初期,市场规模不足20亿元,仅占医学诊断总收入的1%~2%。另外,中国第三方医学诊断市场可检验的项目仅2300多项,而国外发达国家可达4000多项。由此可见,第三方医学检验还有很大的市场与技术空白正在等待填补。

面对二次创业的规划蓝图,梁耀铭将其最核心部分归结为"检验+":即继续深化医学检验这一核心业务,把金域检验"单个企业"做成一个平台化的产业集群。"简单来说,就是既能生产检验试剂,又能提供医学检验大数据服务,同时还可以出资扶植行业内中小微企业的发展,集群化的发展就是金域检验的未来。"

经过18年的发展,金域检验员工人数逾4500人,在内地及香港地区建立了37家中心医学实验室,拥有遍布全国的远程病理协作网,以及由600多名国内外病理医生加盟组成的病理医生团队,为超过23000家医疗机构提供准确、及时、便捷的医学检验及病理诊断服务。2020年8月底,金域医学正式突破500亿元市值大关,以其为代表的第三方医检行业受资本市场关注明显提升。

  生物医药研发产业不仅仅是传统意义上的药品加工,更是涉及医疗领域的一系列必需品,这个产业显然才处于刚刚升温的阶段,甚至不妨说,它还是萌芽。这个萌芽在广州已经破土而出,构成了一片绿色。

三 临床新形态

新理论与新技术催生了临床专业划分的变革，使之更合理、更有效率。成熟的人工智能及其相关技术（包括智能化的计算机软件和机械电子设备）已经开始进入或探索进入临床应用，如计算机辅助检测、辅助诊断系统、穿戴设备和遥感遥测系统、生物信息学技术等。

而一大批基于计算机或IT技术的现代医学新技术也不断进入临床使用，如3D打印技术、基因诊断与基因操作技术、生物医学工程技术、新药合成技术（包括药物分子的设计与制造）等。

2019年12月19日上午10时，中山大学孙逸仙纪念医院成功完成全国首批华南地区首例无导线起搏器（Micra）的植入。

患者陈叔今年59岁，因房颤伴二度房室传导阻滞，慢心室率收入院。陈叔症状明显，具有单腔起搏器植入适应症，但陈叔及家属对身体美观有较高要求，加之对传统起搏器的顾虑，故而坚持选择无导线起搏器。在获悉进博会的明星产品无导线起搏器马上要进入中国后，陈叔宁愿等待一个多月也希望植入Micra。

中山大学孙逸仙纪念医院心血管内科主任王景峰教授团队经过术前缜密诊疗方案分析，认为陈叔符合Micra植入的适应症，身体状况也符合植入条件，因此选择给陈叔植入中国第一批Micra无导线起搏器。

王景峰教授介绍，Micra无导线起搏器的手术可在局部麻醉下进行，通过股静脉穿刺,将起搏器通过导管植入到心腔内部,手术时间仅30分钟,术后也不需要换药、拆线。术后陈叔反应良好,两天后出院,恢复正常的工作和生活。

传统起搏器是治疗心动过缓的一种手段。但是它体积较大,需要经静脉途径植入起搏电极,还需要在皮下制作囊带埋藏起搏器,因此就有静脉穿刺相关并发症、电极相关并发症、囊带感染等并发症,也影响患者身体的美观。和传统起搏器不同,Micra起搏器无须植入心内膜导线,也无须在胸前皮下制作囊袋放置脉冲发生器(起搏器),减少了创伤、电极故障与并发症,也显著降低了感染风险。此外,Micra体积减小了93%,仅有维生素胶囊大小,重量仅约2克。Micra拥有超强的电池续航能力,寿命超过12年,同时兼容1.5T(特斯拉)/3.0T核磁共振扫描的创新功能,可以为心脏提供持续稳定的动能。

早在2014年,中山大学孙逸仙纪念医院心内科就成功完成华南地区首例高龄患者永久起搏电极拔除术;同一年,王景峰教授带领的心脏电生理团队,成功为4例心房颤动(房颤)患者施行冷冻球囊消融术,该院是省内率先开展这项技术的单位之一,目前国内仅有极少数医院开展此项手术。

2014年4月,广州医科大学附属第三医院妇产科(广州市重症孕产妇救治中心)研究所所长陈敦金教授带领团队,在国内率先将个体化3D打印模型应用于复杂型胎盘植入患者子宫切除术,为一名复杂型胎盘植入产妇产下婴儿,并成功进行子宫切除术,且无并发症感染。

患者是一名有剖宫产史的30多岁产妇。经检查,其患有中央型前置胎盘,胎盘组织广泛植入子宫前壁,部分达子宫浆膜层,并与膀胱顶壁粘连。此类手术十分复杂,且稍有不慎,就会发生产后大出血,风险极高。在手术前,陈敦金所长对患者进行盆腔MRI扫描,获取原始图像后,利用数字化医疗三维设计软件对其子宫、胎盘、膀胱进行三维重建。然后根据构建的胎盘植入数字化三维模型进行体外手术设计。

在分娩出胎儿之后，陈教授为其进行了经后路子宫切除术。在进行子宫切除术过程中，根据术前3D模型预演指示，切除胎盘植入膀胱部位子宫肌壁、保留膀胱的完整性。在整个手术过程中，产妇的出血量控制在2000毫升内，术后恢复良好，母子平安出院。

3D打印是一种快速成形技术，它以数字化模型为基础，运用可黏合材料（涵盖从石料、金属到目前占主流地位的高分子材料，甚至是面粉、蛋白粉等食品原料）通过逐层打印的方式构造物体。广州医科大学附属第三医院对这例复杂的胎盘植入患者MRI扫描获得的影像学数据融合，并做进一步精细化处理，获取精确化空间数据，转化重建为三维模型，结合3D打印技术，分别对胎盘、子宫肌壁和毗邻脏器进行三维重建并着以不同的颜色，整体观察胎盘的部位、大小、形态，通过简单的3D图形缩放、旋转、透明化、任意组合等功能，可多角度、全方位、立体地观察胎盘与子宫肌壁和毗邻脏器的关系，联合周围血管的情况，制定基于三维模型的胎盘植入图像，弥补了二维MRI断层图像的不足。

将个体化3D打印模型应用于复杂型胎盘植入患者子宫切除术具有很重要的意义。由于近些年来剖宫产率的上升，再次妊娠后胎盘植入发生率迅速攀升，2002年达到1∶533/分娩次数，国内报道发生率更是高达千分之四。放开单独二孩之后，很多剖宫产生二孩的产妇出现，而具有剖宫产史的孕妇患胎盘植入的机会会更高。

近几年，广州重症孕产妇救治中心收治的胎盘植入患者不断增多，2014年达到271例，2015年1月至8月，该院已收治病人216例。从2015年初采用"经后路胎盘部分切除加子宫修补术"，创造了胎盘植入伴致命性产科出血的保留子宫的新篇章，为胎盘植入产妇的生命安全及保全器官创造了新的方法，此后因前置胎盘/胎盘植入患者行子宫切除术的比例已经大幅下降，取得了良好的保全生育功能的效果。2015年8月，24例前置胎盘/胎盘植入病例，仅1人行子宫切除术。切除率由2013年前的18.45%降至2015年的4.16%。对于有强烈保留生育功能意愿的胎盘植入产妇来说，无疑开辟了新方法。

胎盘植入手术过程中，最关键的步骤是止血。据文献统计显示，约90%的胎盘植入患者术中出血超过3000毫升以上，10%的患者超过10000毫升以上。据统计，我国年需供血500万人次，年医疗用血量近1000吨，但由于无偿献血进展缓慢，临床医疗用血50%～70%来自职业供血队伍，医疗用血长期供不应求。胎盘植入手术过程中，血量需求大，血源供应也极不稳定。为解决这个难题，广州医科大学附属第三医院应用自体输血方式，增加血源，同时避免异体输血可能引起的溶血反应、白细胞抗体反应、移植物抗宿主病、发热和过敏症状。自体输血，对于稀有血型或曾经配血发生困难的胎盘植入产妇，重要性不言而喻。

2017年3月，一个在医院的胚胎库冰冻了18年的冰冻宝宝在中山大学附属第一医院出生，他是国内最"老"的冰冻二胎宝宝。

中山一院副院长、妇产科学科带头人周灿权教授介绍，这个18岁"冰宝宝"的父母是广州籍农民。1999年夫妇俩采用辅助生殖技术冷冻了13个胚胎，并用其中的一个胚胎生下了一个女儿。剩下的胚胎被冷冻起来，保有在医院的冷冻胚胎库。

2016年，女儿已经17岁，因全面两孩政策，这对夫妇俩想起来冷冻在医院里剩下的胚胎。他们过来医院咨询后，医院根据记录很快就找到了当年冷冻的胚胎，检查证实这18年来胚胎保存完好，胚胎很可能存活！

夫妇俩毅然决定解冻移植，再生一个。此时，妈妈已经48岁，卵巢功能已完全丧失。周灿权说，妈妈的卵巢功能已经衰竭，因此只能选择以往冻存的胚胎。但如果高龄女性的卵巢仍有功能，医生就需要进行风险的权衡，往往是先尝试进行新鲜胚胎的培育移植，不行再采用冷冻的胚胎。

补缴了这18年的胚胎冷冻保管费后，2016年7月，复苏后的冰冻宝宝胚胎成功植入妈妈子宫。妊娠过程也很顺利，产妇没有发生妊娠并发症。2017年3月13日，孕37周过4天时，宝宝足月剖出，重达2.88公斤，外观正常健康，新生儿评分拿了满分！

2009年6月至2017年，中山一院一共冷冻了22060个周期的胚胎，共达17995人次；共冷冻了107004个胚胎，目前还保存着44936个冰冻胚胎，这些胚胎来自11923人的14102个试管婴儿周期。2016年的复苏冷冻胚胎的周期数比2015年增加34.21%，2016年移植冷冻胚胎的孕妇平均年龄为33.15岁，比2015年的平均年龄32.36岁约大了0.79岁。其中，因生二胎而复苏的冷冻胚胎数在2015年占了所有冷冻胚胎复苏数的20%，2016年因二胎而解冻胚胎数占所有的复苏胚胎数的29.78%。前来冷冻胚胎的孕产妇2016年的平均年龄为33.62岁，比起2015年的32.7岁，约大了一岁。这也意味着，前来寻求生殖辅助技术的孕产妇越来越高龄，新兴临床学科与技术给她们带来了希望。

广州市在诊疗学科新技术、新兴临床学科与技术方面依然走在了前列。

四 问诊AI

2500年前,医学之父希波克拉底讲过一句名言:医生有三大法宝,第一是语言,第二是药物,第三是手术刀。过去人们看来,也许机器能实现精准诊断。但它始终无法与人媲美。"它很难实现与病人间的有效沟通、及时疏导病人的心结、做好心理按摩。"但时至今天,智能机器人的使用,既帮助了医生,更推进了医学的向前发展,不远的未来,机器或许也能拥有医学的人文温度。

广东省人民医院的手术室内,心外科综合病区主任岑坚正头戴特制眼镜,手拿操控手柄,慢慢地"走入"患者心脏内部。"四周是血管壁,往前走数步后,视野突然开阔,原本隐蔽的病变位置得以暴露。"在此处,岑坚正暂停数秒,用清晰记号标注病灶坐标。

"混合现实技术实现真实心脏和心脏模式的'重叠'""3D打印机制作1:1心脏模型",2018年7月31日,在"医疗技术和医疗质量水平双提升"的新闻发布会上,一部手术室的"科幻片"引起众人关注,观看者直呼"过瘾""神奇"。然而,这部"科幻片"并非出自文学家的虚构,而是广东医疗技术发展的缩影,一场高科技旋风正席卷医疗界。

在中山大学附属第一医院,手术机器人"达·芬奇"已占有一席之地,成为不少外科医生的助手;广州市妇女儿童医疗中心首次启用物流机器人"诺亚",用于配送药品、标本以及手术器械。机器人医生在广东省第二人民医院正式上岗；在癌症治疗领域，人工智能"沃森"已能实现诊疗方案的推荐……

千百年来，在与疾病搏斗的历史上，人类是当之无愧的主角。如今，人工智能来了，它依靠计算机视觉、智能语音技术和自然语言处理等技能杀入医疗界，渐露锋芒。

岑坚正介绍，在传统的心脏手术中，外科医生仅能依靠影像材料、经验寻找病变位置。但现在，有了VR、MR和3D打印等技术，将协助外科更好地完成手术；中山大学附属第六医院副院长吴小剑曾表示，拥有推荐治疗方案的"沃森"不回答医学问题，而是在数据基础之上，给出几个可能的方案，供临床医生选择，"医生始终拥有主动权"。

人工智能（AI）从产生的第一天起，就与医学密不可分。人工智能在医疗领域的应用带来的不仅有技术革新，还有医疗服务模式的转变。医疗人工智能是人工智能技术在医疗领域的运用与发展，其应用主要表现在智能诊疗、智能影像识别、智能健康管理、智能药物研发和医疗机器人等方面。

在中国，医疗人工智能有着先天的发展优势。一方面，中国人口数量庞大，有充足的医疗数据，为医疗人工智能的发展提供了基石；另一方面，中国足够大的医疗市场也为人工智能企业创新提供了动力。近年来人工智能医疗市场的热度不断提升，市场规模从2016年的96.61亿元，2017的136.5亿元飙升至2018年的204亿元，复合年增长率保持在40%以上。归根结底，我国医疗需求不断提升的同时，医疗资源分配不均，医护人员短缺，而人工智能刚好弥补了这一短缺，加之人工智能医疗的政策规划不断落地，更加速我国人工智能医疗的发展。

我国近两年高度重视人工智能在医学中的应用，在不同等级的政策文件中都提出了医疗人工智能研究的重点方向。2020年12月11日，国家卫生健康委办公厅、国家中医药局办公室联合发布《全国公共卫生信息化建设标准与规范（试行）》，鼓励各级各类医疗卫生机构根据自身情况，运用大数据、人工智能、云计算等新兴信息技术与公共卫生领域的应用融合，探索创新发展模式，在疫情监测分析、病毒溯源、防控救治、资源调配等方面更好地发挥支撑作用。以BAT为首的互联网企业纷纷对医疗行业展开布局，通过发展智慧医院、智能分诊、AI辅诊、在线诊疗等领域，来提高医疗资源分配效率，提高医疗产业的整体服务质量，推动以患者为中心的智慧医疗发展。

2020年10月，在中国国际医疗器械博览会（CMEF）上，腾讯觅影发布了全新的影像云产品，实现以患者为中心的影像档案管理；同时还设立开放实验室，面向科研机构、高校、科创企业开放腾讯储备的医学AI能力，帮助行业批量孵化医学AI应用。包括基层AI导辅诊系统、肿瘤助手、智慧医疗解决方案，以及智慧医保等腾讯医疗的创新产品和解决方案也一同亮相CMEF，共同构筑连接患者与医疗机构的分级诊疗体系。

"大医院人满为患，小医院空空如也"，一直以来是我国医疗体系的一个弊病。标准化的基层医疗网络建成之后，并没有真正成为居民基本医疗服务的主体。许多患者对于社区医院缺乏信任，即便是小病、常见病或慢性病，也更愿意在二级医院乃至市区的三级医院接受诊治，而这些大医院也因此被普通门诊掣肘，难以集中力量攻克疑难重症。分级诊疗虽在多个领域都已进入实质性的发展阶段，但在就诊过程中，重复检查既增加了患者负担，又浪费了医疗资源。另外，传统的影像检查，等待时间长、患者需要线下打印影像胶片，不便于携带和管理。同时医生往往只会把发现病灶的影像给患者，在患者需要转诊时，由于没有全部的医学影像信息，医生无法进行进一步诊断，因此往往在这个环节会产生不必要的重复检查。

通过腾讯觅影·影像云，就诊患者可以就近选择基层医院、影像中心等进行影像学检查。通过患者影像档案小程序，患者可以随时随地查看影像报告和原始图像，实现对个人数据的一站式管理。结合企业微信，连接医联体内各级医疗机构，患者可以在基层医疗机构拍片，通过远程诊断获取专家的诊断服务，使医疗资源真正下沉基层服务基层，助力分级诊疗的落地。当基层医生遇到疑难病例时，医生可以通过腾讯实时音视频服务进行在线会诊，并可以实现会诊多方的影像实时协同操作，提高沟通效率。医疗资源的上下贯通，将释放、提升医疗服务体系整体效能，更好地实施分级诊疗和满足群众健康需求。

腾讯基层AI导辅诊系统通过十大医院定制化模块、五大通用医学知识模块，覆盖就诊全流程，从诊前院外导诊、预诊，到院内的分诊、辅诊、诊断准确性与用药安全审核，到诊后院外的持续用药指导、复诊建议，全面提升基层医院医生诊疗能力以及患者就医体验。患者有序地被引导到基层医疗机构，基层医疗机构也有更好的诊疗能力为患者提供专业、便捷的就医服务。目前，腾讯为医生提供帮助的AI辅助决策系统，已实现覆盖超过3000种疾病。

以肿瘤为代表的慢性病诊疗周期长，医疗数据多，往往患者在每次就诊时都要携带大量的纸质报告，难以管理；而医生在问诊时查看未经整理的纸质报告，以及询问患者的基本信息时也会花费大量的时间，医疗资源难以高效利用。致力于降低医患沟通的成本，提高诊疗效率，腾讯推出"患者档案"解决方案：患者通过拍照的方式上传医疗报告，AI进行分析，帮助患者整理医疗资料，并且还会在患者就诊前梳理用户现在的病情信息，与原有档案中的数据结合，自动生成电子版病情发展时间轴，发送给授权的医生，节省医生梳理病情和书写病历时间，提高问诊效率。通过"AI自助咨询"产品，采用对话的方式，利用自然语言分析技术和专业的知识库，智能回答患者与医疗知识类和就医流程类相关的问题，进一步方便就诊患者，降低医院工作量。据悉，目前相关产品已经落地10余家头部肿瘤医院，覆盖26.6%的肿瘤专科医院就诊患者，服务患者达37万，平均每次节约问诊时间3分钟。

腾讯医疗副总裁王少君介绍说："腾讯觅影、导辅诊系统、肿瘤助手等多个医疗AI产品已证明了人工智能技术与医疗结合的可行性，腾讯希望加深与行业合作伙伴的开放合作，一起做好医疗AI的'应用题'，依托腾讯觅影开放实验室，打造覆盖医疗健康全流程、全场景的解决方案。"

未来，四处奔波的不再是病人，而是数据。

林浩添，中山大学中山眼科中心副主任、人工智能与大数据学科带头人。2020年4月，他获得第24届"中国青年五四奖章"。这是共青团中央、全国青联授予中国14～40岁优秀青年的最高荣誉。"作为一名眼科医生，不仅需要植根临床，更需要在科研创新路上磨砺奋斗。"

先天性白内障的治疗一直是世界难题，术后复发率极高，治疗效果差，近半个世纪都未取得实质性突破。在我国白内障微创手术开创者、"眼科第一刀"刘奕志教授的带领下，林浩添从2010年开始在这个领域苦下功夫。经过反复观察和研究，团队设计研发了超微创手术技术，通过激活原组织内源性干细胞的损伤修复功能，实现了功能性晶状体再生，并成功应用于临床，为无数患儿家庭带来希望。

在临床，他真切体会到患者对光明的渴望、深入了解眼病诊治存在的核心问题，正是内源性晶状体干细胞疗法研究得以发展成功的内在动力。该技术经过医院专家18年艰辛的研究才被推向临床，被 *Nature Medicine* 杂志评为"2016年生命医学的八大突破性进展之一"，这也是中国研究者主导的研究成果首次获此项殊荣。

在林浩添看来，大医精神有两种：一是医术精湛，解决和体恤病患痛苦的医者精神；二是不断探索未知并提升医术的创新精神。近20年的临床医生经验，让林浩添深刻体会到，中国医疗资源远不能满足人民急剧增长的健康需求。为此，从2016年开始，他握准了"互联网+人工智能"这一发展方向，不断汲取前沿知识与临床经验结合，组建团队投身AI医疗事业。

林浩添表示，先天性白内障治疗的突破成果，能够受益的还只是一小部分患者，然而，我国还有非常多的常见眼病患者，因为医疗资源的缺乏而未能早诊早治而丧失了视力。"AI技术的研发，可以实现在大规模人群中，进行常见致盲眼病的自动筛查和诊断。"

中山眼科中心人工智能与大数据科是国际首个眼科人工智能专科。作为科室的学科带头人，林浩添带领专科以眼病人工智能诊疗的技术研发、临床验证和服务推广为三大目标，建立了国际一流的眼病人工智能诊疗平台，研发了国际领先水平的一系列眼病人工智能诊疗技术，制定并推广了医疗人工智能在临床的应用标准和方案，引领我国眼病防治的创新服务模式。其中，研发全球首个人工智能白内障诊疗云平台，被评选为"影响全球医学界的11大AI事件"。

2020年初，新冠肺炎疫情暴发并席卷全球，林浩添觉得互联网+AI诊疗服务在新型肺炎疫情严峻的防控形势下，可发挥避免聚集、切断传染途径、节约医疗成本等优势，并迅速组织了眼科青年"战疫"突击队，把眼科互联网AI诊疗服务送到湖北抗疫前线和全国各地，服务患者近3万人次。

2020年12月，林浩添在2020年度智慧医疗学术会议上以"眼科人工智能诊疗技术的研发和应用"为题进行了介绍。他表示眼科在医学影像方面具有数量及质量的优势，是医学与人工智能交叉融合的突破口。目前，林浩添及其团队提出"智能眼科专家"系统，可以实现近视发展预测、婴幼儿视功能智能评估等功能。

中山大学附属第一（南沙）医院总投资超过百亿元，旨在打造世界上最智慧的医院。与其他智慧化改造项目不同，中山大学附属第一（南沙）医院最大的亮点是全球第一家从"0"到"1"全新建设的智能化医院，自设计、规划开始，该院就融入了智能化理念与相应规划配套，是拥有"智慧基因"的智慧医院创新典范。

医院定位聚焦粤港澳大湾区战略和行业发展需求，旨在在广州南沙建设高水平的医疗服务和医学科技创新平台，成为集科教研一体的国际一流、国内领先，辐射粤港澳乃至东南亚的高水平三级甲等综合医院。因此从设计之初，医院就融入了智能化技术，意欲打造一座全智慧化医院，项目于2018年7月开工建设，规划病床数1500张，计划于2021年11月竣工并投入运营。

建成后，中山大学附属第一（南沙）医院将成为广州市的医疗副中心、世界一流水平的国家医学中心，并推进南沙区政府打造广州医疗卫生服务副中心及粤港澳大湾区医疗高地，加强区域医疗体系智慧化、信息化建设水平。同时，这也将成为人工智能在医院智能化、信息化建设领域深耕的标杆示范。

号称人工智能"国家队"的云从科技将通过人机协同平台以及超脑为该项目建设AI智慧中枢，提供人机交互、融合、共创能力。其中包含了智慧就医、智慧养护、智慧安保、智慧楼宇等多方面、立体式解决方案，覆盖从患者就医、医院管理等多个环节，帮助医生、工作人员提升工作效率，为患者带来更贴心的服务，全方位感受无处不在的智慧化服务。

广州市妇女儿童医疗中心是华南地区最大的三级甲等妇女儿童医疗保健机构，拥有众多国家级重点专科，年门诊量最高时超过400万人次，每天非高峰时间的门诊量约为1.2万人次。

2015年，广州市妇女儿童医疗中心启动了以重塑和复制优质医疗资源为终极目标的"咪姆熊"智能家族研发项目，目前已研发出"发热熊""问诊熊""导诊熊""保健熊""影像熊"5位成员，缓解了优质医疗资源匮乏的痛点。其中"发热熊"能够针对55种儿童常见发热相关疾病开展准确的辅助诊断，通过无缝嵌入电子病历系统，成为门诊医生的贴心助手。"影像熊"是能够跨病种精确诊断眼科和儿童肺炎的人工智能系统，而"导诊熊"则彻底颠覆了人工导诊模式，它能和患者交流并生成问题。通过对医院一年内的400万份病历进行学习，它可进行个性化精准导诊，如今，第四代的"导诊熊"已经上线。

智能导诊主要应用于三种场景：第一，针对"知症不知病"，例如"孩子腋下有硬包是什么病，该挂哪科"；第二，针对"知病不知科"，例如"宝宝甲沟炎该挂哪科"；第三，针对"直接找医生"，输入医生姓名即可直达该医生挂号，帮助有需求的患者快速找到医生。同时，还能识别初诊和复诊患者，为复诊患者推荐同一医生，提高就医效率和体验。

广州市妇女儿童医疗中心临床数据中心主任梁会营介绍，"导诊熊"是基于人工智能技术实现的智能导诊。通过AI引擎能力，将导诊服务从传统的"依图找科室"升级为"精准找医生"，穿透传统导诊只能到达科室的屏障，直接精准到医生个人。"通过人机智能对话，患者描述症状，最快5秒，即可精准获得最合适的医生，医生也可以筛选与其专业方向匹配的患者。"

在妇女儿童医疗领域，"导诊熊"已经能识别518种疾病，涵盖了95%以上的常见妇儿疾病，未涵盖的5%为肿瘤、罕见病等疑难杂症。数据显示，其疾病判断准确率达94%，医生推荐准确率也高达96%以上。

"广东应借助人工智能、大数据、物联网、云计算等新兴技术来推动粤港澳大湾区中医药制造业的高质量发展。"

王永辉是广东省政协委员、广州市工商联副主席、香雪制药股份有限公司董事长。他在2020年1月省政协十二届四次会议上的提案，便是建议搭建粤港澳大湾区"智慧中医"平台。

这"智慧"首先体现在药材的管理上。他提到，要利用信息化和现代化技术控制好药物质量，保证药材的来源。从上游构建"道地、安全、有效、稳定"的中药饮片质量控制体系，到中游建立互联网中医大数据分析平台和中药物联网平台，到下游"症对、方准、药灵"由医院到社区的新型中医诊疗模式，搭建全程可追溯的精准中医药服务质量控制体系，让中医药治疗方式由"模糊"到"数字化"再到"精准"转变，实现中医药行业的智能化提升改造。

他建议"智慧中医"平台可先行在广东省内条件成熟的中医院试点,构建"社区医疗服务机构中医诊所—区中医院—三级医院"分级医疗体系,进而形成成熟的模式向港澳推广,具体举措包括建立中医药大数据平台、分子诊断和基因测序精准检测平台、精准中医诊疗平台、智能物联中药配制平台。

王永辉指出,粤港澳大湾区搭建"智慧中医"平台计划是贯彻国家"深化医疗体制改革""粤港澳大湾区发展规划"及中医药走向"一带一路"的重要举措。他建议制定相应专项政策,给予平台在公立医院运作、医保等方面的支持,在试点中医院升级建设智能物联中药配制中心,统筹区域内各医院、诊所的中药处方中央配送及集中配制,确保中药处方用药质量和用药安全,为群众提供价廉便利和能防病治病的中医药服务。

基于物联网、云计算、大数据等信息技术,实现患者、医院、第三方机构等医疗信息共享的智慧医疗,旨在突破传统医疗行业医疗系统碎片化、医疗信息孤岛、医疗资源供不应求的痛点。随着进一步发展,智慧医疗已经深入到人们的日常生活,包括使用日常数据进行健康管理、通过人工智能技术对疾病进行预防预控并将技术应用到生物医学中。

《数字中国指数报告(2019)》智慧医疗城市排行榜前十位中,广州位居第一。

这不仅得益于广州市政府对数字医疗发展战略的高度重视,也受益于整体的社会环境以及人工智能和大数据等技术的迅猛提高。在政府鼓励、技术发展、数据规模提升等因素的推动下,智慧医疗发展环境已愈加成熟。

五　医药硅谷

广州市东南端有一座农耕小岛曾被唤为"官洲岛",地处广州珠江航道中段的一座江心岛,南与番禺小谷围一水相隔,北与仑头村隔江相望,占地面积仅约1.83平方公里。这个原本遍布水田鱼塘的江心岛,因生物医药产业的聚集而彻底改变。

2011年7月,官洲岛有了新名字——广州国际生物岛。斗转星移,如今人们印象中的农耕小岛已实现大变身:20多个院士项目入驻,集聚300多家生物医药企业,成为全球瞩目的生物医药研发创新高地,攀登行业高峰,被寄予成为生物医药南方"硅谷"的厚望。

在大湾区生物产业布局中,广州生物医药产业集聚态势明显,形成以广州科学城、中新知识城、国际生物岛"两城一岛"为核心,健康医疗中心、国际健康产业城、国际医药港等特色园区协调发展的"三中心多区域"格局,成为国家重要的生物产业基地。其中"两城一岛"依托现有基础和规划布局,形成了差异化定位。

广州科学城位于广州开发区中部,规划用地面积超3700万平方米,定位于区域性科技创新创业中心,聚集了香雪制药、达安基因、中一药业、阳普医疗等众多生物产业龙头企业和迈普、铭康、百奥泰、锐博等一批生物技术创新企业。

中新广州知识城位于广州开发区东部,规划用地12300万平方米,定位于建设国际科技创新枢纽的核心组团，引进GE生物科技园、百济神州等重大生物制药产业创新枢纽项目。

广州国际生物岛位于海珠区仑头水道与官洲水道之间，南面广州大学城，北望广州国际会展中心和珠江新城，规划用地183万平方米，定位于创新高地和精品园区，入驻了金域检测、赛莱拉、广州互联网医院等150多家企业，逐步形成生物新药、医疗器械、干细胞、基因测序、精准医疗临床转化等产业链条。

广州国际生物岛专注于研发，聚焦产业最尖端部分，可以说是整个产业的"大脑""心脏"。广州国际生物岛管委会党组书记、主任陈超表示，广州国际生物岛在项目引进上坚持宁缺毋滥，一定要把世界生物医药生命安全领域最好的项目、最顶尖的人才会聚到这座岛上来。

2011年7月，广州国际生物岛正式"开岛"，迎来首批入驻签约企业。在生物岛"草创"期间，金域医学董事长兼首席执行官梁耀铭曾为企业"二次创业"选址而考察生物岛。"我第一次来这里时，进驻的企业不多，交通也不方便。"梁耀铭说，尽管看起来有不足，但他认为这个岛"未来会有大动作"。于是，经过与黄埔区、广州开发区"一拍即合"的协商沟通，金域医学正式跟生物岛签约，成为当时唯一购得生物岛物业产权的企业，并于当年注册工商营业执照。

"企业有所呼，我们就有所应。在生物岛上，政府负责提供最优、最快的服务，企业可以全心去开拓市场。"陈超表示，企业发展所需要的全生命周期服务，在这里都可以轻松获得。通关难？这里有华南生物材料快速通关平台；融资难？产业园区楼下有"金融超市"、产融对接活动；人才招聘难？这里靠近华南最大"智核"广州大学城；新药要临床试验？广州有华南地区最多的三甲医院……

最为重要的原因是，这里有行业最牛平台，成为吸引优秀企业争相入驻的砝码。多方位、立体化的各类高端平台，为广州乃至大湾区生物制药生命安全企业发展提供全链条支撑,打造最强"朋友圈",营造良好的产业生态系统。

华南生物材料出入境公共服务平台是继北京中关村、上海张江之后,全国第三个、华南地区首家生物材料出入境一站式公共服务平台。该平台充分利用互联网、物联网、大数据等先进技术,为企业量身定制专属的"口岸放行、平台查验、后续监管"的创新监管新模式。针对重组蛋白、培养基、人体血液、抗体、试剂盒、细胞系、菌株、病毒、核酸等生物材料,设立了生物材料公用型保税仓、查验区、冷链监管库、政务商务办公区,融合报关报税、检疫查验、仓储物流、集采商贸四项功能。可实现海关国检资源共享、平台互通、卡口互接,机场(港口)、海关、国检、平台、企业,全链条无缝对接。

2018年6月6日揭牌仪式后,华南生物材料出入境公共服务平台已上线快速通关系统,累计为20多家生物医药企业提供生物材料快速出入境服务。至今已实现近2.3亿元人民币货值的生物材料入境,为国家带来超5100万元关税,节约入境耗时近700天(每票货物约可节约2~3个工作日),企业通关成本节约30%~50%。"今年我们进口生物医药试剂,整体通关时间从3天缩短到1天,报关、物流、仓储、人工等成本降低了20%。"金境物流相关负责人说。

广州国际生物岛的另一张王牌是一流的生态环境。"我们要做世界顶尖的生物医药研发中心,像硅谷一样。这座岛被赋予了新使命,要代表广州参与行业的世界竞争!"陈超介绍,生物岛的发展始终坚持世界一流定位,引入一流项目、一流人才,打造一流生态、一流营商环境。"即使是岛上的建筑,也是邀请世界知名设计师、一流设计团队高标准设计,要打造传世之作,为入驻企业提供最好环境。"陈超表示,很多科学家登岛后都被这里的优美生态所吸引,有的院士来到这里开会,总要挤出一些时间跑跑步,呼吸一下新鲜空气。

"去年底,生物岛入驻有1万人,今年将达到2万人。我们的目标是5万人。"陈超说,未来,广州国际生物岛将持续推进与以色列、英国、日本、美国等全球生物医药与健康产业高地的链接,重点围绕单抗、体外诊断、细胞治疗和知识产权服务等,大力引进医疗企业和服务机构,加快集聚国内外生物医药与健康企业区域总部、运营中心、研发中心,打造世界级生物产业创新基地、广州创新驱动发展示范区,努力建设成为世界顶尖的生物医药和生命安全研发中心、粤港澳大湾区生命科学合作区。

与国内其他城市产业平台运营方不同,生物岛运营管理者没有把眼前回报看得很重,他们更关心的是整个产业的培育和产业的管理,并将之放在一切工作的优先位置。看得长远,才能赢得未来。广州国际生物岛有限公司高级顾问、中以生物产业孵化基地董事长耿建跃说:"生物岛的运行者和管理者们很愿意,也一直严谨扎实地做一件基础的事情——搭建创新生态体系。记得生物岛和中以生物产业孵化基地合作搭建孵化体系时,他们把以色列整个孵化体系的文本一点一点翻译过来,逐条进行认真研究,包括法律、规则与政府的对接条款等,都以非常严谨的态度去做。此外,生物岛非常愿意做平台型的项目,这些项目短期内见不到效果,也不会直接产生营收,但它们构成了产业发展所必需的阳光和土壤。"

北京交通大学服务经济与新兴产业研究所所长冯华说:"生物岛是非常好的园区化的载体,产业发展要集聚化发展,园区是一个重要的集聚形态,也可以为企业提供很好的服务。现在园区发展的一个重要趋势是,园区不再简单依托传统的物理空间,已经打破了物理空间概念,能够立足有限的物理空间,用虚拟链接的形式,链接全球,链接全球创新链和产业链,这就要求我们要有开放的思维。广州的发展确实有很好的开放型思维,要发展好生物岛和生物医药产业,就要符合新兴产业发展规律,符合创新的规律。"

2021年1月,广州市人民政府办公厅颁发的《广州市推进新型基础设施建设实施方案(2020—2022年)》中提出,将广州国际生物岛创建成国家生物医药政策创新试验区及世界顶尖的生物医药和生物安全研发中心，建成若干具有世界影响力的高科技园区和一批创新型特色园区。同时推动实验室建设，争取国家在广州市布局建设呼吸健康领域国家实验室，提升生物岛实验室等4家省实验室科研水平。生物岛将聚焦高端产业环节，主要产业发展方向为生物新药创制、生物能源、生物信息、基因工程与蛋白质工程和海洋生物等。致力组建广州国际生物科技企业联盟和广州国际生物产业投资联盟"两个联盟"，建设全球生物科技开放创新和技术转移孵化中心、全球生物科技成果交易中心和生物产业国际人才培训中心"三个中心"，构建产业专业服务、政府服务、商务服务、金融服务、生活配套服务"五个平台"，打造生物产业高地。

目前，广州国际生物岛共有41家入驻企业，拥有广州市生物产业联盟、CRO服务平台、GMP标准中试平台等服务型机构。其中，广州市生物产业联盟是在广州市政府的指导和支持下成立的推动生物医药产业发展的资源服务平台；燃石医学及金域医学为上市企业，是生物岛内其他企业发展的示范标杆。

中新广州知识城位于广州科学城北区（原萝岗区、现黄埔区九龙镇），是中新政府跨国合作标志性项目，是新加坡以及广东省政府共同倡导创立的广东省经济转型的样板和广东省战略发展新平台，规划面积123平方公里，其中规划建设用地面积60平方公里。总体概念规划由新加坡原国家总规划师、曾担任北京2008年奥运会建筑设计评审委员会主席的刘太格领衔设计。

2017年3月，百济神州生物药项目在中新广州知识城破土动工。作为黄埔区、广州开发区重点引进的百亿级产值生物医药企业，百济神州生物科技有限公司携手美国通用电气公司（GE），强强合作"智造"生物药，进一步激发产业裂变。百济神州生物药项目位于知识城北起步区九龙大道西侧，紧邻宝洁日用品公司，项目占地10万平方米，总投资22亿元，主要生产大分子单克隆抗体类抗癌药，建设具有自主知识产权和美国专利的肿瘤治疗生物药品生产基地。

生物医药是新一轮技术革命"皇冠上的宝石"，生物新药研发耗时动辄逾10年，研发费用数以亿计，本土企业凭一己之力能够研发出原药并通过美国FDA认证的可谓凤毛麟角。百济神州公司成立于2011年，于2016年2月登陆美国纳斯达克，是首个赴美上市的中国创新型生物医药企业，上市首日总市值就达到数亿美元。公司专注于开发和推广靶向和免疫肿瘤治疗，在研产品线包括新型小分子口服靶向类和单克隆抗体类抗癌药物。百济神州会聚了一批高端科研人才，组建了超过300名员工和顾问的全球团队，超过200名科学家及临床医学专家，目前已有4个用于肿瘤治疗的新药品种进入临床试验，百济神州自主研发的新药已成系列注册申请全球专利，一批专利已获中国、美国、欧盟国家和国际专利组织的审核及批准，发展潜力巨大。

百济神州的联合创始人，北京生命科学研究所所长、中国科学院外籍院士、美国国家科学院院士王晓东说："我们非常高兴宣布与广州开发区联手建立这一合资企业。大分子生物药生产能力是百济神州全面发展和生产的重要组成部分。百济神州生物药项目将致力于做全球最好的抗癌药，并且是中国老百姓用得起的抗癌药，完全能够满足中国和全球市场对生物药开发及应用日益增长的需求。"

百济神州生物药生产基地与GE合作，采用一次性细胞生长发酵和灵活工厂技术进行抗体原药生产；采用无人接触、自动灌装线进行药品针剂制备。生物药生产基地将为百济神州在研的抗肿瘤药管线中多个抗体新药品种的高品质生产制造提供坚实的保障。实际上，百济神州牵手广州开发区，正是由GE引荐而来。不久前，GE董事长兼首席执行官杰夫·伊梅尔特率GE全球董事会访华，正式宣布GE医疗生命科学事业部将向百济神州生物药业有限公司交付KUBioTM模块化生物制药工厂（KUBioTM是一种创新的即用型模块化工厂，旨在节省生物药品制造商的时间和资金），以生产新一代单克隆抗体和其他生物药物。KUBioTM将为百济神州快速开发和高标准投产创新生物药品提供有力支持：其施工成本和进度与传统方法相比均将显著改进，能快速为客户提供功能齐全、可直接投入高质量生产的生物制药厂。该项目将是GE生命科学在全球范围内所交付的第三座KUBioTM模块化生物制药厂。杰夫·伊梅尔特表示，广州开发区投资环境好，服务效率高，市场成本低，发展空间大。随着该项目的发展，他非常看好广州成为生物制药领军城市。

百济神州项目从广州开发区签约落地，到破土动工，仅用14天时间，而从项目洽谈到签约落地，不到半年时间。广州开发区高效、精准的企业服务水平，在这里得到了充分体现。在GE生物科技园、百济神州等龙头项目的带动下，诺诚健华、赛默飞、绿叶、恒瑞、龙沙等30多个生物医药枢纽型项目聚成磁场，总投资超200亿元，预计总营收近千亿元，汇集成生物医药高端创新资源"到黄埔去"的洪流。拜耳、强生、百特等跨国公司以及达安基因、香雪制药等超过600家生物医药企业扎根发展，全区生物医药产业规模达到700亿元，占全市六成以上，获评中国"生物医药最佳园区奖"。位于知识城的国际生物医药创新园已初步建成，成为全球创新版图的新生力量。

作为广州生物医药产业发展的主战场，黄埔区、广州高新区、广州开发区已形成全国第一梯队的科研机构、全国第一方阵的企业，也是广州生物医药人才最集中的区域。中新广州知识城、广州科学城、广州国际生物岛已成为广州发展生物医药的"医药硅谷"。

| 第七章 |

是足迹拓宽了道路

医学是"人的医学",表达的是对人类命运的最深切的终极关怀。

医圣孙思邈提倡医者要"无欲无求,先发大慈恻隐之心,誓愿普救含灵之苦",方成苍生大医,可见医道在于仁。医德高尚,医术精湛,坚持在医疗卫生第一线工作,积极投身疾病救治和公共卫生工作的医生们,妙手回春,创造了一个又一个生命的奇迹,捍卫生命的尊严,让生命之光穿透死亡和黑暗。

但不是每个地方的人,都有广州这么幸运,拥有如此优质的医疗资源。中国有960万平方公里的土地,有13亿的人口,可是优质的医疗资源是很有限的,都集中在类似广州这样的大城市里,屈指可数。在祖国的很多地方,在世界的很多地方,人们忍受着苦难,渴望着高超的医术来拯救他们的病痛,延缓他们的死亡。因此,积极主动来到他们身边,把医术施予他们身上,便是医疗卫生事业的生生之德,对应于天地的好生之德。

广州医生到祖国的边疆去,到欠发达的地区去,让祖国同胞共享医疗成果。他们甚至走出国门,援助第三世界国家的人民。在前文《上医治未病》中,已经写到了广州医疗队从20世纪70年代起,就开始对非洲进行医疗援助。

进入新时代以来,中国提出"一带一路"倡议,广州作为历史上"海上丝绸之路"的起点,这里的医生们更是没有间断过对外的医疗援助。他们越走越远,足迹遍布非洲、亚洲、南美洲,甚至大洋洲巴布亚新几内亚、东非、印度洋塞舌尔等地方的一些小岛上,都留下了他们的足迹。

路是双向的,他们走出去,也欢迎别人走进来。他们要跟全世界的顶尖医疗机构进行对话、合作与创新,将自身的医疗水平推向新的高度。

一 到祖国边疆去

"当你无法放弃自己内心的渴望,那就勇敢地前行。"新疆喀什地区疏附县人民医院里,广州和当地的医生们动情发言,依依话别。

这已经是广州援疆的第八批医生团队了。

他们告别这一段激情燃烧的岁月,于2018年9月回到了广州。他们的故事,是广州在新时代援疆的缩影。

一年半以前,南疆疏附县人民医院胸痛救治因软硬设施跟不上,心肌梗死等病人基本都到喀什地区医院治疗,路上时间得花30～60分钟。然而,突发胸痛治疗须与时间赛跑,10分钟内做完心电图,20分钟内测好心肌酶,30分钟内用药,治疗效果才最佳。面对这种尴尬,医生们也苦于突围难。

广州援疆医生鲁明军初到疏附县人民医院时,一腔热血,希望从"0"到"1",不仅完善胸痛急救体系,甚至一步到位,申报国家认证。

然而,现实的很多困难是他没有预计到的。

他举步维艰,差点放弃。

"当地的护士,普通话理解能力有限,有时候一个简单的培训可能需要进行三五次甚至10次。"这是鲁明军万万没想到的,例如胸痛流程培训,"病人到达急诊室,按3种情况分诊,胸痛到昏厥的,马上送去ICU抢救;胸痛到大汗淋漓但没有昏厥的,马上送去普通抢救室;一般胸痛的,就去胸痛门诊。就这三句话，培训了几次，护士们都不明白怎么分诊……只能手把手一次一次培训。归根结底，他们对胸痛治疗心里没有底，不敢治疗。"

第一步都这么难，怎么申请国家认证胸痛中心？"唯有培训、培训、再培训！努力、努力、再努力！"据介绍，国家认证胸痛中心相当严格，每一个被救助的胸痛病人的资料都要详细上传至国家胸痛中心总部；需要建立清晰的流程与制度，包括乡镇救助网络，120、急诊、心内科ICU、放射科、心电图等科室联动网络等，细致到医院每一个时钟的时间都同步精准至分钟，全院医护人员懂抢救，连门口保安、保洁阿姨都要懂得心肺复苏，以确保病人在医院任何一个角落，都会得到正确指引。

足足准备了一年时间，团队才放心申请审核，接受专家暗访、现场核查、全国专家投票与排位等考验。有专家点评："疏附县人民医院胸痛中心比内地一些三甲医院做得还要好！"2018年7月20日，疏附县人民医院胸痛中心获得国家认证，成为新疆维吾尔自治区第二个国家基层胸痛中心，全院震动。

鲁明军说，每次想放弃的时候，就想起同为广州援疆干部，分别任疏附县卫生局副局长、县人民医院副院长的欧宇端和袁俊的两句话："加把劲，你这项工作代表着广州的水平。""我们无条件支持。"该胸痛中心建设一年后共诊治急性胸痛患者800余例。

谈军与丈夫双双援疆的故事，在当地是一段佳话。

在新疆疏附县人民医院，广州援疆医生谈军主要负责妇产科工作，任妇产科主任。先生周之游，原来是广州市轻工职业学校一名体育教师。去年暑假，周之游到疏附探亲，在当地挂职的教育局副局长告诉他，喀什明德小学有一支足球队，孩子们踢球热情高，但一直没有专业老师带。足球专业出身的周之游萌生了一个想法：留下来，带这支足球队。就这样与妻子一起，他也加入到援疆大部队中来。

谈军是新疆人，从小在乌鲁木齐长大。然而乌鲁木齐距离喀什有1000多公里,援疆之前,她对疏附县知之甚少。带着家乡情怀,以及医者仁心仁术,她和队友们一起来了。"新疆孕产妇死亡率高,在全国排第二,重灾区就在南疆。"她很痛心。

2018年6月,医院开始筹建重症孕产妇救助中心。"中心建立起来后,要面向10个乡镇,将孕产妇按5色分类法进行分诊,按照新的标准,不同情况治疗方案不一样,救治医院不同,一旦遇到危重病人,确保有专业团队及时抢救,分级转诊,从而降低孕产妇死亡率。"

进入8月,第八批广州援疆医疗队中期轮换工作开始,大部队将返回广州。是走还是留?最终谈军选择留下来,参加下一批援疆计划,继续推进重症孕产妇救助中心建设工作。

"我来新疆时,发生骨折的公公刚出院;先生来新疆时,公公只好先从广州回老家生活。我想他会理解和支持,公公婆婆在20世纪60年代就参加过边疆建设,对边疆有着深厚的感情。"谈军说。

当地医师、护士说:"谈医生很有亲和力,和病人说话时,眼睛都带着笑。"一年半下来,谈军也深受感动:"当地人很淳朴,对我们很信任。"

援疆医生袁俊和卢成瑜也选择留下来。袁俊借助广州市疾控中心的资源,与疏附县卫生局共建疏附全民健康数据研究中心和广州市疾控中心疏附工作站,对全民健康体检数据进行分析,精准干预,加上县人民医院在这批队员建立的各项技术平台上也开始良好运转,他选择留下来。他有两个孩子,刚到新疆时,小的才两个月,错过孩子最依赖爸爸的成长期,他很遗憾,但家人的支持,给他以动力。

卢成瑜则说:"对于人生目标,我在广东已经把经济效益实现了;如果在这里再用三五年时间将当地医疗水平提升一个层次,对一个医生来说将是一件非常有价值的事情。"

"经过放射科团队一年半的努力,我们在县级医院层面创新性开展CT血管造影检查,改变了放射科没有常规CT增强扫描的局面,确诊一些以前无法诊断的危急重症，填补了一项空白。"李田亨说。

事实上，在广州援疆工作队和后方援疆单位的大力支持下，广州援疆医生经过500多个日日夜夜的努力，为当地留下了累累硕果。例如创建了4个中心、2个工作室、1个平台和1个基地，包括基层胸痛中心、疏附县全民健康体检数据研究中心、儿童雾化中心、远程会诊中心、黄氏正骨研究室、支气管镜室、基层区域卫生信息化平台和微创泌尿外科技术疏附培训基地，目前这些平台在工作中正发挥着积极作用。

光建平台还不够。

"信心不能光靠援疆医生给，要想让技术在疏附留下来，必须对当地医生开展基础教学工作。"广州援疆医生卢成瑜说。

"授之以鱼，不如授之以渔。"他们援疆的目的是打造一支"带不走的医疗队"。

援疆工作开展以来，援疆医生同23名徒弟建立了终身制的师徒关系；每月定期举办广州援疆医学论坛，为全县乡镇卫生院举办心电和心肺复苏理论及技能实操轮训，定期举办专题培训，还有县人民医院院内、科内讲课、查房制度和病例讨论等，共培训了11000多人次。

经过一轮又一轮"造血式援疆"，如今，援疆医生们在各自的科室培养出一批"生力军"，影响力不断上升。一些患者在县医院治病康复后，将患病的亲戚朋友都介绍到县医院，并专门找医院里当地的一些医生看病。

无论回到广州还是留守新疆，从此，援疆医生们心里都多了一份牵挂。广州医科大学附属第一医院呼吸内科主治医师林心情说："千年楼兰干尸至今可见结核感染迹象，这种古老的疾病目前仍侵蚀着南疆人民的健康，希望广州呼吸健康研究院帮扶的结核防控项目，早日在疏附县人民医院落地生根，为终结结核病，发挥一份力量。还有，在医院结识的维吾尔族哥哥巴克·阿吉，一定要身体健康。"

而他们的故事也未完待续，新一批的广州援疆医生又将踏上新征程。

第七章
是足迹拓宽了道路

波密地处西藏林芝市东部区域，由于山高路险，交通极为不便，儿科医疗属于空白，整体儿科医疗水平落后，儿童疾病的患病率和死亡率都远高于全国平均水平。波密县人民医院作为一家县级医院，没有儿科门诊、儿科病房，甚至连儿科医生都没有。

2016年，广州市第一人民医院与波密县人民医院签订五年对口帮扶协议。五年来，8批次92名援藏专家对口帮扶，带领波密县人民医院成功创建二级乙等医院并通过"二级甲等"医院初审，创建波密县历史上第一个儿科、急诊科、骨科、妇产科等，建成波密县医疗急救体系，打通农牧民就医看病的"最后一公里"；建成全县远程会诊平台，以波密县人民医院为核心，上接广州市第一人民医院，往下覆盖扎木镇、八盖乡等10家乡镇卫生院，当地百姓在家门口60分钟内就能得到广州三甲医院的诊断结果。

2020年的六七月份，因受暴雨和地震叠加影响，318国道多次发生泥石流和路基坍塌，导致波密到林芝市的唯一通道多次被切断，造成很多重症患儿无法及时转入林芝市就诊，严重影响了重症患儿的生命安危。

为填补林芝市东部区域儿科空白，加速改变林芝市东部区域落后的儿科现状，广州市第一人民医院积极响应国家和广东省的援藏政策组建"援藏医疗队"。

在短短的4个月里，一切从零开始，从儿科病区、新生儿监护室位置的选定，到专业儿科设备的配置、儿科医护团队的培训，广州市第一人民医院第7批援藏医疗队付出了不懈努力。在援藏医疗队的帮扶下，患儿们在波密县人民医院得到了紧急救治，波密县人民医院儿科成功救治了十多名脐带脱垂、重度窒息新生儿以及溺水、气管异物、脓毒血症、重症肺炎、重症腹泻、水电解质紊乱等危重症患儿。波密县人民医院儿科自2020年1月至7月，0～14岁儿童死亡率，首次实现零的新突破。

2020年8月7日是林芝市波密县老百姓最难忘的一天，波密县人民医院儿科成立暨PICU与NICU正式运营和儿科诊疗中心揭牌，成为一个专门从事儿童以及新生儿疾病的诊断、治疗、预防、保健、教学和科研的综合性科室，具备一流的技术、先进的设备和现代化的管理。该中心拥有先进的呼吸机、除颤仪、心电图机、多功能监护仪、床边血气机、新生儿蓝光箱、新生儿多功能抢救台等设备，以及多项新的医疗技术：在儿童神经系统疾病方面开展腰椎穿刺术，在儿童肾病综合征方面开展多靶点药物治疗技术，在早产儿方面开展脐静脉置管术、对重度黄疸新生儿开展蓝光照射治疗及换血治疗技术等。

"让波密县没有儿科和儿科医生的历史，永远成为过去！"这是广东省援藏工作队波密工作组、广州市第一人民医院援藏医疗队儿科医生于生友初到西藏波密援助时的誓言，现在终于成真了！

波密县人民医院儿科成立暨PICU及NICU正式运营和新业务、新技术的开展，标志着波密县人民医院在林芝市东部地区的儿童急危重症疾病、新生儿急危重症疾病救治方面，迈上了新台阶，这是惠及波密县和周边地区儿童和民生福祉的大事。

还是波密县。

这里的波密县藏医院于2016年初建院，2018年5月开始正式独立运作，并与广州市中医院签订帮扶协议。广州市中医院派人先后3次赴波密县藏医院考察。2020年6月23日，广州市中医院副主任医师、共产党员王兴主动请缨，来到波密县藏医院，开始了为期3个月的援藏之旅。

针对因波密县气候、地理原因导致肠胃虚寒、患关节炎的病人，王兴开展天灸、温灸、火针、推拿、埋线等疗法，治疗效果较明显。接诊人数从开始的每天十来人发展到一月后每天接诊治疗50人次。截至2020年7月31日，波密县藏医院年同期门诊量由2019年约668人次增长到916人次，住院人数自21人次增长到48人次。波密群众在大街上见到王医生，都会竖起大拇指亲切地称他一声"王神医"。

王兴在县藏医院以"师带徒"的形式收了3个徒弟，每次出诊他都倾尽所学，针对腰椎间盘突出、退行性膝关节病、慢性胃炎、静脉曲张这几个常见病，从诊断到治疗，从中医理论到中药的运用，针灸取穴、针法、手法等毫不保留地传授给徒弟们。

王兴还利用休息时间认真学习西藏工作座谈会精神和《四部医典》等藏医理论知识，探寻藏医与中医相通之处，以便更好地为广大在藏干部和藏族同胞服务，他还经常与藏医探讨中医药和藏医药的异同，互相学习，成为"波密县第一位会开藏药处方的中医师"。

根据广州市卫生健康系统医疗帮扶的统计数据，仅2020年1月至8月就有19个受援地区，包括贵州省黔南州、毕节市，新疆喀什疏附县，西藏林芝市波密县，四川省甘孜州、凉山州，重庆巫山县，黑龙江齐齐哈尔市，甘肃省陇南市，陕西省延安市，广东省茂名市、揭阳市、汕尾市、韶关市、肇庆市、廉江市、清远市、梅州市、惠州市，外派人员总计1271人次。

2020年，广州市卫生健康委共派出援藏帮扶专家63人，其中派驻1年及以上的有16人次，培训医务人员7067人次，现场指导1375次，教学查房998次，手术示教128次，新技术开发38项，资金帮扶约合144158元，开展义诊25次，接收进修6人，波密县健康医疗水平实现跨越性提升。

自新冠肺炎疫情发生后，广州市卫健委严格按照广东省第九批援藏工作队和林芝市、波密县关于防控新型冠状病毒感染肺炎疫情的部署要求，迅速响应，勇于担当作为，倾力投入受援地疫情防控阻击战，并根据疫情发展态势，统筹抓好疫情防控和复工复产工作。在广州防疫物资紧缺情况下，发动广州相关单位广献爱心，筹集50万元防疫物资，缓解了疫情紧张时期波密防疫物资短缺问题。疫情关键阶段，广州市卫生健康委派出广州市疾控中心一线防疫人员赴波密，指导波密县疫情防控工作、制订防控方案、进行新冠肺炎疫情防控演练、指导P2实验室建设，为波密县打赢疫情防控阻击战和复工复产贡献了力量。

2020年2月，广州市红十字会医院向波密县人民医院捐赠了一批耳鼻咽喉科常用诊疗设备，价值约8000元，建立耳鼻咽喉科，同时带教一名波密县人民医院五官科医生，提升其业务水平。

2020年6月，广州市中医医院祝维峰院长一行赴波密与藏医医院签订具体帮扶协议，并捐赠一批价值达20万元的检验设备，举行了"广州医科大学附属中医医院对口帮扶医院"和"祝维峰名中医传承工作室"挂牌仪式。同年9月，广州市中医医院党委副书记、纪委书记蔡国才一行7人率第二批援藏队员赴藏医院指导名中医工作室建设和学术讲座，并开展义诊。因援藏医生的到来，波密县藏医院在受疫情影响下，各项指标提前4个月达到2019年全年水平，门诊人次增加40%，住院人次增加128%。

2019年以来，广州市卫生健康委组织广州公立医院和社区卫生服务中心与贵州省毕节、黔南两地医院（卫生院）进行了全部结对，派出专家238名，接收医技人员进修学习434名，开展手术示教3727次，专家查房24057人次，巡诊义诊惠及10213名患者，指导开展新技术新业务304项，开展互动远程会诊467例，投入经费3184万元，填补空白学科48个，提质改造98个，建成省市级重点学科20个，医疗帮扶事迹和经验做法被贵州省、市、县各大媒体刊发，广州市越秀区、南沙区卫健局被贵州省扶贫开发领导小组评为先进单位，9人被评为先进个人。通过帮扶，培养了一支过硬人才队伍，提升了当地医疗服务质量水平，为黔南毕节实现幸福百姓、健康百姓目标奠定了坚实基础。

黔南州现有医疗机构265个，医院（卫生院）263家；毕节有医疗机构299个，医院（卫生院）293家。针对两地部分医院医疗技术落后，医疗人才匮乏，多数乡镇卫生院地处偏远，医疗资源不均衡问题，广州市卫生健康委组织开展纵向到底，横向到边的全覆盖帮扶方式，切实提升两地医疗水平，解决偏远地区群众看病难的问题。广州市卫生健康委党组书记、主任唐小平和分管扶贫的领导多次率市、区相关医疗机构负责人赴黔南、毕节两地现场调研考察，深入县、乡（镇）、村了解当地医疗短板弱项、紧缺急需，询问常见病易发病情况，与当地卫生行政主管部门和医疗机构负责人一同探讨解决办法，研究当地医疗发展重点难点，提出帮扶结对思路。各区卫健局组织所属医疗机构主动上门服务，加强沟通对接，了解当地实际困难需求，积极提供优质医疗资源。

黔南、毕节市州一级医院帮扶由广州市直医院统一调配结对，县级医院和乡镇卫生院由广州各区安排搭配。目前，广州市194家医疗机构分别与黔南、毕节557家机构建立帮扶关系，签订了帮扶协议。荔湾区通过全覆盖帮扶，协助金沙县各基层医疗单位开展中医康复业务，建立了便捷的互学互帮通道，创建医院重点专科。

除点对点实施帮扶全覆盖外，广州还派驻专家骨干与当地医疗专家组合起来，分别在各市（州）、县（区）建立一支医疗帮扶队，开展循环式的巡诊坐诊、业务培训、教学查房、远程会诊、学术交流等活动，深入基层一线，逐个乡镇进行指导。广州派驻毕节专家组与毕节卫健局共同组建了广州·毕节医疗帮扶前方专家组，按照"解决一项医疗急需业务、突破一项薄弱环节、带出一支优质医疗队伍、新增一个服务项目"的帮扶思路，到各县区巡回指导、为当地医护人员特别是乡镇卫生院技术人员开展理论培训、专题讲座、疑难病例会诊。据统计，广州派驻贵州的帮扶专家深入乡（镇）卫生院开展巡回指导60余人次，培训200余人次，指导乡（镇）卫生院67家。

医疗扶贫需要经济做支撑，更需要人才做保证和政策保障。近年来，广州各医疗机构倾其所能，从智力、人力、财力对黔南、毕节鼎力支持，彻底改变了两地在医疗理念、医疗技术、医疗管理、医疗服务上的滞后局面，全面提升了当地医疗健康服务水平。

按照西部地区需求，广州凭借医疗技术优势和学科背景，重点对毕节、黔南医疗机构急需的儿科、产科、急诊、介入治疗、血液科、疾病预防控制等学科开展帮扶，共扶持两地各级医疗机构的专科建设近70个，大大提升了当地医疗机构整体水平。

广州市第一人民医院帮扶毕节市第三人民医院，在新创建呼吸内科的基础上帮扶建设当地第一所传染病医院，在当地建立李晓岩博士工作室。广州医科大学附属第二医院帮扶毕节市一医建立过敏反应科，填补贵州省学科空白（省内第一家）。广州市第八人民医院帮扶毕节市第三人民医院，成功开展高灵敏的结核分枝杆菌复合群核酸检测。广州市医科大学附属中医医院帮扶毕节市中医院致力于骨伤科的发展，传教关节镜下肩袖修补术。广州市妇女儿童医疗中心在黔南妇幼保健院推广多项新技术，无痛分娩、疤痕子宫剖宫术等，实现了当地相关技术"零的突破"。广州白云区派出该院技术骨干指导和协助平塘县、荔波人民医院创建胸痛中心并获得中国胸痛中心认证。

广州分期、分批派出专家骨干赴帮扶地区，实地进行帮带，不断提升整体医疗水平。2018年以来，一方面，广州派出挂职专家83名（其中47人挂职副院长时间为一年以上），派出专家支医476人次，主持教学查房16528多次，手术示教3486例，开展业务培训29309人次；另一方面，大量接收帮扶地区医务人员来穗进修学习培训，努力提升医疗业务素质。在广州住院医师规培指标非常有限的情况下，投入了1672万元，为毕节市规范化培训188名住院医师；积极协调广州三甲医院接收毕节黔南医务人员来穗进修学习，免费帮助帮扶地区培训业务骨干439名；4月份，广州与黔南州卫健委联合主办为期一周的医疗信息化培训班，培训医疗工作人员115人。通过多方式培训，逐渐为毕节、黔南培养了一批技术过硬的专业人才，打造了一支"永远不走"的医疗队伍。

在经济援助方面，广州各医疗卫生单位积极自筹资金，赠送医疗设备，帮助东西部地区提升硬件层次，改善医疗条件。南沙区2018年投入900万元支援对口帮扶县改善医疗基础条件，市妇儿中心捐赠价值384万元医疗设备满足黔南州妇幼保健计划生育中心紧急需求。黄埔区帮扶黔南三都县人民医院的专家除做好自己本职工作，同时还参与乡（镇）卫生院、街道社区卫生服务中心的建设规划工作。

多年来，广州市卫生健康委党组高度重视扶贫干部，先后出台政策措施，关怀扶贫人员。2018年，广州市卫生健康委会同广州市人力资源和社会保障局、广州医科大学制定了《关于明确当前广州市卫生系列高级专业技术资格申报评审有关问题的通知》，明确以专业技术干部身份承担国家、省、市援外、援藏、援疆等工作任务的人员按到受援单位实际工作时间双倍计算，参加扶贫工作任务的人员按实际扶贫工作时间累计计算，极大调动了广大医务人员积极性。

有了制度的保障，让他们没有后顾之忧，让他们更加感到帮扶的价值，从而把医疗的薪火更好地给予祖国的边疆等欠发达地区，提升整个国家的医疗水平。

二 远一程，再远一程

2009年12月29日，中国第一批援助加纳共和国医疗队的先遣小组，共有6名队员，从广州起程赴加纳，第二天他们到达了加纳首都阿克拉。

2010年3月8日，后续的5名队员也于广州出发。

首批援加纳医疗队由广东省卫生厅承派，广州市卫生局负责组建。

医疗队共有11人，包括内科医生2名（心内科、神经内科各1人），外科医生3名（普外科、泌尿外科、骨科各1人），儿科医生1名，麻醉科医生1名，针灸科医生1名，放疗科医生1名。其中硕士生导师1人，博士3人，硕士5人。医生全部来自广州市的三级甲等医院，均具有副高级以上职称。

2006年7月，中华人民共和国政府与加纳共和国政府签订了中国派遣医疗队赴加纳的谅解备忘录。2007年中国政府和加纳政府签订了关于派遣中国医疗队赴加纳工作的议定书。

按照双方政府协议，医疗队工作地点在位于首都阿克拉的克里布教学医院。中国医疗队的主要任务是与当地医务人员密切合作，共同开展医疗工作，通过医疗实践交流经验，展示中国医务人员精湛的医疗技术，为加纳人民服务，增进中加人民的友谊。同时，也为在加纳华人提供医疗救治和保健，为中资企业医务人员提供咨询服务及技术指导，共同为在加纳同胞做好医疗服务保障。

但作为"开荒牛"的中国医疗队却在异国他乡遇到了重重困难。生活上的困难，队员都可以承受，因为在国内做足了应对困难的准备。"但是面对当地同行对医疗队的冷漠和排斥甚至是要求我们到社区医院工作……确实令大家难以接受。"

按照计划，医疗队将在西非最大的克里布教学医院工作。可是，具有较强西方医学背景的克里布医生们，根本瞧不起中国医生，也不想让中国医生介入临床工作，而加纳卫生部的官员则反复劝说中国医生到社区医院工作。

"他们不了解中国医生，不知道我们要去干什么。"医疗队队长，广州市红十字会医院副院长、心血管内科主任医师韦建瑞说，克里布医生们把中国医生当成来进修的。"如果去社区医院就失去意义了，只有在大医院才能发挥我们的作用。"

韦建瑞没有被困难吓倒，而是迎难而上，充分发挥个人和团体智慧，紧紧依靠大使馆的领导，与加方卫生部、医院等进行多方联系，以两国政府协议为依据，有理有据解决问题，恰如其分把握外交策略和尺度，使对方充分认识到中国医疗队的工作性质和特点，收到了很好的效果。

经过韦建瑞和队员的多次分析，决定以麻醉科和泌尿外科医生为突破口。他们运用丰富的临床经验和技术技压群芳，不但确立了在科室的地位，也打开了医疗队工作的新局面。之后，其他专家陆续进入工作状态，专家们全力以赴的工作态度和精湛的医疗技术赢得了当地医生的高度认同和赞扬。

在全力以赴提供机会给队员施展高超医疗技术的同时，善于观察和思考的韦建瑞借鉴欧美国家的援助方式，提出改变援助方式的建议，并向卫生厅、卫生部汇报，经征得同意，结合医疗队医生专业特点，先后向加方捐助了价值百万元的医疗设备和手术器械，既解决了当地医院设备不足的问题，也使我们的队员有了用武之地。这一行动受到了院方的热烈欢迎，也充分表达了中国医生的真诚和善意。

医疗援非不仅要"输血"，更要"造血"，医疗队通过自身的积极努力，先后为当地两名护士、两名技师和两名理疗师争取到在中国培训的机会、邀请医院神经外科主任到中国进行学术交流。

"当时我们去加纳考察,他们只知道苏州,因为苏州有很多小商品,广东医疗队去了之后他们马上知道了广东,随着广东其他项目组进入,'广东'在当地叫响了。所以医疗队既是一个国家的桥头堡,又是广东省的一个窗口,外办也非常感谢我们,你们医疗队确确实实是我们今后医疗外交的一个重要工作方面。"广东省卫生厅副厅长廖新波如是说。

2010年1月至2011年12月,在加纳缺水少电、通信不便等条件艰苦的情况下,医疗队共进行外科手术1145台,内儿科查房2012例次,针灸1245人次,健康咨询562人次,放疗科模拟定位1143人次,适行计划34例,门诊接诊总量3984人次。

中国医疗队以精湛的医疗技术为突破口,赢得加方的赞赏与尊重,圆满完成医疗任务。同时,医疗队建立了一整套健全的规章制度,涉及组织管理、外事纪律、医疗工作、财务管理、安全细则、支部活动等各个方面,开创加纳医疗队制度建设先河。

在第二批中国医疗队抵达加纳时,加纳的卫生部长即使有事不能前去接机,也郑重委派了副部长前去热烈迎接。当韦建瑞和第一批队员离开时,他们受到了隆重的欢送。"在那里,假期是神圣不可侵犯的。但我们走的时候刚好是圣诞假期。"韦建瑞的笑容里带着一种自豪和温暖,他说,"两年的心血没白费,我们真的获得了认可。"

2013年是中国援外医疗队派遣50周年。是年8月16日,国家主席习近平在北京人民大会堂会见全国援外医疗工作先进集体和先进个人代表,并同大家合影留念。首批援加纳医疗队是广东省唯一一个获得"全国援外医疗工作先进集体"荣誉称号的医疗队,韦建瑞是获得"全国援外医疗工作先进个人"荣誉称号的广东省两名代表之一。

2008年3月至2009年3月,广州市卫生局与市教育局、市体育局、市财政局、团市委、市青年志愿者协会联合承办的"中国青年志愿者海外服务计划非洲塞舌尔项目",选派12名青年志愿者赴塞舌尔开展为期一年的志愿服务工作,其中广州市十二人民医院谢小红等7名志愿者为卫生系统医务人员,12位志愿者均被授予"中国志愿服务铜奖奖章",广州市第十二人民医院等单位获得"广州市援塞舌尔志愿工作突出贡献单位"称号。在短短一年的时间里,7名医护志愿者共接诊并治愈病人近9000人,成功开展手术1000余台;同时,还创造志愿服务的多个第一:派出第一位中国专家级志愿者医生、成为第一支受到塞舌尔国总统接见的中国志愿者队伍,并被塞舌尔国家和人民称为"微笑的天使"等。因为他们表现出色,中共中央政治局常委、全国人大常委会委员长吴邦国在2008年11月访非期间专程看望他们。

广州市第十二人民医院护理部谢小红以饱含深情的文字记载了她援外服务的心路历程:

> 回首在护理岗位上度过的将近10年的日日夜夜,无数个阳光灿烂的早晨,无数个不眠不休的夜晚,那是一首生存和死亡的交响乐章。
>
> 在2008年1月下旬广州青年志愿者协会招募12名援塞舌尔志愿者时,我毫不犹豫报名,并通过了笔试、面试和培训等一系列考核,入选2008援塞志愿服务队,在塞舌尔从事一年的ICU志愿服务工作,并担任队伍的纪律委员。
>
> 回忆在塞舌尔工作、学习和生活中的点点滴滴,其间充满了辛酸、泪水和幸福,有太多的难忘。
>
> 我负责塞舌尔维多利亚医院ICU重症病人的全程护理,并分管病区大量繁杂的护理管理工作,共护理重症监护病人1130人次,在塞舌尔ICU单独上全夜班达到90多个。
>
> 我在平凡的工作岗位中感受到了来自异国友人的真诚和纯真的友谊,亲身体会着志愿者"奉献、友爱、互助、进步"的精神。尽管遇到

很多困难,但是我在困难面前从没有放弃过,一步步地实现着多年来渴望到艰苦的地方支援的梦想。

在汶川大地震后一年的今天,我们以不同的方式纪念死难同胞的同时,医院护理部、团委组织了一堂别开生面的"5·4"和"5·12"的专题素质教育报告会,我向在座的100多个同事讲述我在塞舌尔的难忘经历,和大家一起分享过去一年的点滴,和大家一起感受一个不一样的护士节。

——原载《岭南护理》2009年6月刊

这让我们看到了援外"白衣天使"的侠骨柔肠。

中国医疗队在当地获得许多赞誉,因为他们用实际行动践行"不畏艰苦、甘于奉献、救死扶伤、大爱无疆"的大医精神,坚守岗位,和当地医务人员并肩奋战,真诚地改善当地民众的健康水平,彰显了中非人民的深厚情谊。

2018年11月15日,广东援外医疗队从斐济归来,圆满完成"送医上岛"的任务。在短短的3个月时间里,来自广州的"白衣天使"诊治了上千名患者,助力"一带一路"上的民心相通。

2018年8月19日,首个中国医师节当天,中山大学附属第一医院的援外医务人员却顾不上庆祝,起程前往太平洋岛国斐济,开展为期89天的国际医疗援助工作。来自广州的援外泌尿外科医生莫承强告诉记者,当地的医生、药品和医疗器械都十分匮乏,全国仅有一名泌尿外科医生。莫承强的到来,就像给当地患者带来了一场"及时雨"。

"那个泌尿外科医生是整个斐济到处走,他扛着手术箱——两个装着泌尿外科手术器械的箱子。所以我来了之后他很高兴,因为有人可以帮忙看着首都医院的'档口'了,但是对我来说也有问题,因为整个医院就那两箱器械，他拿走了，我就什么都没有了。"

他刚到斐济没多久医院就接到了一名病情严重的泌尿科患者，当地的泌尿科医生又出诊在外。缺乏专业工具，患者面临生命危险，莫承强医生只好发挥自己的创造性，到处张罗替代用品。"只能是因地制宜，这里翻那里翻看看哪些是可以用的，找东西就用了2个小时，真正做手术只用了半个小时。自从那个病例之后，他们对中国医生改变了看法，觉得我们确实是能做事情的。"

糖尿病是斐济人健康的一个大问题。内分泌科医生刘娟在当地开展了多场关于糖尿病防治的讲座，还通过远程视频会诊，跨洋解决疑难病例。"以现在的条件，肯定会去做一些抗体、胰岛功能检查，当时在那边是做不了的。我们的肖院长和曹教授都参加了远程会诊，对病例进行讨论。"

在斐济，广东医疗队还与其他国家的援助团队开展医疗合作，加深国际间的友谊。冠心病介入培训基地中心主任杜志民说："日本、澳大利亚、新西兰和印度这些国家在那里都有援助项目，跟他们建立了比较好的联系。有一些人刚开始并不是很认可，到后来也成为很好的进行学术交流的同行。"

在他们担当岛国民众"守护神"的同时，另外一支援助医疗队，正在跟随中国海军和平号医院船前往多米尼克，执行为期一年的医疗援助任务，为当地患者提供来自中国的优质医疗服务，为"一带一路"国家民间交往和人道合作，做出更多的贡献。

三 路的真谛：你来我往

咬字不清、肌肉萎缩、吞咽困难……新西兰籍的英国患者John Birkett 5年来饱受渐冻症的折磨，医生判断他活不过3年。他的妻子带着他慕名来到广州，找到了中山大学附一院神经内科教授姚晓黎求医。

在这里，他接受了多学科的综合治疗，还做手术解决了因吞咽困难导致的严重营养不良问题，症状明显好转，生活质量大为提高。

许多人认为，渐冻症是不治之症，只能放弃治疗。姚晓黎指出，其实，经过早诊断早治疗，可以帮助患者改善生活质量、延长生存期。

John是新西兰籍英国人，是一名厨师。从5年前开始，他就出现了肌肉萎缩的症状。John的中国妻子Amy告诉记者，当时她以为丈夫手臂无力是工作辛苦导致的，并未重视，直到后来John连筷子都拿不起了，说话也变得含糊不清，才匆忙到新西兰当地医院就诊。

John被诊断为肌肉侧索萎缩硬化症（ALS），也就是俗称的"渐冻症"。患者的四肢、躯干、胸腹部等处的肌肉将逐渐无力和萎缩，随着病情逐渐加重，患者会出现全身肌肉萎缩、呼吸和吞咽困难。

新西兰的医生告诉他们，这种病是无法医治的，可能只能活3年。虽然被医生的话吓坏了，但Amy还是鼓励丈夫说："命要靠自己去争取，相信我，跟我回中国！"回国后，Amy几经辗转，经多人介绍联系上了中山大学附一院神经内科教授姚晓黎。

第七章
是足迹拓宽了道路

在中山大学附一院，John先在门诊接受了内科治疗。姚晓黎给John使用了一种叫作利鲁唑的药物。"利鲁唑是目前唯一可以提高渐冻症患者生存率并延长生存期、推迟呼吸功能障碍的药物，越早用药效果越好。"姚晓黎说。

用药效果很明显，John的身体情况出现了好转，肌跳明显减轻，吐词变得清晰，肌肉力量也得到了维持。

当John来到中山大学附一院求诊时，他已经几乎无法吞咽，严重营养不良，1米82的个子体重仅有64.5公斤，而营养不良也造成肌肉萎缩越发严重。

为了解决他的营养支持问题，在为他进行药物治疗的同时，姚晓黎还启动院内的多学科会诊，将John转诊到放射介入科。

7月23日，由中山大学附一院放射介入科教授黄勇慧和副教授向贤宏主刀，John接受了微创胃造瘘手术。这种手术是给患者的腹部开一个口子用导管连接到胃里，食物可以通过这个瘘管直接进入患者胃部，为身体提供营养。

中山大学附一院放射科教授杨建勇介绍，传统的经腹腔镜胃造瘘术、经皮内镜下胃造瘘术，都需要通过胃镜来为造口定位，容易造成患者窒息，并不适合危重的运动神经元损伤的病人。为John做的手术是"经皮影像导引下胃造瘘术"，是采用CT、超声等影像来确定穿刺点，不需要做胃镜来定位，不受病人食管状况的影响，更适合危重病人。

在手术中，向贤宏还摒弃了传统的胃穿刺器械，采用了损伤更小的塞丁格（Seldinger）穿刺技术置入导管，使得手术的损伤更小。

Amy说，恢复营养供给后，丈夫的状态明显出现了好转，脸色变得红润起来，而且已经一年多口齿不清的他也能较为清晰地说话了。

在我国，渐冻症的发病率很低，10万人中大概只有3例至5例，许多人是因为霍金和"冰桶挑战"才知道这种疾病的存在。

"很多人其实都不知道渐冻症，还有很多人觉得，这个病没有治疗的希望，干脆就放弃治疗了。"姚晓黎表示，虽然目前渐冻症仍无法治愈，但通过早期诊断和治疗，可以帮助患者改善生活质量、延长生存期。

2019年4月，在姚晓黎的推动下，中山大学附一院神经内科牵头成立了华南地区运动神经元病和神经肌病联盟，打通基层医院与三甲医院之间的"通道"，让基层罕见病患者也能得到规范治疗。

伯明翰位于英格兰中部，是仅次于伦敦的英国第二大城市和主要工商业区之一，面积208.8平方公里，人口109.2万。17世纪开始，伯明翰逐渐发展起来，成为英国工业革命中心，享有"世界工厂"的美誉。当时詹姆斯·瓦特等一批天才科学家居住在这里，在金属和机械制造业中率先采用新技术，对英国技术进步有深刻影响。

伯明翰大学被公认为是英国10所最杰出的研究型大学之一，先后培养了两位英国首相内维尔·张伯伦和罗伯特·安东尼·艾登及8位诺贝尔奖获得者。我国著名地质学家李四光，于1931年毕业于伯明翰大学，获得自然科学博士学位。

2006年12月，广州市政府代表团一行12人访问了伯明翰市，与麦克·惠特比市长在市政府亲切会面，就如何进一步促进和发展两市的友好关系和在教育、体育、文化、经贸等领域进行合作等问题达成了共识。访问期间，两位市长共同签署了《中国广州市与英国伯明翰市缔结友好城市关系协议书》。广州市和伯明翰大学在基层医疗卫生机构人才培养方面的多方位合作也由此展开了。广州市卫生局与伯明翰大学公共卫生流行病学系建立了合作交流项目，在"十二五"期间以双向交流形式，每年派出由20人以内组成的学习小组赴英国伯明翰大学进行为期3周的培训，伯明翰大学每年派出1批至2批由2名专家组成的小组到广州进行为期1周的讲学交流，双方合作开展相关科研项目。

2011年9月，伯明翰大学校长大卫·伊斯伍德教授率团访问广州，双方签订了《广州市政府与伯明翰大学合作协议》。协议约定，双方在研发创新、技术应用和产业化、教育与人才交流培养、医疗卫生与健康、学术交流等方面紧密交流。伯明翰大学与广州市人民政府合作，在广州设立了研究中心，在中国与伯明翰大学之间架起交流前沿科技知识的桥梁。

伯明翰大学广州中心位于广州市天河区，是该校与广州市政府协作建立的特别机构，其目的在于促进伯明翰大学与广州市政府在广州市、广东省的研究和教育活动。伯明翰大学广州中心分别与广州市妇女儿童医疗中心合作开展广州市出生队列研究，与广州市第一人民医院合作开展大脑认知研究，与广州市第十二人民医院合作开展广州生物库人群研究，通过大型重大项目、重大研发平台推动人才培养、知识转移及商业合作。

为何伯明翰大学研究中心不选择在北京上海，而选择在广州成立？

伯明翰大学校长大卫·伊斯伍德（David Eastwood）教授介绍，伯明翰大学与广州合作建立研究中心，主要从三方面因素考虑：第一，广州与伯明翰市建立的友好关系，已经开展了多方面的成功合作。广州是英国学术合作最成功的项目之一：广州生物库人群研究的所在地。这个项目由伯明翰大学、香港大学以及广州市职业病防治中心共同开展，为研究基因与环境因素对健康及慢性疾病的影响奠定了基础，受到了各方的高度肯定。第二，广州市政府跟伯明翰大学一样，对创新性合作模式拥有共同的兴趣和信心。第三，伯明翰大学的学术研究特长与广州地区及整个华南地区的需求非常符合。他相信，广州中心的建立，能令学术研究的基础更国际化。

为加强与中国的合作和联系，伯明翰大学还设立了李四光奖学金，鼓励中国学生到伯明翰大学攻读博士学位。该奖学金由伯明翰大学与中国国家留学基金管理委员会共同出资设立，以科学家李四光的名字命名。李四光是伯明翰大学的杰出校友，曾担任中国地质部部长和中国科学技术协会会长。在课程学位证书方面，采用灵活的机制，由伯明翰大学或合作高校颁发学位证书。

2012年至2019年，双方共开展了40多个合作研究项目，各方科研投入总计1.75亿元，产生的效应不仅体现在经济发展也体现在改善民生上，伯明翰大学的先进技术成果在广州市各领域都有实践与转化。重点合作项目包括：

中科院广州生物医药与健康研究院与伯明翰大学共同开展的"干细胞对肝损伤的治疗"项目已获得英国研究理事会、国家自然科学基金项目资助，以及国家科技部中欧科技合作专项资金支持；

广州市出生队列儿童健康研究平台建立国内最大的正常人群亲子生物样品库；

脑与认知中心项目推进脑损伤后行为及认知功能评估方法在国内人群中的应用并建立国内一流的脑损伤后认知功能筛查数据库；

穗伯双方在生物医药、轨道交通、能源技术、服务业发展等领域已启动建设一批科研平台并推进部分平台向实体性研究机构转化；

暨南大学、广州大学等一批广州地区高等院校与伯明翰大学的教育合作机制已逐步形成；

广州医科大学与伯明翰大学的全科医学师资培训合作蓬勃发展，探讨共建广州医科大学-伯明翰大学全科医师学院的可行性；

推动广州市荔湾区华林街社区卫生中心和多宝街社区卫生服务中心设立"广州·伯明翰社区卫生服务示范基地"，试点引入和借鉴英国全科医学和社区卫生服务体系；

伯明翰大学医学院与广州市疾病预防控制中心合作在广州市40多所小学开展"快乐小龙人"儿童健康促进项目，旨在让孩子们从小养成健康的生活习惯，更加健康且快乐地成长。

自2012年启动的"广州出生队列研究"是双方签署协议后的首批合作项目之一，通过研究分析环境、饮食、气候等因素对孕妇、新生儿的心智发育影响，为妇女儿童身心健康发展提供决策依据。该合作研究项目已招募了近40000名孕妇，已经存储超过200万份生物样品，是中国此类研究中规模最大的一个。

广州市除每年定期选派人员到英国接受短期培训外，2015年9月还在越秀区光塔街、海珠区沙园街、荔湾区多宝街、荔湾区华林街、天河区石牌街和黄埔区红山街等6个社区卫生服务中心建立了"中英合作全科服务培训示范基地"，开展全市全科医生服务示范指导、全科医生师资培训以及全科医生规范化培训等工作。6个示范基地借鉴英国的"小班"教学模式，英方安排师资，先后6次访穗传授先进的全科医学及人文关怀等理念，在为期2年的培训中，通过融合基本医疗和基本公共卫生服务内容，为全方位全周期服务全人群健康，培养了一批符合全科医学发展的全科医生队伍。

为借鉴国际先进理念多渠道培养全科医生，广州除了通过"送出去"的方式，还采取了"请进来"的做法。截至2019年底，广州市卫生健康委先后组织13期共240多人，赴英国伯明翰大学学习全科医生首诊制度。

2019年4月，广州市卫生健康委、英国伯明翰大学、中山大学附属第一医院联合启动了"广州·伯明翰全科医师（家庭医生）医联体共进计划"。英国伯明翰大学应用卫生研究院院长、英国医学科学院院士、广州市荣誉市民郑家强介绍，共进计划项目成立了由中山大学附属第一医院、广州市第一人民医院、广州市妇儿医疗中心及广州市基层社区卫生服务机构组成的全科医师（家庭医生）医联体，由该医联体内各医院、伯明翰大学及中英医生集中选派师资，建立"穗伯全科医师团队"，将国内外先进的全科医学理念、诊疗规范带到广州，用3年时间，为广州市全科医师骨干开展个性化职业技能再培训，以点带面，实现整体全科医师队伍服务理念和服务质量的全面提升。同时，共进项目将适时探索与商业保险的合作机制，丰富家庭医生签约服务内涵，着力打造创新性的全科健康管理分级诊疗广州模式。

2021年3月广州市卫生健康委员会、广州全科信息系统有限公司联合启动广州市基层医生全科能力提升工程三年培训计划（2021—2023年），依托《英国医学杂志出版集团》全科医生学习系统（简称"BMJ全科医生学习系统"）的知识库实现基层医生全科能力培训及支持基层医生开展在线查询、辅助临床决策等，为全市基层医生提供多样化的在线课程、继续医学教育及临床实践应用，不断提升基层医生全科诊疗能力，来自全市11区485个基层医疗机构的3981名基层医生参加培训。

多年来，随着穗伯合作领域深度和广度的拓展，多批产学研项目已顺利实施并取得重要成果，在生物医药、轨道交通、能源技术、服务业发展等领域启动建设一批科研平台等，为广州经济社会的科技进步、民生发展、产业转型升级带来积极影响。

2017年7月，广州市黄埔区政府和广州市开发区管委会与相关方签署中欧"一带一路"产业基金战略合作框架，基金总规模预计超100亿元。

9月5日，广州市开发区管委会召开新闻发布会，宣布中欧"一带一路"产业基金首批3个高端医疗项目签约落户。

广州开发区管委会与广州医科大学、西班牙巴塞罗那医院等各方签署了战略合作框架协议，使广州巴塞罗那国际医院、巴塞罗那大学医学院·广州医科大学联合教育项目、铂颂医疗中心项目正式落地。

自2017年7月12日中欧"一带一路"产业基金战略合作框架协议签署以来，此次签约的3个项目为广州市黄埔区、广州开发区洽谈引进的第一批高端医疗项目，也是国内首个中国—西班牙合作医疗机构项目。

巴塞罗那医院院长堪皮斯托博士表示，医院将与广州市黄埔区、广州开发区在广州合作建设一家高端国际医院，推动该院与广州医科大学附属第五医院之间建立交流对接机制，定期组织专家与医务人员到双方医院进行交流互访活动，以提高双方医务人员的医疗技术水平。

广州医科大学校长王新华认为，巴塞罗那医院以及巴塞罗那医学院拥有国际领先的医学技术，相关项目在中国落地后，疑难病例也能在家门口得到西班牙专业医生的治疗，也是推动医疗领域供给侧改革的重要措施。

根据携程旅行网的统计数字，2016年中国公民赴海外医疗旅游共计约50万次，比前年增加了5倍。

国际权威医学杂志《柳叶刀》（The Lancet）发布的一份"全球疾病调查报告"还显示，西班牙的医疗水平名列世界第四。该杂志在1990年至2015年间，调查了195个国家和地区的32种疾病的治疗情况，并按照每种疾病进行评分，满分为100分，西班牙得分为90分。

除了中国人赴海外就医的主力军——整形手术和常规体检外，国内亦有肿瘤、心血管病等重症患者前往欧美地区"寻医求药"。我国目前已与周边国家达成各类合作意向，通过资本引入形式引进国外电子信息、生物医药等高端资源。

除了西班牙巴塞罗那医院，2017年7月，广东自贸区新公布的创新方案中，美国马萨诸塞州总医院中国医院的建设规划被透露，这家来自美国的高端医院将为中国人提供高端的医疗服务。

近年来，民营企业和海外机构的合作亦成为高端医疗机构进入国内市场的重要手段。

2016年11月，富力地产与加州大学洛杉矶分校医疗中心联合宣布，双方将携手在广州开发引入新型国际医院，医院规划面积10万平方米。

加州大学洛杉矶分校医疗中心是世界知名、全美领先的专业医疗机构，英文名为：UCLA Health。作为世界著名的专业医疗机构，其以研究为主、患者为先的先进医疗水平享誉全球。根据《美国新闻与世界报道》发布的美国2015—2016年度医院排名，UCLA Health在全美医院中排名第三，其15项成人学科及8项儿童学科均位居全美前列。

广州市统计局数据显示，2017年末广州市常住人口1449.84万人，但优质医疗资源总量不足，分布也不均衡。

根据广州市《进一步鼓励和引导社会资本举办医疗机构实施办法》，社会资本举办医疗机构纳入全市医疗机构总体设置规划，规划调整和新增医疗资源优先考虑社会资本。

广州富力国际医院·UCLA附属医院正式动工，将进一步促进中美两国健康医疗领域的合作，为广州及华南区域提供具备国际水准的医疗服务。

UCLA附属医院位于广州市番禺区汉溪大道东，规划占地面积4万平方米，拥有250张床位。

医院将以符合JCI（国际医疗卫生机构认证联合委员会）的标准进行运营，将建立癌症护理、心血管、老年病等五大中心，以及心脏病与心血管外科、妇女与儿童健康、肿瘤科、骨科等17个科室。

2019年5月10日，"'一带一路'医院合作与发展羊城国际论坛"在广州盛大启幕。"一带一路"沿线30多个国家65家医院的近百名管理者，以及国内各省市近500名医院管理者参会。其间，波兰医院管理专家亚当·彼得·维乔雷克进行了名为《"一带一路"沿线国家医院经验介绍》的专题讲座。

国内外知名医院院长、专家学者担任演讲嘉宾、访谈嘉宾，深入探讨中外双方在医院管理、人才培养、学科共建、临床研究等前沿、热点方面的实践与经验，相互借鉴学习。论坛还进行中外医院20多家医院代表上台签署"一带一路"医院合作联盟章程；多所中外医院签署战略合作协议。

广东省医院协会计划将定期召开"'一带一路'医院合作与发展羊城国际论坛"，支持联盟签约医院走出去、请进来的相互交流，逐步在广州形成中西医交流的绿色通道。

你来我往，相互交流，正是道路的真谛。

法国生物学家巴斯德说："科学没有国界，科学家却有祖国。"这在具体的历史情境下，当然是毋庸置疑的。科学家一定要爱自己的祖国。不过，这并不意味着故步自封。如果我们用一个大时段来看待历史与文明，比如以百年为尺度，会发现很多事件已经烟消云散了，但是医疗技术与药物依然在全世界范围内无国界地拯救着人类。这就启示我们，首先要建构自己的文化主体性，然后要敢于向世界开放，跟世界上的其他文明进行对话与创新。广州是西医东渐的第一站，是改革开放的出发地，在21世纪新时代深化开放的契机下，医疗卫生事业必须跟世界顶尖医疗机构合作与竞争，才有能力攀登真正的顶峰。

后　记

　　2020年初肆虐全球的新冠病毒，以史无前例的蛮横姿态，打断了历史的进程，也改变了人类的很多观念定式与生活方式。我作为渺小的个人置身其中，自然不能幸免，有很长一段时间，我处于彷徨与犹疑当中。

　　某天，花城出版社副总编张懿老师向我发出了一个特殊的约稿：书写一本以"广州健康卫生"为主题的非虚构著作。

　　我对此事毫无把握，尽管我对医学很感兴趣。

　　2019年，我还参与了广医三院的活动，去手术室和重症监护室上了几天班，目睹了治病救人的第一战场。但是，我深知，要写一本相关的书，谈何容易！因此我再三推辞。

　　不过她很有耐心，过一段时间会再提一次。后来某一日，我竟然就答应下来了。很大原因是那会儿我刚刚重读了《鼠疫》，一口气写了篇长长的读后感，取名为《在持续的斗争中再次幸存》。

　　在这里，我想说几句我和《鼠疫》的故事。

　　众所周知，法国作家加缪的《鼠疫》是一本经典小说，但第一次接触它时，我觉得它比较沉闷，没能读完。2003年，我在广州读大三，非典型肺炎也即"SARS"近距离暴发，我所在的中山大学南校区173栋出了几个疑似病例，宿舍楼被封闭。我猫在宿舍里，整日跟舍友惶惶不安。我翻开《鼠疫》，竟然很快就读完了，心中大有触动。可很快，"非典"数月后便销声匿迹了。《鼠疫》也沉入我的记忆深处。正如"非典"的命名一般，我以为那只是一次"非典型"的事件。

此后，17年过去了。

我甚至觉得未知病毒肆虐人间的情形只属于科幻片了。

可是，显然我大错特错了。

新冠病毒造成的这场健康危机在全球的每个角落蔓延，狡猾的病毒还不断变异，至今看不到彻底解决的希望。

我重读《鼠疫》便是基于此种心理动机。这一次，我终于可以说，我读懂《鼠疫》了，无论是它的写实，还是它的象征。

在持续的斗争中再次幸存，便是我如今心境的写照。

我进一步查阅很多历史典籍，发现瘟疫、疾病对于人类历史的改变要远远大于我们的一般认知。因此，我对于历史与未来也感到了一种难以化解的茫然。我觉得张懿老师说得对，如果能写这样的一本书，将有助于我了解自己已经生活了20多年的这座古老的城市。而这座城市也会作为一个精彩的空间，带给我独特的视角，让我见识人类的健康卫生事业是如何在历史上艰难开展，并守护生命的。

于是，我贸然接下约稿。

在写作本书的过程中，我几乎"重新发现"了广州。我对它有了一个更加清晰的认知。它在历史上守护得足够久，它在近代创新得足够多。因此，我将它称为"伟大的第一站"。广州不仅在近代诞生了中国第一家现代医院，治愈着人们的身体，更重要的是，这改变了中国人对于世界的看法和观念。

孙中山先生就是在广州博济医院学医之后，开始治病救人，并进而走向改变国家历史进程的道路。身体、医学与政治之间，有着极为密切的关系。就像中国现代文学史上最重要的作家鲁迅，也是从学医开始对世界有了新的思考和观念。

现在,广州还是一个走在科学技术发展前列的城市,就像每个中国人都在用的微信,诞生于广州。医学发展到今天,既要有传统的漫长积淀,又得有新兴科技的介入与创新,广州是少有的符合这两者的中国城市。广州已经建设了几家"智慧医院",人工智能都开始给人看病了。我们由此已经确信,医学将在科技的研发中获得跃迁式的能量,即便重构人类的身体,也绝不是科幻电影的假设。

我在写作这本书的过程中,对元代医家王好古的这句话一直念念不忘:"盖医之为道,所以续斯人之命,而与天地生生之德不可一朝泯也。"

这让我意识到,无论未来的医疗科技如何变化,这种医道都不会改变:那就是改善人的身体痛苦、延续人的生命。因为天地宇宙既然孕育了生命,那么天地宇宙便具有这种"生生之德"。

当然,生存下去依然是艰难的。与生命同样古老的病毒不会绝迹。天地宇宙亦有着严酷的一面,那就是老子《道德经》所说的:"天地不仁,以万物为刍狗。"人类作为智慧生命,也不能违背天地宇宙的基本规律。医疗便是在符合这种基本规律的情况下,实现那种"生生之德"。

正是在"天地不仁"与"生生之德"之间,人类靠着医疗技术、身体的免疫系统以及不可或缺的运气,一次又一次地幸存下来。

总有一天,医疗技术会完全大于运气。

本人才疏学浅,书中错漏一定不少,敬请各位读者与方家批评指正。

需要特别说明的是,本书并非专著,而是普及型读物,在写作过程中参考了大量的图书、文件与网络文献,体例所限,不能一一标注,在此深表谢意。

广州市卫健委为此书的写作提供了各项重要帮助,包括从早期的资料收集、联系采访到成书后的修改建议与数据校正,在此深深致谢。

感谢花城出版社的诸位同人,尤其是张懿老师,以及编辑杜小烨、陈诗泳两位女士,她们对本书的助力令我铭记于心。

  是为记。

2021年7月于广州番禺